星の砂を紡ぐ者たち

おちこぼれ砂魔法師と青銀の約束

三浦まき

22895

角川ビーンズ文庫

目次

ディーノ・ウルヴィス・メディスツァ
メディスツァ公爵家子息。いつも穏やかな笑みを浮かべ、ルーナにも親切だが真意の読めない謎の三年生。
ルカ・クピスティ
何事も器用にこなすルーナの兄。ルーナと同じ特進生。
ルーナ・クピスティ
貧乏だったが、砂魔法師の素質を認められ、ウルビス学園に特進生として入学する。
星の砂を紡ぐ者たち
おちこぼれ砂魔法師と青銀の約束
人物紹介

イヴェリーナ・ピンスーティ

ピンスーティ伯爵家の次女で
ルーナの同級生。平民のルーナ
を目の敵にしていたが……？

ロレーナ・ピンスーティ

ピンスーティ伯爵家の長女、
イヴェリーナの姉。気位が
高くSランクの水砂を操る。

カルミネ・コヴェリ

コヴェリ子爵家子息。
才能はあるらしいが
隙あらば寝てばかり。

ダリア・キアーラ（姉）＆ダンテ・キアーラ（弟）

キアーラ子爵家の双子。
常に2人で行動している。

砂魔法師とは

火・水・風・土の力を持つリスピ砂を操り魔法を使う。
その中でも特に抜きんでた力を持つ砂魔法師は
「十二賢者」と呼ばれ高い地位と名誉、権力を持つ。
ウルビス学園は、リバルマ王国唯一の砂魔法師育成機関。

本文イラスト／ミュシャ

序章　バラッコボリの兄妹

——やだやだ！　連れていかないで！　リーくん行かないで！

必死に手を伸《の》ばしても、大人は無情に兄の腕《うで》を引いていくし、彼自身もそれを受け入れたかのように抵抗《ていこう》せずについていく。叫《さけ》ぶルーナの隣《となり》にいるもう一人の兄も、うつむき拳《こぶし》を震《ふる》わせ、彼が消えてしまうことを必死で受け入れようとしているかのようだ。

——お願いだから、いなくならないで！

声の限りに叫べば、彼は大人に何事かを言ってルーナのもとへ戻《もど》ってきた。泣きじゃくるルーナの頭に手を置いて、安心させるようにそっと笑う。

——大丈夫《だいじょうぶ》だ、ルーナ。俺の存在がこの世から消えて二度と会えなくなってしまっても、一緒《いっしょ》に過ごした日々が消えるわけじゃない。俺の心は、ずっと二人のそばに。ずっと、二人を思っているよ。

（なんでこんなことに……！）

貧乏《びんぼう》という以外は平凡《へいぼん》な生活をしていたはずのルーナは、息を切らしながら街中を疾走《しっそう》していた。肩《かた》の下で切りそろえた茶髪《ちゃぱつ》に、緑の瞳《ひとみ》。普段《ふだん》ならどこへ行っても周囲の風景に埋没《まいぼつ》する平凡中の平凡な容姿だが、今は周囲にまばらにいる人々が何事かと視線を向けてくる。

彼女の少し前には、同じ速度で走る短髪《たんぱつ》の少年がいた。彼が片手に持っているのは、さっきまでルーナが手にしていたはずの荷物だ。

（なんでよりによって制服を……あれがないと入学できないのに！）

少年の名前はラルフ。かつて養護院で育った仲間……のはずだ。だからこそ、ルーナは警戒《けいかい》もせず彼のもとへ行き、そして荷物を奪《うば》われてしまったのだ。

「ラルフ！　それは金目のものでもなんでもないよ！　お願い返して！」

「やだね！　これが俺にとっては金目のものなんだよ！」

（金目のもの？　まあ、売ればそれなりのお金にはなるかもしれないけど）

ラルフが手にしているのは、この国唯一《ゆいいつ》の砂魔法師《すなまほうし》育成機関、ウルビス学園の制服だ。

砂魔法とは、特殊《とくしゅ》な砂を使って発動させる魔法のこと。国に唯一砂魔法の使用を許される砂魔法師は、あらゆる面で優遇《ゆうぐう》され高給取りでもある。砂魔法師の中でも階級があるとは聞いているが、とりあえず砂魔法師になれば、一生衣食住に困ることはないだろう。

（あー……温かい布団《ふとん》とおいしいごはん。ミートパイと……ミートパイ！）

「ラルフ！　それがないとミートパイ……じゃない。ウルビス学園に入学できないの！」

ルーナの訴《うった》えを無視してラルフは走り続ける。ルーナはその背を追いかけながら叫んだ。

「その人泥棒《どろぼう》です！　捕《つか》まえて！」

　人々が騒《さわ》ぎに気づいて振《ふ》り返るが、それだけだ。この街ではめずらしくもない光景に感覚が麻痺《まひ》しているのか、走る二人を見送るだけ。何しろ、この街は犯罪地域として有名なバラッコボリの隣街。日頃《ひごろ》のスリやひったくりは当たり前だ。

（仕方ない……）

　ルーナは手近な石を拾い上げると、ラルフの背に向かって思いきり投げた。

「痛《いて》え！」

　ゴッと音がしてラルフがのけぞる。足を止めたラルフに一瞬《いっしゅん》で追いつくと、荷物を手にした彼の腕を掴《つか》み彼の背に膝《ひざ》をあて、全体重をかけて地面に押し倒《たお》した。

「ぐあ！　くっそ……お前なんなんだよ。本当に女か？」

「女だよ！　とにかく制服は返してもらうから！」

　そう言って荷物を奪おうとしたが、なぜか彼の手に荷物がない。ハッと気づいて顔を上げれば、いつの間にか前方に放《ほう》られた荷物を黒髪《くろかみ》の少女が拾いあげるところだった。すぐに取り返そうとするが、後ろからラルフに羽交《はが》い締《じ》めにされる。

「ミア、行け！　それさえあれば俺たちは仕事がなくても暮らしていける！」

「何その誤解！　いくらウルビスの制服だって、そんな高値で売れないよ！」

　ルーナはラルフを振り払《はら》おうとするが、さすがに男の力で押さえこまれれば身動きがとれない。

ミアは不安そうにつぶやいた。

「ラルフ、もしルカに見つかったら……」

「ルカは女に手出ししない。いいから行け！　やるって決めたろ？」

ラルフの言葉にミアは決意したように表情を引き締めると、道の向こうへと走り出し、そしてすぐに足を止めた。急に空になった自分の両手を不思議そうに見下ろしている。同じ時ルーナが視界を横切る黒い影《かげ》に気づけば、近くで聞き慣れた声が聞こえた。

「女には手出ししなくてもな」

ふっとルーナの体が軽くなる。

「妹に手を出す男にゃ容赦《ようしゃ》しねーよ！」

ズシャアッとやたらと激しい音がして、ルーナの隣でラルフが地面に叩《たた》きつけられた。

「痛《い》ってえええええ！」

ラルフの上に足を乗せ彼の腕を捻《ひね》りあげるのは、ルーナの兄のルカだ。ルーナよりも色の濃《こ》い茶髪に、ルーナと同じ緑の瞳。ルーナには似ていないおそろしいほどに整った顔からは、一切《いっさい》の表情が抜《ぬ》け落ちている。ラルフの腕を掴んでいないほうの手には、さっきまでミアが持っていたはずの荷物があった。

「ルーくん！」

ルーナが顔を輝《かがや》かせると、ルカが心配そうに眉《まゆ》をひそめてルーナを見た。

「ルーナ、怪我《けが》は？」

「ないよ。大丈夫」

ルカはほっとしたように表情をゆるめたが、すぐに表情を消しラルフに視線を戻した。

「で、誰《だれ》の指示だ？」

（指示？）

その聞き方では、まるでラルフが誰かに依頼《いらい》されて盗《ぬす》みを働いたかのようだ。ルカの推測は間違《まちが》っていなかったようで、彼の顔が険しくなる。

「誰が言うかよ。これは仕事だ。俺はこの道のプロに……ぎゃ――！」

ラルフが言い終わる前に、ルカが彼の腕をさらに捻りあげていた。ミアが口元に両手をあて青ざめ、ルーナは片目をつむり横を向いた。昔の知り合いに本気で拷問《ごうもん》めいたことをしたわけではないだろうが、結局ラルフが口を割るまでには一分とかからなかった。

「言うよ！　言う！　くっそ、なんでいつもルカが出てくんだ……」

ラルフはルカに解放されると、地面に胡座《あぐら》をかいてぶつぶつ言いながらも口を開いた。

「その……名前は聞いてないんだ。フードをかぶってて顔も見えなくて……ただ、履《は》いてる靴《くつ》は高級そうだった。あとは……物騒《ぶっそう》なこと言うわりに綺麗《きれい》な言葉遣《つか》ってたな。その、最初はルカとルーナを殺せって言われたんだよ。それはできないって言ったら、だったら制服を盗めって。そしたら三年は遊んで暮らせるだけの大金をやるって言われたんだ」

ルーナは息をのんだ。

（私たちの入学をよく思わない人がいるんだ……まあ、予想しなかったわけじゃないけど）

どうも、ルーナたちを邪魔《じゃま》に思う、もしくは恨《うら》みをもっている誰かがいるようなのだ。

二年前に砂魔法師の素質を見いだされてすぐ、突然殺到《とつぜんさっとう》した貴族の養子縁組《ようしえんぐみ》をすべて断ったから、そのせいかもしれない。上から目線で「我が家に招き入れてやる。華《はな》やかなドレスを着せ社交界の華にしてやろう」と言ってくる貴族たちを見たら、「あ、大丈夫です」とついその場で断ってしまったのだ。権力やドレスに興味がなかったとはいえ、もう少し断り方を考えればよかったと思う。

（それにしても）

ルーナはラルフの顔を覗《のぞ》き込んだ。

「ねえラルフ。前に仕事、見つかったって言ってたよね。どうしてこんなことしたの？」

「……た」

「え？」

「クビになった！」

ルーナが驚《おどろ》いて黙《だま》ると、ラルフは舌打ちをして近くの地面を睨《にら》みつけた。

「文字もまともに書けなくて計算も遅《おそ》い無能はいらないって……それで、家賃も払えなくなって……もう今月で追い出されるんだ。ミアもいるから待ってくれって何度も頼《たの》んだけど、聞いてもらえなくて……」

（ひどい……仕事をなくすだけでも辛《つら》いのに、無能呼ばわりなんて……）

「それは……辛かったね」

ルーナは拳を握《にぎ》った。ミアはラルフに近寄り、ぎゅっと彼の服を摑んだ。昔は手のつけられない暴れんぼうだった彼に、なぜか院で一番おとなしかったミアがなついた。二人が一緒《いっしょ》にいるようになってから、彼は暴力的な行動をとらなくなり、よく笑うようになった。詳《くわ》しい関係を聞いたことはないが、昔も今も、大事な幼馴染《おさななじみ》であることに変わりはないだろう。ミアと生活するために得た職を失ったのなら、それはショックに違《ちが》いない。

悲しそうに眉を下げるルーナの隣《となり》で、ルカはばっさりと切り捨てた。

「甘えんな。アイーダに頭下げて養護院に戻《もど》って、また仕事を探せばいいだろ？　それをよりによって昔の仲間から物ふんだくるとか……ふざけてんのか」

アイーダとは養護院で子どもの面倒《めんどう》を見てくれる人物のことだ。ルーナが幼い頃《ころ》から養護院にいる女性で、明るく時に厳しい、ルーナたちの母親のような存在だ。

「簡単に言うなよ！　ルカみたいな奴《やつ》には分からないだろうけどな。普通《ふつう》はバラッコボリ出の奴なんて、努力したって上の街の連中と同じ仕事なんてできやしないんだよ！　俺らは所詮《しょせん》、スリだの詐欺《さぎ》だので生きるしか道はないんだ！」

「だから、甘えんな！　ルーナだって一人で仕事してたぞ」

「え？　ああ……そうだね。一時期働いたこともあったけど……」

(だけど最初は大変だったなあ……ラルフの気持ちはよく分かる)

仕事を覚えるのは難しくなかったが、バラッコボリの養護院出というだけで最初は差別を受けた。仕事のやり方を教えてもらえないこともあったし、必要な連絡《れんらく》がわざと伝えられないこともあった。それでも毎朝頼まれない店の掃除《そうじ》をこなし、無視されてもめげずに挨拶《あいさつ》を続けるうちに、なんとか受け入れてもらえたのだ。

「おまけにルーナは、砂魔法師《すなまほうし》になるためにこれから貴族の巣窟《そうくつ》に乗り込むんだぞ？　そんなルーナを応援《おうえん》するどころか制服を取り上げるとか、お前は自分が恥《は》ずかしくないのか」

（貴族の巣窟って……）

砂魔法師自体が、貴族や中流階級の富裕層《ふゆうそう》から輩出《はいしゅつ》されてきた。学園に貴族が多いのは分かるが、言葉が不穏《ふおん》だ。

ラルフの視線がルーナに向いた。

「お前、さっきミートパイとか言ってたけど……」

「あ、そうそう！　砂魔法師になればミートパイが食べられるなって」

「お前、まだあの味にとりつかれてんの？　あれは貴族の食べ物だって言われたろ」

「大丈夫《だいじょうぶ》！　砂魔法師はお給料がいいんだって！　だから砂魔法師になれば、材料を買い揃《そろ》えられるようになるの」

料理は唯一《ゆいいつ》ルーナがルカに勝てる特技だ。材料さえあればなんでも作れる自信がある。

「それにね、私とルーくん、特進クラスに入ることになったの。特進クラスって、十二賢《けん》者《じゃ》を育成するためのクラスなんだよ」

「は……………？　十二賢者？」

「そう！　もし私が十二賢者になったら、私とルーくんのだけじゃなくて、みんなのミートパイも作るからね！」

「それは別に、普通の砂魔法師の給料でも作れると思うぞ、ルーナ」

ルカがやんわり指摘《してき》する。あいた口が塞《ふさ》がらないという様子のラルフが、ようやく気を取り直して言った。

「お前さ……分かってる？　バラッコボリ出の奴が十二賢者とか……貧民が王になるって豪語《ごうご》するようなもんだぞ」

「まあ……十二賢者は分からないけど。とりあえず砂魔法師になるようがんばってくる！」

「貴族の巣窟でいじめられてもか？　お前、貴族に何されたのか忘れたのかよ」

「――」

『彼』の存在を消されて泣き叫《さけ》んだことが頭に蘇《よみがえ》る。ラルフは詳細《しょうさい》を知らないはずだが、貴族のせいだということはルーナたちの様子を見て分かったのだろう。あの後しばらく、貴族からの施《ほどこ》しだという食事に一切ルーナとルカは手をつけなかったのだし。

過去を思い出し一瞬《いっしゅん》表情をなくしたルーナだが、すぐに笑顔《えがお》を作って答えを返した。

「大丈夫。砂魔法師になれば、貴族とも対等に渡《わた》り合えるようになるらしいよ」

「それはなってからの話だろ？　だいたい、やっぱバラッコボリ育ちに素質があるなんておかしいんだよ。学園に着いたら、全選定の検査が間違ってたとか言われるかも」

「そ、それはさすがに辛いけど……まあそれでも、素質がゼロじゃないならがんばるよ！」

笑顔で繰《く》り返すルーナに、ラルフのあきれた視線が刺《さ》さった。

「お前、マジで砂魔法師になる気なのか……」

ラルフはしばらく沈黙《ちんもく》したあと、「馬鹿《ばか》のたわ言だな」とつぶやき、再びルカに殴《なぐ》り飛ばされていた。


「あんな奴役人に突《つ》き出しゃよかったのに。ルーナはとことん甘いよな」

ラルフたちと別れてルーナたちは帰途《きと》についたが、ルカはルーナを襲《おそ》ったラルフにいまだ憤《いきどお》っているようだ。何もなく解放したことに対して不満そうに見える。

「それは院で一緒に育った仲間だし。それにやっぱり、ラルフとミアともまた一緒にミートパイ食べたいしね」

「ミートパイね……あん時は楽しかったよな。まだ兄貴もいて、みんなで騒《さわ》いで……」

そこまで言うと、ルカはうつむいてぼそっとつぶやいた。

「願いが本当にミートパイだけなら、俺がいくらでも叶《かな》えてやるのに……」

「え？」

ルーナは聞き取れなくて聞き返したが、ルカは左右に首を振《ふ》った。

「なんでもない。それより、本当に怪我はないか？」

「うん。平気だよ。それにしても……ラルフ、最初は殺せって言われたって言ってたね。正直、まだ私たちを殺そうとしてる人がいるなんて思ってなかったな……」

「……大丈夫だよ。ここじゃ誰《だれ》の死体が転がろうが騒ぎにもならないけど、ウルビスに行けばそうじゃない。さすがに狙《ねら》うほうもあきらめるだろ。……荷物の中身は大丈夫か？」

「あ！　そうだった！　まだ確認《かくにん》してない」

あわてて袋《ふくろ》の口を開き、制服二着と、書類が入っていることを確認する。その書類を取り出したルーナは入学という文字に顔を輝《かがや》かせ、その下の文章を見て顔をこわばらせた。

「どうした？」

「あの……二年前、在学中にかかる費用は全部いらないって言われたよね？」

「ああ。何、なんて書いてある？」

ルーナの手から紙を受け取ったルカの顔が、みるみるうちに険しくなった。

「ふざけてんな。授業に使う教材一式と寮費《りょうひ》は別って……教材の値段も書いてなけりゃ、寮費って」

全選定が行われたのは二年前。ルーナが十二歳、ルカが十三歳の時のことだ。国王が出した全選定というお触《ふ》れにより、全国民に砂魔法の素質検査が行われた。大方の国民の予想どおり、労働者階級からは数人ほどしか素質のある者が出なかったと聞いているが、そのうちの二人がここにいるルーナとルカなのだ。それも、十二賢者になる素質があると判定されての、特進クラスへの大抜擢《だいばってき》。

全選定はそもそも、出自を問わずに砂魔法師になる機会を与《あた》えることを目的としている。そのため、学費はもちろん、在学にかかる一切《いっさい》の費用を免除《めんじょ》すると聞いていたのだが。

「どうしよう……どうしよう！　寮費とか、絶対今住んでるとこより高いよね？　学園に入ったら稼《かせ》ぐ手段もあるかどうか分からないし……これじゃ私たち、学園に通えないよ！」

騒ぐルーナの横で、ルカは紙を手にしたまま考え込んでいるように見えた。

そこへ、コツ、と誰《だれ》かの靴音《くつおと》が響《ひび》いた。人通りがまったくない通りに響く足音。振り返れば、白いフードで顔を隠《かく》した人物がいた。

「お困りなら助けてあげましょうか？」

若い男の声だった。この状況《じょうきょう》で顔を隠し助けてあげようかと言う不審《ふしん》すぎる人物を前に、ルーナとルカは顔を見合わせた。

第一章　光魔法師の候補生

　デッキの手すりにかじりつき船の上から海を見渡《みわた》していたルーナは、遠くに見える白亜《はくあ》の建物を見つけると、顔を輝かせルカの肩《かた》を叩《たた》いた。

「見えた！　見えたよルーくん！　ほら、あそこ！　あれウルビス島だよね？」

「ああ……本当だな」

　新生活の始まりを祝福するかのような、晴れた大空。視界を遮《さえぎ》るものは何もなく、きらきらと光る海は遠くまで見渡せる。太陽の光を弾《はじ》いて光るその奥に、小さな孤島《ことう》が見えた。船が近づくにつれ、島の上にうっすらと白亜の建物が見えてくる。

　ウルビス学園。この国リバルマに存在する唯一の砂魔法師を育成する教育機関だ。ウルビス学園のあるウルビス島には、学園以外にも生徒や教員たちが生活を営むための飲食店や服飾《ふくしょく》店などがあり、小さな村や街よりもよほど栄えていると聞く。

「あー、わくわくする！　本当に二人とも入学できてよかったー……でもルーくん、どうやってお金を工面したの？」

　あの後、現れた男は在学費用を出してくれると言い、その話をルーナは他に選択肢もないために受けたのだが、ルカは突っぱねたのだ。

男が一年目の在学費用を出す条件として挙げたのは、入学後に与えられるチーム課題で優勝しろというもの。在学期間である三年すべてには言及されなかったが、優勝すればさらに二年目も在学費用を出すとまで言ってくれた。

十二賢者《けんじゃ》試験資格を得る条件は、特進クラスに入学後、半期ごとに発表される個人成績一位が四回か、もしくはチーム課題優勝を二回果たすことが必要になる。組み合わせで個人成績一位二回、チーム課題優勝一回でもいい。

ルーナは男が出した条件に戸惑《とまど》いつつも、他《ほか》に手段はなく話を受けたのだが、ルカは違《ちが》った。あくまで男を不審がり、優勝しなければどうなるのかと聞くと、男はこう答えた。

――ただ、学園を去ってもらうだけです。十二賢者になる素質がないのなら、学園に残ってもらっても目障《めざわ》りなだけですからね。

そしてルカは男の話を蹴《け》った。十二賢者になれなど無茶《むちゃ》だ、優勝を逃《のが》せば学園を去るなど許容できないと言ったが、きっとルカは、自分の在学費だけならなんとかできる自信があったのだ。だから、ルーナが男の話に乗るのは止めずに、けれど自分は話に乗らなかった。

それでルーナは、結局ルカがお金をどう捻出《ねんしゅつ》したのか気になって聞いたのだが。

「親方から金を借りた。教科書代と、在学費二ヶ月分くらい」

ルカの働いている鍛冶屋《かじや》の主人は、物覚えがよくなんでもそつなくこなすルカを、自分のことを「親方」と呼ばせ、ものすごくかわいがっている。ルカが十二歳の頃《ころ》からの付き合いだし、ルカのウルビス学園に入る話も応援《おうえん》してくれているし、彼が金を貸してくれた話はなるほどと思うのだが。

「二ヶ月……？　え、ルーくん、二ヶ月しかいられないの⁉」

「いやいや、二ヶ月の間にまた工面するから大丈夫《だいじょうぶ》」

「大丈夫って……」

（いやでも、ルーくんが言うなら大丈夫なんだよね……）

なんたって、街で無敵と思われている超人扱《ちょうじんあつか》いのルカだ。彼の失敗など見たことがない。

心配するだけ無駄《むだ》だと思い、ルーナはこの話を終わらせることにした。

手すりから離《はな》れ、あらためて隣《となり》のルカを眺《なが》める。

「それにしても、ルーくん、制服すごく似合ってるね！　でも、それ本当に学園指定？」

黒シャツに白いズボンと、黒い靴《くつ》。特進生の証《あかし》である銀の装飾《そうしょく》で飾《かざ》られた白いコートを羽織っているが、確か学園から送られてきた一式の制服は、シャツも靴も白だったと思うのだが。

「いやー……あんな全身白とか着こなせんの、ごく一部の人間だって。俺には無理」

そう言って顔をしかめるルカだが、別にルカなら十分着こなせるだろう。男のわりに顔は小さめの造りで、手足は長く、肌《はだ》は綺麗《きれい》だ。体形も顔もルーナと同じ人間か疑わしいくらいに造りがいいのがルカだ。おまけに年上の女性は、ルカの憂《うれ》いを帯びた表情がまたたまらないとルカの顔を絶賛する。

「それに、制服はある程度なら着崩《きくず》していいって聞いたし」

「そうなの？」

「ああ。それよりルーナこそ。制服、似合ってんな」

ルーナのほうは、カスタマイズ一切なしの白ワンピースに、銀の装飾で飾られた白いコートを羽織っている。胸元《むなもと》には緑のリボンを飾っており、腰《こし》のベルトと、膝上《ひざうえ》まであるハイソックスは黒だ。瞳《ひとみ》の色にあうリボンは気に入ってはいるが。

「本当？　変じゃないかな。こんなにきれいな服着るの初めてで緊張《きんちょう》しちゃう」

ルーナは肩の下で切りそろえた茶髪《ちゃぱつ》をひっぱったり、スカートをひっぱったりする。

「変じゃないよ。ルーナは何着てもかわいいけど、制服はひときわかわいいな」

びっくりしてルカの顔を見た後、ルーナは目を細めた。

「ルーくん……そういうことさらっと言うよね。ルーくんの顔でそういうこと言うから、女の子泣かすことになるんじゃない？」

街ではルカの浮名《うきな》ばかり聞く。ルーナといる時はさほどそういう印象もないのだが、妹には見せない顔があるのだろう。

「え？　いや、ルーナ以外には言ってないけど……ていうかルーナ。泣かすとかそういう話、どこで聞くんだ？」

「市に行くと街の人が教えてくれるよ。誰とデートしてたとか、誰を泣かせてたとか」

「なっ……まさかとは思うけど、それ全部信じてるわけじゃないよな⁉　別に俺は！」

ルカが主張を始めようとしたところに、熱い視線を感じて二人は振《ふ》り返った。白い上下の制服。特進クラスを示すコートがないから、彼女はここから離れた部屋からわざわざ特進生のいるデッキまで来た、普通クラスの生徒なのだろう。先輩《せんぱい》だろうか。小柄《こがら》だが大人びた顔立ちの綺麗な子だ。

「あ、あの……ルカ様」

(様!?)

驚《おどろ》くルーナに、「特進クラスだから貴族と勘違《かんちが》いされて」とルカが小声で言う。分かっていながら誤解を解いてはいないらしい。

「さきほどはハンカチを拾っていただきありがとうございます。あ、あの、ぜひお礼でもと思いまして……少し、二人でお話しできませんか?」

「あー……いや、今はちょっと」

ルーナより彼女を優先することに抵抗《ていこう》があるようだ。

「いいじゃない。お話ししてあげなよ。どうぞ、兄をよろしく」

後半は女子生徒にほほ笑《え》んで言うと、ルーナはその場を離れる。すぐにルカはルーナを引き留めようとしたが、結局女子生徒に呼び止められたのか追ってはこなかった。

ルーナは海を眺めながら、手すりに沿って歩いた。最後にちらっと見えた女子生徒は、頬を紅潮させ夢見心地《ごこち》でルカに話しかけていた。まるで運命の人を前にしたかのようだ。

(ハンカチを拾ってくれた人が運命の人、なんて。そんな話、そうそうあるとは……)

ふと、腰のあたりが軽くなって足を止めた。続いて聞こえたのは、ガラスが床《ゆか》を叩く音。

「え……」

まさかと思い腰に手をあてると、さっきまであった砂器がなくなっている。ルカが働く鍛冶屋に特注で頼《たの》んだ、ガラスの筒《つつ》が十字にひねられたまだ空っぽの器《うつわ》だ。

あわてて振り向くと、ルーナが落としたらしい砂器を拾う青年の姿があった。

「あ……」

銀色の髪《かみ》だ、と思ったが、光を弾いて光るその髪色は、薄《うす》く青に輝《かがや》いているようにも見えた。青銀《せいぎん》とでもいうのだろうか。屈んだせいで目にかかってしまった前髪をかきあげた後、青い瞳がこちらを見た。ルーナの顔に目を留め、淡《あわ》くほほ笑む。

「君のだよね」

ルーナは息をのんだ。ルカは全身白の衣服なんて選ばれた人しか着られないと言っていたが、本当にそうだとすれば、まさしく彼がその選ばれた人なのだろう。綺麗な顔立ちと甘い微笑《びしょう》。すらっとした体型と綺麗な姿勢からは、一目で本物の貴族だと分かる気品を感じる。

だが容姿どうこうよりも、ルーナは彼に感じた面影《おもかげ》に、苦しいくらいの感情が胸にこみ上げるのを感じた。

「リーくん……」

柔和《にゅうわ》な顔立ちと、穏《おだ》やかな雰囲気《ふんいき》。洗練された振る舞《ま》いには違和感《いわかん》を覚えるけれど、現れた彼はルーナの知る人物にとてもよく似ていた。ルーナが呼びかければ、いつも大人びた優《やさ》しい笑顔で応《こた》えてくれた彼。しかし目の前にいる青年は、ルーナの呼びかけに不思議そうに首をかしげただけだった。

「それは、君の知り合いか誰《だれ》かかな？　僕の名前とは違うようだけれど」

「え……あ」

青年の言葉に一瞬《いっしゅん》で冷静になったルーナは、思わず口をふさいだ。振る舞いから貴族と分かる相手に対し、自分は何を言っているのだろう。それに砂器を拾ってくれたのに、礼を言ってもいない。

ルーナは急いで駆《か》け戻《もど》り、砂器を受け取った。

「すみません。ありがとうございます。砂器をなくしたら学園でやっていけないところでした」

砂器は砂魔《すなま》法師《ほうし》を目指すなら必須《ひっす》の持ち物なのだ。この器にリスピ石《せき》という石を入れ、魔力《まりょく》を注ぎ込み砂を生産する。それを器に溜《た》めておき、砂魔法を使う時に使用するのだ。

「めずらしい形の砂器だね。どこの商会の？」

「商会？　えっと……これは、知り合いの鍛冶屋に作ってもらったんです。お金がないからガラスをひねって作ってもらって。普通《ふつう》のガラスよりは強度を上げてくれてるらしいんですけど……普通に売られている砂器とは違《ちが》うんです」

答えながら、ルーナはもう一度青年の顔を盗《ぬす》み見た。やはり顔立ちが似ているように見

えるが、最後に『彼』と会ったのは彼が十歳の時だし、人違《ひとちが》いだと言われればそうかもしれないとは思う。整った顔立ちではあったが、こんなにも輝かしいオーラをまとう人ではなかったし。

「……なるほど。どうりで」

何かその砂器に引っかかるところでもあったのだろうか。きょとんとするルーナを見下ろし、青年はくすりと笑った。

「見たことがない形をしているから。まあ……四属性を入れる砂器なんて、そうそうお目にかかるものではないけれど」

「そう……なんですか？」

ルーナの砂器は、火、水、風、土、すべての属性を入れる器になっている。それがそんなにもめずらしいものなのだろうか。

「そう。四属性が使えることはとても特別なことなんだよ。学園内ではともかく、少なくとも外では隠《かく》しておいたほうがいい。悪目立ちしたくなければね」

「そうなんですね……あの、ありがとうございます」

もう一度ほほ笑みを見せた後、彼は近くの扉《とびら》から室内へと戻っていった。後ろ姿すら優《ゆう》雅《が》な人だ。なんとなくその背を見送ってしまう。

「あの方、三年の……メディスツァ公爵《こうしゃく》家のディーノ様ですわね」

突然《とつぜん》近くから聞こえた声に、「きゃっ！」とルーナは飛びのいた。

「あら……失礼。私、ピンスーティ伯爵家《はくしやく》のイヴェリーナと申します」

勝ち気そうな顔立ちに人の好《よ》さそうな笑みを浮《う》かべて名乗ったのは、蜂蜜《はちみつ》色の髪に青い瞳の少女だった。髪を顔のサイドで一つにくくり、くるくると巻いた状態で肩から前に流している。着ているコートは特進クラスのものだったが、下は黄色いドレスワンピースだ。ルカは少し着崩すなら問題ないと言っていたが、これも少しの枠《わく》にあてはまるのだろうか。

「あ……はじめまして。私、ルーナ・クピスティと言います」

にこやかだった彼女の表情が、ルーナの自己紹介《しようかい》を聞いて硬《かた》くなった。

「クピスティというと……ごめんなさい。どちらの州の方かしら？　聞き覚えがなくて」

「え？　あ、聞き覚えなくて当然です。私、別に貴族とかじゃないですし。バラッコボリの出身なんですけど、親がいないので苗字《みようじ》も養護院にいた時にもらったものなんです」

「バラッコボリってまさか、犯罪地域で有名な……それでその特進生の制服って」

こわばった彼女の顔が、今度は一瞬にして嫌悪《けんお》にまみれたものになった。

「あなたが噂《うわさ》の補欠ですわね」

「え？　補欠？」

「どう考えても特進クラスにふさわしくない、才能のない子が入るって聞きましたわ」

（才能のない子……）

ふと、ラルフの言葉を思い出す。全選定の判定間違《まちが》いだったらどうする、と言われた時の言葉だ。全選定の直後も、捨て子から砂魔法師なんて出るもんか、判定間違いだとさんざんラルフには言われた。

「あの、私補欠ではないんですけど……そもそも特進生の補欠入学ってあるんですか？」

入学前に高度な砂魔法師の素質ありとされた生徒は、十二賢者《けんじゃ》の育成クラスである特進クラスに入学する。二百人以上いる全校生徒の中、特進生は昔から素質ありとされてきた大貴族ばかりで、毎年全学年あわせても五人程度と聞く。しかし制服を渡《わた》してくれた砂魔法師は、今年は豊作で八人もいると言っていた。それなのに補欠が必要な状況《じょうきょう》になるのだろうか。

「補欠っていうのは比喩《ひゆ》ですわよ比喩！　それくらい特進クラスにふさわしくないって意味ですわ。おそらくまあ、全選定に意義を見いだしたい人が入れたんでしょうけれど」

さっぱり分からないというルーナに、嫌悪感を顔に示したまま少女は続けた。

「全選定のお触《ふ》れが正しかったと言いたい連中がいるってことですわ。……あなた、その渦中《かちゅう》にいますのにそれすら知らないとか、能力も低ければ情報の感度も低いんですのね」

「！」

ルーナは言われた言葉とあきれた視線に、「初耳は初耳だし！」と言い返したくなるのをこらえた。確か彼女は、伯爵家と言っていた。伯爵家といえば大貴族だ。

「真っ当に努力してきた私たちからすれば、政治的な理由で運良く入ったあなたは許容できない存在ですわ」

「政治的な理由？」

「本当に何も分かっていないんですのね……言いましたでしょう？　全選定のお触れが正しかったと言いたい連中がいるって。貴族でない中流階級の人間や、改革派の連中とかね。……この国では継承順位《けいしょう》が覆《くつがえ》ったことなどありませんのに、なぜ第二王子につくのか理解に苦しみますわ」

最後のぼそっとしたつぶやきは独り言のようだった。

（第二王子って……エリゼオ王子のこと？）

ルーナでも知っている名前だ。フィリップ第一王子は将来の国王として誰もが知る名前だが、同じくらいにバラッコボリにいても第二王子の名前を聞くのは、彼が全選定の発案者だからだ。巧《たく》みな話術で国王を動かし、中流、上流階級しかなれない砂魔法師の門戸を、大きく開いたと聞いている。

（全選定の後命を狙《ねら》われたの、養子縁組《ようしえんぐみ》を断って恨《うら》みを買ったんだと思ってたけど……そうじゃなくて、庶民《しょみん》が砂魔法師になると困る人がいるってこと？　だけど、逆に私が砂魔法師になると、得する人もいるってことで……）

ふと、投資だと言い在学費用を出してくれた男のことを思い出す。あれも、ルーナが砂魔法師になれば得する人の一人なのだろうか。

（だけどあれはあくまでお金の話であって、全選定の時に来た人たちは、みんな砂魔法師の素質があるって言ってくれて……）

なによりそのうちの一人が、君なら十二賢者も夢ではないと言ってくれたのだ。

「私が特進クラスに入れたの、誰かの後押しがあったからって言ってます？」

「不当な後押し、ですわ。実力もないのに入ったのでしょう？ そのあげくに犯罪者とか……すぐにお帰りになることを勧《すす》めますわね」

「犯罪者って……あの！ 犯罪地域って呼ばれているからって、バラッコボリに住む全員が犯罪者なわけないと思いませんか？ 当然、私も罪を犯《おか》したことはありません」

「そんなこと、本人に主張されて信じる人がいまして？」

馬鹿《ばか》にした言い方にカチンときたが、ここで彼女に喧嘩《けんか》を売れば、この先さらなる苦難が訪《おとず》れることが想像できる。彼女の傘下《さんか》の貴族を全員敵に回してしまう可能性があるからだ。

（いや、この人が言ってるのがすでに貴族の共通認識《にんしき》だったりして……私、本当にいじめられたりとか……いや、考えないようにしよう。ミートパイミートパイ、平常心平常心平常心……）

ルーナはなんとか苛立《いらだ》ちと動揺《どうよう》を抑《おさ》え込むと、気を取り直して笑顔《えがお》を作った。

「何か誤解があるようですけど、とにかく、私は清廉潔白《せいれんけっぱく》に生きてきました。ですから、同じ特進生としてどうぞよろしく……」

「よろしくお願いしないでくださる？ 私は伯爵家の人間ですの。何度も言いますけれど、スリだの強盗《ごうとう》だので生きてきた人間と仲良くするつもりはありませんわ」

辟易《へきえき》してルーナは口をつぐんだ。表情を変えなかった自分を褒《ほ》めてあげたい。

「ほんと、よりによって特進生とか……学園の良識を疑いますわ！」

そこまで言ってくるりと身を翻《ひるがえ》すと、ぶつぶつ言いながら去っていった。あんまりな言い草に地団駄《じだんだ》を踏《ふ》みたくなるが、せめて彼女が立ち去るまではとなんとかこらえた。

（あー……ミートパイミートパイミートパイ……とりあえず、去ってもらえてよかったと思おう！）

ルーナがぐっと拳《こぶし》を握《にぎ》りしめたところで、デッキを歩いてくる足音が聞こえた。

「あ、ルーくん」

曲がり角から顔を出したルカが、ルーナを見つけて息をついた。

「ルーナ、あんま一人でうろうろすんなよ。変な奴《やつ》に声かけられてないよな？」

過去に命を狙われてから、ルカは見知らぬ場所でルーナが一人になることを心配する。

今の質問はそういう意味だろう。

「うん。大丈夫《だいじょうぶ》だよ。この船もウルビス島も、決まった人しか入れないはずだもん」

（まあ、変な子には会ったけど……これから関《かか》わらなければいいんだし）

特進生は全学年共通で特進クラス専用の授業を受けるが、一年生だけは夏休みまでの数ヶ月間、基礎《きそ》知識を身に着けるために通常クラスの授業を受ける。通常クラスは三クラスあるそうだし、同じクラスにさえならなければしばらく関わることもないだろう。

「それよりルーくん、学園生活、楽しみだね！」

「――ああ」

ルーナの笑顔を見て、ルカも表情をゆるめる。海に視線を戻《もど》すと、さきほどまでは遠くに見えた島が、遠目にだが建物の形が分かるくらいまで近づいていた。

（あの学園を卒業して、私たちは砂魔法師《すなまほうし》になるんだ。そうすればみんなでミートパイを食べられる日が、きっとまた……）

ルーナは昔から変わらない慣れた気配を隣《となり》に感じながら、近づいてくる島を眺《なが》めていた。


島に着くと新入生は寮《りょう》へ案内され、部屋へ荷物を置いてから講堂へと集まるよう指示があった。ルーナも寮を出ると、人の波についていくようにして講堂へ移動した。

講堂は全校生徒が集まる場所だけあり、ルーナの知る街で一番大きな教会よりも広かった。遠くに見える天井《てんじょう》にはステンドグラスがあり、太陽の光が色を変えて降り注いでくる。

講堂内に椅子《いす》はなく、生徒たちはざっくりと、後ろから一年、二年、三年でまとまっていく。ただし、特進生たちはまた別で、一番前に場所が用意されていた。

入り口で受けた説明どおりに前方へ行くと、寮へ行く前に別れたルカと合流することができた。女子寮と男子寮は場所が離《はな》れていて、船を下りたところで一度別れたのだ。

「ルーくん、寮どうだった？」

「おー、一人部屋で快適そうだった。ルーナは？」

「もうすっごくいいところだった！　お布団《ふとん》ふかふかだし、雨漏《あまも》りもすきま風もぜんぜん心配ない綺麗《きれい》な部屋で、感激だったよー！」

「それは何より」

ルカはルーナの反応におかしそうに笑った。

「でも、これからはお互《たが》い一人暮らしなんだね……寂《さび》しくなるな」

「同じ島にいるんだから、すぐ会えるだろ。毎日同じ学園にも通うんだし」

「うん……そうだね」

ルカもルーナと同じで初めての一人暮らしになるが、まったく不安はなさそうだ。心配させたくはなくて、ルーナも笑顔でうなずいた。

そうこうしているうちにほとんどの生徒が講堂内への移動を終えたようで、ルーナたちの周辺にも特進生がそろったようだ。その中には船の上で砂器を拾ってくれた青銀髪《せいぎんぱつ》のディーノや、人を犯罪者呼ばわりして立ち去った黄色ドレスワンピースのイヴェリーナもいる。後ろにいる通常クラスの生徒たちが、ディーノを見てきゃっきゃっと話している。視線に気づいて彼が笑顔を向けると、黄色い声がきゃーとあがった。

ほどなくしてがやがやしていた講堂内が静かになっていく。周囲の生徒の視線が壇上《だんじょう》へ向かっていき、ルーナも視線を向けると、ちょうど学園長が教壇《きょうだん》に立ったところだった。

「全員集まったようだな」

学園長は五十代だと聞いたが、四十代前半にも見える若々しさだ。白い長い髪《かみ》を下ろしているが、老人めいた印象はない。落ち着いた雰囲気《ふんいき》だが、高そうな黒衣をまとい、背筋が綺麗に伸《の》びた姿は威厳《いげん》に満ちている。

「一年生の諸君は、入学おめでとう。砂魔法師を目指すからには、砂魔法の技術だけでなく、私生活や教養についても一流として恥《は》じないよう磨《みが》いて欲しい。さて。さっそくだが、全生徒へ向けた今年のチーム発表だ」

生徒たちがざわついた。特に在校生のざわつきが大きい。一年生は入学式のつもりで来ているが、二年生や三年生は、チーム編成を知ることが今日一番のテーマなのだ。

「アメーラ先生」

学園長が脇《わき》に控《ひか》える教師の名を呼んだ。呼ばれた教師が進み出て、砂器を取り出した。

（もしかして、砂魔法？）

砂魔法師の資格を得た者のみがリスピ石の所有を、砂魔法の使用を許されるため、この目で見るのは初めてだ。例外的にこのウルビス島では生徒も砂魔法の使用を許されるが、リスピ石が配布される前の今は、当然砂魔法を使えない。

（それにしてもあれ……本当に先生？）

かなり若く、下手すれば生徒のように見える。服装は制服と異なり、ピンクのドレスワンピースに、短い黒ボレロだ。肩《かた》で切りそろえたピンクの髪が、彼女の動きと共に揺《ゆ》れる。

「あの髪、いじってるらしいぜ」

彼女に見入るルーナに、隣のルカが言った。

「いじってる？」

「人工的な髪色ってこと。砂魔法で作った薬を定期的に飲んで、色を変えてんだよ」

「あー……なるほど」

確かに、ルーナたちがいた街では決して見ない髪色だ。

ピンク髪の教師が砂器を振《ふ》った。色とりどりの宙に舞《ま》った砂に人差し指で星を描《えが》く。ほどなくして、指でなぞった場所に光り輝《かがや》く魔《ま》法陣《ほうじん》が生まれた。

（うわ、綺麗……）

宙に舞う砂が、魔法陣の発動により光に転じる。それから少しして壇上に現れたのは、大きな灰色の石板だった。そこへ、白い石で石板を傷つけていくかのように人の名前が書かれていく。どうやら、チーム構成が書かれているようだ。

「うわー……すごいね！　ルーくん！」

「ああ、すごいな」

こうしてチームが発表されていく中、学園長がそうそう、と言葉を発した。

「砂魔法師は技術はもちろんだが、人間性も重視される。どこへ行っても重要な役割を任される立場だからな。その意味でも我が校では、チーム課題の成績を重視し、卒業時に国へ伝える成績へと反映している」

砂魔法師にもランクがあると聞いたことがあるが、国に伝える成績というのは、それに直結するものなのだろう。つまり、この学園での成績が将来の地位に影響《えいきょう》する。学園に入る生徒であれば全員知っている事柄《ことがら》らしく、特段反応はない。だが、次の言葉に生徒たちはざわついた。

「しかし、これまでの結果は特進生のいるチームばかりが上位の成績をおさめている。これではチーム力など見られないという声もあり、また、今年は特進生が八名いるという異例の事態から、あらかじめ通常クラスと特進クラスを分けてチームを構成することにした」

ルーナは首をかしげ、小声で隣のルカに問いかけた。

「……つまり？」

「特進生が四人のチームを二つ作るって話だな」

「わ……ということは、私、ルーくんと同じチームになれるのかな」

確率は二分の一だ。ルーナは目を輝かせ石板に視線を戻した。


入学式を終えて全生徒へ配布されるリスピ石を受け取った後、ルーナはとぼとぼとルカの隣を歩いていた。今は特進生用に用意されたチーム部屋へ向かう最中だ。

「あーあ。二分の一の確率だったのに、そこで外すかなあ」

「まあ、そういうこともあんだろ。けどほら、ルーナが楽しみにしてたリスピ石も受け取れたわけだし」

「そうだね……ついにこれで、砂魔法が使えるようになるんだね！」

落ち込んだ顔から一転して笑顔《えがお》になると、ルカが小さく笑う。

ルーナはあらためて腰《こし》の砂器を取り出した。その中には、赤、青、緑、灰の丸い石が入っている。ガラス越《ご》しに触《ふ》れると、不思議な温かみを感じた。

「なんだか、リスピ石に触れてると安心する。リスピ石に込められた誰《だれ》かの優《やさ》しさが伝わってくるみたい」

全選定で触《さわ》った時にも思ったことだ。これが人生を変えるかもしれない宝石に思えたからかもしれない。触れると、石も直接ルーナの心に触れてくるようで、不思議な温かみを感じるのだ。

反応のないルカの顔を見れば、めずらしくルカがルーナに向かって変な顔をしていた。

「え、変なこと言った？」

「あー……いや、無機物に対してその感想はあんま想像しなかったというか」

「無機物……無機物なのかな」

リスピ石が感情を持っている気がするなど、おかしな考えなのだろうか。

「まあ、リスピ湖に落ちた隕石《いんせき》から削《けず》り取って研磨《けんま》したのがリスピ石だからな。正体不明の物体って意味じゃ、無機物とは言い切れないか」

「へー。リスピ石ってそうやって作られてるんだ！　ルーくん、あいかわらず博識だね」

「昔、星霊祭《せいれいさい》の開かれる日が隕石が落ちた日だって教えてくれた人がいたんだ。その時に聞いた。それより、そろそろ見えてきたな」

校舎を出てからだいぶ進み、橋を渡《わた》って小さな川を越《こ》えたところで、前方に大きな建物が見えてきた。

「いよいよチームメイトとの対面だね。緊張《きんちょう》するなあ。変な人がいたらどうしよう……」

「変な奴《やつ》がいるかは分からないけど、とりあえずルーナのチーム、エリートばっかだぞ。メディスツァ家の子息は次の賢者《けんじゃ》間違《ちが》いなしらしいし、ピンスーティ家も優秀《ゆうしゅう》だって話だ」

「それ、どこで聞いたの?」

ルカだって、ルーナと同じ街暮らしだったのだ。なぜルカだけそんなことを知っているのだろうと顔を見ると、ルカは目を泳がせた。

「あー……船の上でちょっと」

(ルーくん……まさか情報目当てで女の子に声をかけたとか?)

だとしたら、ルカに一目《ひとめ》惚《ぼ》れした少女があまりにも哀《あわ》れだ。

(でも今はそれよりも)

「ここから先はルーくんと別行動かあ。ただでさえ学年も違うのに」

ルカはルーナと同じく今日ウルビスへ入学したが、年齢《ねんれい》でいえば二年生なのだ。飛び級という形で二年生扱《あつか》いになると聞いている。つまり、通常クラスの授業は受けず、いきなり特進生向けの授業を受けることになるのだ。

「まあなあ。けど、授業後は自由時間なわけだし。メシもさ、ルーナが他《ほか》に食べたい相手ができるまでは、一緒《いっしょ》に食おうぜ」

「うん……うん!」

やがてルーナたちは、宮殿《きゅうでん》のような建物の前で足を止めた。大きな門の向こうに、青い丸みを帯びた屋根をかぶった、白亜《はくあ》の建物が見える。

「ここ……？」

「入ろう」

言うが早いか、ルカはもう門を開けていた。あわててルーナもその後に続く。重い扉《とびら》を開けた先の玄関《げんかん》ホールには二つの看板があり、一つの看板に自分の名前と他三名の名前が書かれ、大きく左矢印が書かれていた。ルカの名前のある看板には、右矢印が書かれている。

「ここからは別行動だな。また明日《あした》、食堂で」

「うん」

ルーナは笑顔で手を振って、あっさり右の廊下《ろうか》を進んでいくルカを途中《とちゅう》まで見送ると、自分も左の廊下を進んだ。そして突《つ》き当たりの部屋に入ると、貴族の屋敷《やしき》にありそうな一室が目に飛び込んできた。

広々とした部屋には中央に濃《こ》い木目のテーブルがあり、それを囲む四つの椅子《いす》がある。手前の壁《かべ》には食器棚《だな》があり、窓際《まどぎわ》にはソファがある。これだけ食器があるのを見ると、この部屋以外にもお茶を淹《い》れる部屋などがありそうだ。それだけに止《とど》まらず、きっと他にも部屋はあるのだろう。外から見れば宮殿のような建物だった。

チームメンバーは全員で四名。ルーナが最後の到着《とうちゃく》だったようだ。すでに三人はテーブルにつき、談笑でもしていたのかテーブルにはポットが一つとティーカップが三つ置かれている。

その三人の顔を見て、ルーナは「げっ」と口の中で声を漏《も》らした。相手のほうもめちゃくちゃ顔をしかめている。船の上でルーナを犯罪者扱いした少女イヴェリーナだ。ルーナと目が合うと、蜂蜜《はちみつ》色のくるくるの髪《かみ》を派手に揺らし、ぷいっと向こうを向いた。

（ルーくんの名前にばっかり気をとられてたけど、そういえば看板にイヴェリーナって名前があったっけ……）

「あー……えっと、はじめまして。私、ルーナ・クピスティといいます」

ルーナの挨拶《あいさつ》には誰の反応もなく、何か間違《まちが》えたかな、と不安になった時、テーブルについていた一人がにこりとほほ笑みかけてきた。

「僕ははじめましてではないけれど……覚えていないかな」

「もちろん覚えています！　あの時は砂器を拾っていただいてありがとうございました」

深く頭をさげると、彼はほほ笑みを深くした。なんだかゆったりと話す口調や彼のかもしだす穏《おだ》やかな雰囲気《ふんいき》が、ささくれだった部屋の空気を浄化《じょうか》していくようだ。……と思ったが、そう都合よくはいかなかった。

「バラッコボリの人間と同じチームだなんて。断固異議を申し立てますわ！」

イヴェリーナがダンッとテーブルに手をつき席を立った。前例のない、平民の特進クラス入学だ。多少の困難は立ちはだかって当然だろうとは思ったが、本当に最初から前途《ぜんと》多難なようだ。

（あーミートパイミートパイミートパイ……）

目を閉じて、養護院のみんなとミートパイを食べる光景を思い描《えが》く。外側はサクサクで、噛めば肉汁《にくじゅう》がじゅわっと出るあのミートパイ。砂魔法師《すなまほうし》になれば、あれが毎日食べられるのだ。くっきりしたイメージが湧《わ》いて気持ちが落ち着くと、ルーナは彼女に言葉を返した。

「あの、繰《く》り返しになりますけど、私はバラッコボリ育ちだからって罪なんて犯《おか》したことありません。ですから、一緒に優勝を目指して協力していきませんか？」

嵐《あらし》が過ぎ去ればいいと思っていた船の上の時とは違う。同じチームとなれば、彼女ともうまくやっていかなければならない。

「けっこうよ。あなたとつるむ気なんてありませんわ。チーム課題なんて私一人で……」

「課題はチーム力を見るものだよ。個人の力で作りあげる成果なんて、すぐに見抜《みぬ》かれるんじゃないかな」

ディーノが穏やかな口調で口をはさんだ。確か、彼は公爵家《こうしゃくけ》の子息という話だった。イヴェリーナとは比較《ひかく》にならない名家なのだろう。ぐっと彼女が喉《のど》のつまった顔をする。

「では、このチームではやっていけないと教師に訴《うった》え、チームを変えてもらいますわ」

「今年は特進生で二つチームを作るという話だったけど、あちらはあちらでもう一人同じ街の出身がいると思うよ。確か、ルカ・クピスティって名前が……君のお兄さんだよね？」

「あ、はい！　兄も私にあわせて今年入学したんです」

イヴェリーナがルーナを睨《にら》みつける。なぜここでルーナが睨まれるのだろうと思うが。

（なんか私とこの人のせいで、集まって早々に空気を悪くしちゃって申し訳ない……って、寝《ね》てる!?）

チームメンバーは四人だ。もう一人の存在を見れば、ふさふさでもじゃもじゃの黒い髪が彼の顔を覆《おお》い隠《かく》している。そのせいですぐには気づかなかったが、腕《うで》を組んでうつむく彼は、眠《ねむ》ってはいないだろうか。横でこんな言い争いをしているのに微《び》動《どう》だにしない。

イヴェリーナが黙《だま》り込むと、ディーノがルーナにほほ笑みかけた。

「僕はディーノ・ウルヴィス・メディスツァ。メディスツァ州を統括《とうかつ》する公爵家の長子だ。よろしく」

「……イヴェリーナ・ピンスーティ。ピンスーティ伯爵《はくしやく》家の次女ですわ」

さすがに目上の人物に名乗られれば、自分も名乗らざるを得なかったようだ。不承不承というようにイヴェリーナが名乗る。

「あ、私はルーナ・クピスティです。これからよろしくお願いします！」

あらためて名乗ってから、まったく聞いていない様子のふさふさ頭の男をハッと見た。

「あの、すみません！　すみません！」

大声で呼びかけると、ふさふさ頭がわずかに上がる。顔は見えなかったが、目は開けてくれていると信じた。

「今、自己紹介《しょうかい》中なんです。私ルーナっていいます。あなたのお名前を聞いても？」

「名前……めんどい……好きに呼んで……」

それだけ言葉を発すると、また髪の毛が下に下がった。また眠ってしまったのだろうか。

「ええと……メンドイさん？」

「あなたバカですの⁉ 面倒《めんどう》だって言われましたのよ！」

イヴェリーナに怒鳴《どな》りつけられるが、わざわざ説明してくれるあたりは意外と親切だ。

「じゃあ……まあ好きに呼んでって言ったし、ブロッコリーさんで」

もじゃもじゃの黒髪がブロッコリーを彷彿《ほうふつ》とさせる。

「あなた本当にバカですの⁉　その方は、カルミネ・コヴェリ。コヴェリ子爵《ししゃく》家の長男で、二年生ですわ」

ディーノがルーナとイヴェリーナのやりとりを見て、くすくすと笑った。彼女が顔を赤らめる。思わず怒鳴り声をあげてしまったことが、良家の淑女《しゅくじょ》らしくないと思ったのかもしれない。

「まあ自己紹介もすんだところで。よろしくお願いします。ディーノ先輩《せんぱい》、イ……」

「ですから、あなたとよろしくする気はありませんの」

「……じゃあせめて、リーダーを決めませんか？　それを決めたら、イヴェリーナ様もその人に従えばよくなるし……」

「ではご自由に決めてくださいな。今日は私、もう帰りますわ」

「ええ⁉」

「あなたと一緒の時点でチームの優勝はあきらめましたわ。私、個人成績で賢者《けんじゃ》試験資格を得ることにします」

「ぐ……」

本来ならルーナも同じセリフを返せばいいのかもしれないが、あの約束がある。チーム優勝をしなければ、学園を去るというあの約束だ。

「そんな……あの、カルミネ先輩も起きてください！　今大事な話をしているんです！」

ルーナはカルミネの肩《かた》を摑《つか》み前後に揺《ゆ》さぶったが、黒いもじゃもじゃの髪がわっさわっさと揺れるだけで効果はなかった。ルーナが救いを求める目で、この場で一番まともに見えるディーノを見る。ルーナの視線を受け見目麗《みめうるわ》しき青銀髪の青年はにっこりと笑った。

「いや……僕もね。個人成績のほうでもう賢者試験資格は持っているから、特にチームで成果を出す必要はないんだよね」

「なっ……」

一番の味方かと思われたディーノは、どうやらこのチームで一番優勝する動機がないらしかった。カルミネはそもそものやる気がなさそうだし、となると、優勝してメリットのある人物はイヴェリーナくらいしかいないようだ。

すがりつくように彼女の顔を見たが、返ってきた答えはある意味予想どおりだった。

「お話はこれまでのようですわね。あきらめて自分の居場所へ帰ったらどうですの？」

まるで犯罪者は犯罪地域へ帰れとでも言っているようだ。

（もー、犯罪なんてしたことないって言ってるのに、しつこい！）

「あの！」

思わず口から低い声が出れば、イヴェリーナが何よと言いたげな視線を向けてくる。

「私のこと気に入らないって言いますけど、せめて私を知ってからそう言ってくれませんか？　何も話す前から一方的にあれこれ言われても困ります！　だいたい、バラッコボリのことだってなんにも知らないくせに……」

「知ってますわよ」

え？　とイヴェリーナの顔を見れば、彼女はルーナを睨みつけた。

「私が偏見《へんけん》であなたを拒絶《きょぜつ》していると思っているのなら大間違いですわ。確かに外の世界も知らない頃《ころ》、私はお父様に、労働者階級の人間と話すものではないと教わりました。最低限、執事《しつじ》やハウスキーパーと話すだけで十分。ましてや貧困街の連中なんて、同じ人と思うなとも言われました」

特段驚《おどろ》きもなかったので、黙って聞いておく。ルーナは貴族の知り合いなんていないからそこでどういう教育がなされているかも知らないが、もしも貴族がまともな人たちばかりなら、こんなに綺麗《きれい》な建物が並ぶ国と同じ国であんな貧困街は生まれないと思うのだ。

「ですが、だから言っているわけではありませんわ。私、最初は貧困街の人だって、私と生まれた場所が違《ちが》うだけ、恵《めぐ》まれていないだけで、私と変わらない人間だと思ってましたの。ですから国で一番の貧困街と呼ばれるバラッコボリへ行って、そこで貧困者に会い、快く自分の財を渡《わた》しました。そうしたら他《ほか》の人にも群がられて……宿泊代《しゆくはく》すら切り崩《くず》して恵んだのに、そのあとその人たち、私のことを頭の悪い小娘《こむすめ》と言ってましたのよ⁉」

「それは、なんて言ったらいいか……」

剣幕《けんまく》で言うイヴェリーナの言葉に、毒気が抜《ぬ》かれる。

「それだけではありませんわ。私、花売りの娘から高値で花を買いましたの。そしたら財《さい》布《ふ》をすられて……ああ、それから偽物《にせもの》の壺《つぼ》を購入《こうにゆう》させられたこともありました。そういう、人を人とも思わないことをする連中……そういうことが十度も続けば、この人たちは自分と同じ良心なんて持っていないんだって、いやでも分かるというものではなくて⁉」

「イヴェリーナ様……」

（十回も騙《だま》されたんだ……）

それは確かに、バラッコボリが嫌《きら》いにもなるかもしれない。

気づけば、ディーノが話を聞いていられないというように横を向いてこちらを見ないようにしている。一見すれば彼女の話に同情しているように見えるが、ルーナにはなぜか分かった。彼は、笑いをこらえている。

「なんか……十回も信じてくれたのに、期待に応《こた》えられなくてごめんなさい」

「別に……あなたに謝ってほしいわけではありませんわ」

「そうかもしれません。でも、バラッコボリの人が不愉快《ふゆかい》な思いをさせたのなら同じ街の住人として謝ります。だけど、全員が悪人ではないし、少なくとも私は違うと証明します。ですからどうか十一回目。私を信じていただけませんか？」

イヴェリーナはルーナが差し出した右手を眺《なが》めた後、横を向いた。

「お断りですわ。あの頃は子どもだから信じられましたの。もう大人になったんですもの。真実は見えるようになっていてよ」

冷たく吐《は》き捨て、イヴェリーナは今度こそ部屋を出ていった。

重い扉《とびら》が閉まる音を聞きながら、天井《てんじょう》を仰《あお》ぐ。

（エリートの集まり、かあ……）

別に期待なんかしていなかった。ルカがいるチームだって特進生の集まりだ。自分だけがチームメイトに恵まれているとは思わなかったし、貴族の中に飛び込むのだからと相応の反発も覚悟《かくご》していた。

（それにしたって、これはあんまりじゃない……？）

あきらめるには早い。そうは思っても、あらためて自分を奮い立たせる時間は欲しいものだ。


「それはまあ、災難だったたな」

翌朝、ルーナの話を聞き同情の言葉を返してくれるルカの隣《となり》で、ルーナはテーブルに頬をついて「うー」とか「あー」とか口にしていた。

特進生はどこに行っても優遇《ゆうぐう》されているようで、食堂に来ると、ルーナはパンも果物も食べ放題という、感激で涙《なみだ》が浮《う》かぶ朝食にありつけた。

だが、それも浮かない気分で食べては味もあまり感じられず、とりすぎたパンをなんとか食べ終えてぐったりしていたところだ。

講堂と同じ広さがあるのではないかという食堂は、とにかくだだっ広い一階席と、それを見下ろせる位置に二階席があり、二階席のほうが特進生用になっている。たまに教師の姿は見かけるが、一般《いっぱん》の生徒は利用できないらしい。

ルーナはルカと一緒《いっしょ》に食事をするために、校舎内の食堂へと来ていた。二階はガラガラだったが、朝食の時間でも一階席には人が多いらしく、がやがやと人の声らしき音が下から聞こえてくる。寮《りょう》の一人部屋で過ごす静かすぎる時間は寂《さび》しくもあったので、こうした場所はむしろ居心地《いごこち》がいい。

「でもねー、イヴェリーナ様と利害は一致《いっち》してると思うんだよ。だって、賢者試験資格がほしいって話は否定しなかったもん。そしたらディーノ先輩やカルミネ先輩よりはまだ、協力を得られる可能性があるというか……」

「そのディーノって奴《やつ》には本当に協力してもらえないのか？　ルーナはこんなにかわいいんだし、上目遣《うわめづか》いで頼《たの》めば男なら誰《だれ》だって……」

「お兄ちゃん、身内の欲目《よくめ》がすごいんですけど。私、どこの人混《ひとご》みでも埋没《まいぼつ》できる中の中《ちゅうなか》の中《ちゅう》の容姿だし。だいたい、女の人が男の人に上目遣いでなんて……そういうので動くのルーくんくらいだからね？」

「いやー、ルーナは俺のこと誤解してると思うなー。……街の奴ら、何を吹《ふ》き込んだんだ」

ルカはどこともしれない遠くを睨《にら》みながら、ぼそっと言う。

「まあ、私のところはそんなんだけどさ。ルーくんはどうなの？」

「俺？　まあ……俺んとこも似たようなもんだよ。ルーナにつっかかったイヴェリーナってのの姉貴が俺のチームにいて。気位の高さはなかなか……お、噂《うわさ》をすれば」

ルカの声にようやく顔をあげたルーナは、食堂の入り口近くにいるイヴェリーナを見つけた。同じ髪《かみ》色の女性がそばにいるが、彼女がルカの言うイヴェリーナの姉なのだろうか。

（似てるけど……でも、ぜんぜん違う）

勝ち気そうな顔立ちは同じだが、姉のほうは洗練された気品を感じる。妹と同じ蜂蜜《はちみつ》色の髪をサイドで結《ゆ》わいているが、その髪はストレートのまま腰《こし》のあたりまでおろされ、ほつれ一つない。

制服は妹のようにカスタマイズしすぎではなく、多少リボンが瞳《ひとみ》と同じ青だったりベルトが銀だったりはするものの、もとの制服らしさを残した姿だ。白コートは着ていない。姉なら二年か三年なのだろうし、もう特進生として学園に顔を覚えられているのだろう。

ルーナの視線を感じてか二人がこちらを向いた。目が合ってルカが二人に笑いかける。

「おはよう、ロレーナ嬢《じょう》。よかったら一緒に朝食でもどう？」

（お兄ちゃん、私たち食べ終えてますけど！）

果敢《かかん》に二人に声をかけたルカは、きっと二人が誘《さそ》いを受けるとは思っていないのだ。だから、朝食を食べようだなんて適当なことを言う。

「あなた方……お姉様に声をかけるだなんて、ずうずうしいにもほどがありますわ！」

イヴェリーナは荒々《あらあら》しく言い放つと、キッとルーナを睨んだ。

（なんで私）

「言いましたでしょう？　バラッコボリの人間となんてお話しできませんわ。ましてや同じテーブルで食事などありえな……」

「イヴ」

ルカがロレーナと呼びかけていた女性が、涼《すず》やかな声で妹の名を呼んだ。それだけでぴたりとイヴェリーナは口をつぐむ。ロレーナはこちらに向き直り、にこりとほほ笑《え》んだ。

「お誘いありがとうございます。ですが私たち、親しくする相手は慎重《しんちょう》に選ぶことにしておりますの。本来、上流階級と労働者階級の人間は話をするものではありませんわ。お話もあわないことと思います」

（うわー……）

ある意味イヴェリーナより手強《てごわ》い。笑顔なのがむしろ、お互《たが》いの間に崖《がけ》でもあるかのような溝《みぞ》を感じさせる。だがその反応は想定内だったようで、ルカのほうもにこりと笑顔を返した。

「そう、残念。美人二人と食事なんて、おいしく朝食が食べられると思ったんだけど」

そこまで言ってから、ルカは憂《うれ》いを込めた微笑《びしょう》を浮かべた。

「だけど確かに、君と俺とでは身分が違いすぎるね……。悲しいけれど、これも運命だとあきらめるしかないかな」

でたー、と言いたげに、ルーナは隣のルカを見てしまう。街にいる蝶《ちょう》を次々と撃《う》ち落としたという、憂いを込めた微笑だ。ルーナが見ることなんてほとんどないけれど、これがお姉様方には大層評判らしい。ちなみに、若い子にはあまりウケない。若い子たちは快活に振《ふ》る舞《ま》うリーダー気質のルカのほうが好きだ。

だいたい表情なんて作らなくたって、ルカは顔も声もいいのだ。表情をなくしたロレーナの後ろで、イヴェリーナが真っ赤になっていた。

「行くわよ、イヴ。低俗《ていぞく》な者の言葉に耳を貸さないように」

「あ……は、はい。お姉様」

身を翻《ひるがえ》し別のテーブルへ向かうロレーナに、あわててイヴェリーナがついていく。ルカはルーナに向き直ると、「な？」と言った。どうやら、彼女たちが来る前にしていた話のことらしい。

（今のは半分、ルーくんが悪い気がするけど……）

余計なことを言いさえしなければ、低俗とまでは言われなかっただろう。

「まあ確かに、イヴェリーナ様と一緒で階級意識が強い人だね。これでもしルーくんが賢《けん》者《じゃ》になったらどうするつもりなんだろう」

砂魔法師《すなまほうし》にさえなれば、出自に関《かか》わらず下級貴族と渡《わた》り合えると聞いている。十二賢者ともなれば、状況《じょうきょう》によっては公爵家《こうしゃくけ》とも対等に話すと聞いているが、どうなのだろう。実際のところ今の十二賢者は大貴族出身しかいないので、そう違和感《いわかん》もないのだろうが。

考え込むルーナの視界に、何かが横切った。どうやら飛行物はルカを目がけて飛んできたようだが、それをルカは片手で受け止めた。何かと思えばパンらしい。ルカは自分の空になっている皿に転がして、何事もなかったかのように話を続けた。

「ローナは自分も賢者になるつもりだから問題ないって思ってんだろ。そういう意味じゃ、双子《ふたご》のほうが考えなしかもな」

「双子？」

「俺のチームにいる双子。子爵家《ししゃくけ》の連中らしいけど、嫌《いや》がらせがすごくて」

ルカはルーナに答えながら、再び自分に向かって飛んできた卵を受け止めた。殻《から》つきの卵を、器用にも割らずに受け止めている。いったいどうやったのだろう。

「えっ……と」

戸惑《とまど》いつつもルーナが卵の飛んできた方角を見れば、同じ顔の男女がこちらを見てひそひそと話していた。黒髪《くろかみ》を肩《かた》の上で切りそろえた二人組。マッシュルームを思わせる髪型《かみがた》だ。いたずらっぽい紫《むらさき》の四つの瞳がこちらに向けられている。続いて、男のほうがバナナの皮をこちらに投げてきた。ルカはそちらに視線を向けもせず、受け止めて皿に捨てる。

ちなみに男が投げたと分かったのは、制服の違《ちが》いでだ。顔だけでいえば、二人はまったく同じ顔に見える。

あれが、ルカが同じチームと言っていた双子なのだろう。

「なんか、むしろ私よりルーくんのほうが孤立《こりつ》してない⁉」

「ん？　ああ……まあなあ。けど俺のほうは考えもあるし、なんとかなるよ」

余裕《よゆう》そうに笑うルカを見ていると、本当になんとかする気がしてくるから不思議だ。

「ああそうだ。ルーナ、これ」

ルカが制服のポケットから何かを取り出してルーナに差し出した。両手を広げると、その上にネックレスが置かれた。

「入学祝い。何かあった時のためのお守りだ」

「入学祝い？」

ルーナは目を見開いた。手渡されたそれは、銀の刺繍《ししゅう》がほどこされた制服にあう、銀色のチェーンで、先には小指の先ほどの透明《とうめい》な石がついていた。ガラスだろうか。何か、中に模様が描《えが》かれているようにも見えるが。

「綺麗《きれい》……こんな高価そうなもの、いいの？　昔にもらったのもまだあるのに」

ルーナは服の中にさげているブレスレットを、服の上から握《にぎ》りしめる。

「それ、ずっと身につけてほしいって言ったのは俺だけど、もう捨てていいよ。だいぶ古いし」

ずっと身につけていてもルーナが服の上に出したり出さなかったりするのは、あまりにも古びてしまったからだ。こうした綺麗な制服の上に出してさげれば、違和感が強い。

ずっと大切にしてきたのだ。捨てていいと言われて捨てられるわけもないが、こうしてまたルーナのために贈《おく》り物を用意してくれたことは、素直《すなお》に嬉《うれ》しい。

「あの……でも私、ルーくんになんにも用意してない」

「ルーナの笑顔が俺にとって一番のプレゼントなんだけど。それ、気に入らないか？」

「――そんなわけない！　すごく嬉しい！　ありがとう。ルーくん」

ルーナの笑顔に、ルカもつられるように笑う。ルカは常にいろんな人に囲まれる人気者だけれど、こうして特別扱《あつか》いをするのは妹のルーナだけだ。

「それと、さっきお守りって言ったろ？　今度からはこれを肌身《はだみ》離《はな》さず持ち歩いてくれると嬉しい」

「うん！」

アクセサリーを握りしめれば、胸が温かくなり、やる気も満ちてくるようだ。

（いろいろ問題はあるけど、これからの学園生活がんばろう。今は認められなくても、実力をつけていけば、いずれチームの人も認めて協力してくれるかもしれないよね）

「ルーくん、ありがとう！　大切にするね」

再び笑顔になったルーナを見てルカも満足げにほほ笑むと、横から飛んできたオレンジをはたき落とした。

それから通常クラスでの授業が始まって四日目のこと。

やる気満々で授業に臨《のぞ》んでいたルーナだったが、授業初日は何が分からないかも分からないくらい授業についていけず、二日目には前日にリストアップした質問を聞いて担任のドナートに授業妨害《ぼうがい》だと怒《おこ》られ、三日目は実践《じっせん》で初めての砂魔法に成功して浮上《ふじょう》したものの、四日目の今日は再び頭を抱《かか》えていた。

ちなみにドナートは週末まとめて質問に答えると言ってくれたが、分からないことだらけのまま授業を受けているせいで、どんどんと分からないことが増えていく。

（分からない……分からない！）

自分でも頭が良いほうだとは思っていないが、しかしそれだけが原因ではないと思う。砂魔法師がもともと貴族か、裕福《ゆうふく》な中流階級から輩出《はいしゅつ》されてきたのには理由があって、おそらく入学前にそれなりの教育を受けられるだけの家でなければ、砂魔法師にはなれなかったのだ。全選定のお触《ふ》れにより庶民《しょみん》にチャンスが与《あた》えられたとしても、たった数人しかいないらしい庶民にあわせて授業内容が補正されるはずもない。

分からない言葉を書き込んでいった結果、教科書はルーナが書き込んだセピア色の文字で埋《う》まっていた。そして今日もまた、まったく理解できない言葉の羅列《られつ》が続く。

「闇魔法《やみまほう》の使用は重罪、つまり四属性の連星はご法度《はっと》だ。やりたくてもできない連中がほとんどだろうが、使えば即牢獄行《そくろうごく》きだということ、肝《きも》に銘《めい》じておけ」

(闇魔法も連星も初めて聞く言葉だし……本当、お願いだから説明をください！　せめて教科書の何ページに説明があるか教えて……それか今質問をさせてください！)

ルーナの心の叫《さけ》びが伝わるはずもなく、ドナートは説明を続けていく。頬《ほお》に傷の入った、巨大《きょだい》な体軀を黒い衣服で包んだ軍人のような見た目の担任は、見た目どおり怒ると怖《こわ》いのだ。

彼の補佐《ほさ》には、入学式の時にチーム分けの発表をしていた、ピンク髪《がみ》のアメーラがつけられていた。彼女のほうは優《やさ》しく質問に答えてくれそうに見えるが、どちらに質問するにしろ、授業を止めればドナートから恐ろしい叱責《しっせき》が飛んでくるのは目に見えている。

「とはいえ、闇魔法の怖さを肌で感じなければ、どれほど忌々《いまいま》しい魔法かは分からないだろう」

ドナートが手を叩《たた》くと、外に待機していたらしい男性二人が、黒い布のかかった箱を台車で教室内へ運び入れてきた。アメーラの合図に、二人がばさっと黒い布を取り払《はら》う。

――キシャアア！

「きゃああ！」

ルーナも含《ふく》め、生徒たちから悲鳴があがった。布の下にあったのは見たこともない生き物を閉じ込めた檻《おり》だった。灰色の狼《おおかみ》を巨大化させ、赤目にしたような生き物。鋭《するど》い爪《つめ》と牙《きば》が異質で、自然界にいるはずがないと感じさせる異形だった。

教室内に広がる不安の声とざわつきに、ドナートが声を張り上げる。

「静かに！」

彼の声がビリビリと響《ひび》き、教室が静まりかえった。グルルと獣《けもの》の唸《うな》り声だけが響く。

アメーラが説明を引き継《つ》ぎ、檻の中の生き物を指して言った。

「これは、サビアヴェル州のカリスベリー森で捕獲《ほかく》した魔獣《まじゅう》です」

(魔獣？)

「魔獣って……空想上の生き物じゃないんですか？」

こそっと隣《となり》に声をかければ、隣の生徒はあからさまに嫌な顔をしてルーナを見た。

「見れば分かるでしょう？　実在してますわよ。というかあなた、なんで隣にいるんですのよ」

「すみません。席、ここしか空いてなくて」

ルーナの隣にいたのはイヴェリーナだった。迷惑《めいわく》そうにしながらも、意外と律儀《りちぎ》に答えを返してくれる。昨日までは無視されるばかりだったのだが、懲《こ》りずに話しかけるルーナが鬱陶《うっとう》しくなったのだろうか。なぜかちらっとルーナの教科書を見ると、また前方に視線を戻《もど》した。

アメーラが檻の前を歩きながら説明を続ける。

「初めて魔獣を目にした生徒がほとんどでしょう。魔獣は普通《ふつう》の動物だったものが、闇魔法により異形の存在に変えられたものです。この魔獣をよく見れば闇魔法に関《かか》わった痕跡《こんせき》があります。右頬にある禍々《まがまが》しい黒の紋様《もんよう》が、闇魔法に関わった生物に残される痕跡です。闇魔法はかけた者にもかけられた者にも跡を残します」

確かに右頬に薄気味悪《うすきみわる》い黒いアザがある。ルーナは再びイヴェリーナに聞いた。

「あの、闇魔法ってなんですか？」

「闇魔法は四属性を連星した時に発動する禁忌《きんき》の魔法《まほう》ですわよ。あなたもリスピ石を渡《わた》された時、四つの砂を決して同時に使うなと言われましたでしょう？」

「ああ……言われました。ただその、連星ってなんですか？」

質問をさらに重ねると、イヴェリーナの顔がひきつる。

「ですからっ……」

「そこ！」

これまでにないドナートの大声に、ルーナとイヴェリーナはびくっと震《ふる》えた。

「闇魔法の説明中に私語とは、闇魔法の怖さが分かっていないと見える」

「いえ、その怖さを知りたくて質問を……むぐっ」

余計なことを言うなというようにイヴェリーナがルーナの口をふさぐ。

「申し訳ございません。この者の理解が追いついていないようで、話しかけてきて」

「その二人は特進生の二人か」

このクラスで特進生は二人だけだ。ドナートがやたらと納得《なっとく》した顔で腕《うで》を組む。

「なるほど。確かに特進生にとっては、魔獣など怖くもないだろう。砂魔法であっさり御《ぎょ》せるに違《ちが》いないからな」

「ドナート先生」

アメーラはたしなめるようにドナートを呼ぶが、怒《いか》り心頭の彼は聞く耳を持たなかった。

「いい機会だ。砂魔法で魔獣を仕留める見本をアメーラ先生に見せていただこうと思っていたが、特進生に頼《たの》もうか」

ルーナとイヴェリーナは顔色を変える。

(砂魔法で魔獣を仕留めるって……)

ルーナはコートの下に隠《かく》している砂器を確認《かくにん》した。ガラスをねじって作られた四つの筒《つつ》には、それぞれ赤、青、緑、灰の石が入っている。そしてそれぞれに、わずかに入っている白に近い砂。リスピ石は持ち主の魔力《まりょく》を吸いリスピ砂を生み出すが、しかしこの砂の生み出しがルーナは極端《きょくたん》に遅《おそ》いようで、昨夜から砂魔法を使わず授業用に溜《た》めているのだが、それぞれの砂をすべて合わせてもわずか小指の先ほどしか溜まっていない。こんな状況《じょうきょう》では、使える砂魔法などたかが知れている。

ルーナとイヴェリーナが顔色を変えたのを見て、ドナートも溜飲《りゅういん》が下がったらしい。

「魔獣を御せる自信がないのなら授業はおとなしく聞くことだな。……まあ、確かロレーナ・ピンスーティは、入学早々魔獣の氷づけを見せてくれたが」

ロレーナの名前を聞いて、イヴェリーナの顔色が再び変わった。こわばっていた表情から驚愕《きょうがく》、そして覚悟《かくご》の色へ。

「それではアメーラ先生、準備を……」

「待ってください！」

イヴェリーナが席を立ち、教師二人に向かって叫んだ。

「魔獣を仕留める見本、私にやらせてください！」

(えええええ⁉)

そうですか。ではがんばってくださいと言いたいが、そもそもこの状況になったのはルーナが原因だ。

(嘘《うそ》でしょう……？　先生、断って、断って！)

しかしドナートは腕を組み何事かを考え込んだ後、意見を聞くようにアメーラを振《ふ》り返る。アメーラは問題ないというようにうなずいた。

(いやいや、うなずかないで！)

それはフォローできますという意味だったのかもしれないが、どんなフォローがあろうと、あの恐《おそ》ろしい魔獣と対峙《たいじ》することには変わらない。二人の間で何かが決まると、お前はどうするのかと言いたげなドナートの視線がルーナへ刺《さ》さった。

(さすがにこの状況で、お一人でどうぞとは言えない……)

ルーナは仕方なく立ち上がる。とはいえ魔獣かと檻を見れば、やはり恐ろしい姿で唸り声をあげていた。びくっとするルーナの様子など気にもとめず、ドナートは宣言した。

「では、特進生の二人にお願いしよう。いい手本を期待している」

あれからルーナたちは外庭へときていた。ルーナとイヴェリーナ以外の生徒たちは外廊《ろう》下《か》まで下がって、芝生《しばふ》の上にいるルーナとイヴェリーナ、そして今は氷の檻に入っている魔獣を見学している。檻に閉じ込めたのは生徒やアメーラと共に後ろに控えるドナートだ。

「では、魔獣を放つ。リタイアをする場合は声をあげ宣言しろ」

ドナートが両手を叩くと、彼が作った檻が溶《と》けた。途端《とたん》に、目の前にいるルーナたちへと魔獣が襲《おそ》いかかってくる。

(速っ！)

おそらく元は狼なのだろう。獣のスピードで猛然《もうぜん》と二人に迫《せま》ってくるが、先にイヴェリーナが動いた。腰《こし》から砂器を取り出して胸の前で振り、緑の砂を放出する。濃《こ》い、深緑の砂だ。そこへ指を星の形に走らせると、魔法陣《まほうじん》が浮《う》き出て砂が輝《かがや》き、風に転じた。

砂魔法の使用から発動まで二秒とかかっていない。二日前にあった実技ではほとんどの生徒が一分以上かかっていたし、半分の生徒は砂魔法を発動させることすらできないでいたが、やはり彼女はエリートなのだろう。

――ザシュザシュッ！

魔獣の体をかまいたちが切り裂《さ》いたが、察した魔獣に避《さ》けられ、傷がついたのは表面だけだった。多少の傷は気にならないのか勢いを落とさず走ってくる。

ルーナはすぐに魔獣《まじゅう》を避けるよう横へ走ったが、イヴェリーナはほとんどノーダメージの魔獣にひるみ、一歩下がって、そこで石か何かを踏《ふ》んだのか足をとられて尻《しり》もちをついた。

「！」

おまけにその拍子《ひょうし》に砂器を取り落としたようで、彼女の手から離《はな》れた場所へ転がった。

「イヴェリーナ様！」

ルーナは足を止め、砂器を握《にぎ》った。

(だけどこの砂の量じゃ、できることは限られてる)

迷うルーナの心に、リスピ石が優《やさ》しくささやいてくれた気がした。

(そっか……一属性にこだわらなければ)

ルーナは白に近い桃色《ももいろ》の砂と、白に近い灰色の砂を宙にまいた。

一昨日《おととい》砂魔法の発動方法を教わってから一度も失敗はないが、実戦で砂魔法を使うのは初めてだ。

(こういう時だからこそ……お願い。力を貸して)

全神経を指に集中させれば、周囲の音が遠ざかり、世界に自分とリスピ石だけが存在するような感覚にとらわれる。そのまま指を走らせると、星を描《えが》き終わるのと同時に砂魔法が発動した。

――グアア！

イヴェリーナが襲われると見てアメーラが砂器を取り出したが、彼女が動く前に、魔獣が不快げな唸《うな》り声を上げ動きを止めた。そして、違和感《いわかん》を覚えたかのように右足を見下ろす。その時にはルーナは近くの木の幹に足をかけ枝を掴《つか》み、木の上にのぼっていた。そこから動きを止めた魔獣の上へと飛び降りる。

「なっ……！」

イヴェリーナはルーナの無茶《むちゃ》な行動に驚《おどろ》くが、立ち上がる気配も、砂器を拾う様子も見せない。

ルーナは魔獣の頭に着地し白コートを脱《ぬ》ぐと、魔獣の目に覆《おお》いかぶせた。

――グアア！

魔獣が不快げな声を上げ左右に首を振る。振り落とされないように魔獣の毛を掴んだ。

「イヴェリーナ様！　今！　魔獣の首を狙《ねら》って！」

「そ……そんなことしたら、あなたまで巻き込みますわよ！」

「大丈夫《だいじょうぶ》、私は避けます。運動神経はいいほうなので！」

「そんなこと言って……どうなっても知りませんわよ！」

イヴェリーナが立ち上がりざま砂器を拾い、砂を宙にまいた。さきほどよりも大量の砂を宙に放ち、彼女が指を星形に滑《すべ》らせれば、まばゆい光に変わる。同時にルーナは魔獣に振り払《はら》われたが、なんとか両足と片手を地面について着地した。それと同時に、イヴェリーナの攻撃《こうげき》を受け魔獣がくぐもった悲鳴をあげて地面に倒《たお》れる。倒れた魔獣は目から血を流していた。かまいたちを目にくらったのだろう。

（振り落とされておいてよかった……）

ルーナは身震《みぶる》いした。目といえば、さっきまでルーナが近くにいた場所だ。

視界を奪《うば》うのには成功したが、魔獣は地面をひっかき立ち上がろうとしている。次の手をうつ必要があるかと思い立ち上がったが、その瞬間《しゅんかん》には、魔獣は氷の檻《おり》に囲われていた。

「そこまでだ。十分、特進生としての腕は見せてもらった。……ただしそれは、イヴェリーナ・ピンスーティに関してだ」

ドナートは手にしていた砂器を服の下へしまった。勝負ありと見て再び閉じ込めたのだろう。

「しかし……貴様のほうはなんだ！」

ドナートはひどい剣幕《けんまく》をルーナに向けた。

「私は砂魔法《すなまほう》を使って仕留めろと言ったのだ。誰《だれ》が砂魔法も使わず魔獣に飛びかかれと言った⁉　正直、肝《きも》を冷やしたぞ！」

（肝を冷やしたんだ……じゃなくて）

「私、ちゃんと砂魔法を使いましたよ？」

「どこがだ！」

「飛びかかる前に、熱した石の破片《はへん》を魔獣の爪《つめ》の下に刺しました。あれは痛いはずです！」

「熱した石の破片……？」

ドナートの疑問の声を受け、アメーラはいつのまにか気を失った様子の魔獣の前に屈《かが》むと、小指ほどの尖《とが》った石を手に立ち上がった。

「確かに、ありますね。今は冷えていますが」

「そんな小さな破片……ルーナ・クピスティ。土砂《つちすな》を見せてみろ」

「え？　さっき全部使っちゃって……あ、でも、ちょっとだけまたできてます」

土砂とは灰のリスピ石から生み出される、土魔法を使うための砂だ。ルーナがドナートのもとへ行きわずかな土砂を見せれば、他《ほか》の生徒もルーナの手元を覗《のぞ》き込んだ。そして、マジかよ、という声を漏《も》らす。やがてドナートが言った。

「この色は……Eランクの土砂か」

（Eランク……？）

ひそひそとささやく周囲の声が聞こえた。本当に特進生か、あれが噂《うわさ》の補欠だろ、など。

イヴェリーナに最初に会った時にも言われた言葉だ。

「君の兄はすでにAランクだと聞いているが……これは本当にお前の砂なのか？」

「そう……ですけど」

（ルーくんがAランク？）

ランクが具体的に何を指しているかは分からないが、ルカと比較《ひかく》され、能力差が著《いちじる》しいと言われたことは想像がつく。全選定に来た人たちの反応を見て自分と彼の能力は同程度だと思っていたのだが、勘違《かんちが》いだったのだろうか。

そこへ、ひときわ注意をひく声が響《ひび》いた。

「これは新入生の授業かね？　それとも休憩《きゅうけい》時間かな」

「学園長！」

ドナートが背筋を正した。長い白髪《はくはつ》の四十代に見える男。入学式の時に一度だけ見た、学園長デヴィンだ。後ろには秘書らしき男を従えている。黒髪《くろかみ》を後ろで束ね、片眼鏡をかけた、目つきの鋭《するど》い男だ。瞳《ひとみ》はデヴィンと同じ琥珀色《こはくいろ》だった。

アメーラがデヴィンのそばに行き、ことの成り行きを説明する。事態を理解したらしい彼が一つうなずき、ルーナを見た。

「君、熱した石というのはどういうことかね？」

「あ、はい。火魔法と土魔法を使いました」

「……同時に、一度の発動でということかな」

ルーナがうなずいて「はい」と答えると、なぜかドナートとイヴェリーナの顔色が変わった。ほとんどの生徒の頭の上には疑問符《ぎもんふ》が浮かんでいるようだが。

「ドナート先生、通常クラスで連星を教えたのかね」

「いいえ。連星の実技は対象者を絞《しぼ》り二年からの予定ですし、座学にしても一年後期に入ってからの予定です」

「そうか。君、連星を……二属性を一つの魔法陣《まほうじん》で発動させるやり方は誰に教わった？」

「えっと、誰にも……強《し》いて言えばリスピ石でしょうか」

「リスピ石?」

「はい。私が使いたい砂魔法を思い描くと、どうすればいいか教えてくれます」

周囲から「あの子何言ってるの？」だとか「妄想《もうそう》すげーな」と馬鹿《ばか》にする声が聞こえて、ルーナを口をつぐんだ。

(言わなきゃよかった……そんなふうに感じるの、私だけなんだ)

しかしデヴィンは、ルーナの答えに満足げにうなずいた。

「実は、ルーナ君は四属性の素質を持っていてね」

デヴィンがそう言えば、その場にいた全員が顔色を変えたように見えた。その反応にルーナは戸惑《とまど》う。

(そういえば最初にディーノ先輩《せんぱい》に会った時にも、四属性を扱《あつか》えるのは特別って言ってたっけ……でも、ルーくんもそうなのに)

ただ授業でも、「風魔法が使える者は」「土魔法が使える者は」など、実技のたびにそうした前置きがあることは気にかかっていた。単純な得意不得意の話だろうと思っていたが。

「まあ、四属性を持つ者は限られてはいるが存在する。だが誰にも連星を教わらず、リスピ石を与《あた》えられてからたった一週間のうちに独力で連星を使いこなす者がどれだけいる？」

「使いこなしているかは……」

分からないと言いたげなドナートに、さらにデヴィンは言葉を重ねた。

「ドナート先生は、Eランクのリスピ砂で生み出す小さな破片を、魔獣の爪の下を狙って出現させることができると？　それも聞いた話では、一瞬《いっしゅん》の発動だったということだが」

ドナートが口をつぐんだ。反論なしということなのだろう。

「彼女は彼女の兄、ルカ・クピスティと同じ、光魔法師候補生だ。ただ、Eランクとは少し予想外だがね」

（光魔法師……？　って、なんだろう……聞ける雰囲気《ふんいき》じゃないけど）

デヴィンはアメーラを呼びよせた。

「アメーラ先生、彼女に特別授業を」

アメーラが「え？」と顔を上げ、デヴィンの近くにいた秘書らしい男が口をはさむ。

「学園長。彼女に見させても……」

「ギード。彼女は連星の魔術師《まじゅつし》と言われるお方だよ。ぜひ、アメーラ先生にお願いしたい」

彼女の顔には戸惑いが色濃《いろこ》く出ていたが、学園長に言われれば断れないのか、やがて「承知しました」とうなずいた。

放課後、約束どおりアメーラは砂魔法について教えてくれた。彼女はまず、四属性の素質を持つことがどれだけめずらしいことかの説明をくれた。すべての砂魔法師は一属性を必ず持つが、その中の一割の砂魔法師が二属性を、さらにその一割が三属性を持つらしい。そして四属性を持つ砂魔法師は国でたった七人しかおらず、そのうちの一人がアメーラだということだった。ドナートが一属性しか使えないために、授業のサポートについているらしい。

——ドナート先生が特別あなたに厳しいのは、あなたが四属性を持つからでしょう。

詳《くわ》しくアメーラは語らなかったが、光魔法師《まほうし》というのは光魔法を扱う砂魔法師のことらしい。歴代の砂魔法師の中でも最高峰《さいこうほう》で、当然十二賢者《けんじゃ》でもあるらしい。その光魔法師という存在になるためには、四属性を持つことが最低条件だということだった。そのために学園長のデヴィンは、ルカとルーナを光魔法師候補生と呼ぶのだという。アメーラいわく、一属性しか使えないドナートはそれがおもしろくないのだろうということだった。

そして次に、アメーラはランクについて教えてくれた。ランクは砂魔法師が生み出せる砂の色によって決まり、EからSまであるのだという。多くの砂魔法師がDランク、Cランクの砂を持つが、歴代の十二賢者たちはAかSのランクの砂を持つということだった。アメーラは実際にDとBランクの水砂を使って威力《いりょく》の違《ちが》いを見せてくれたが、Dランクでは手のひらサイズの雪だるましか作れないのに対し、Bランクでは二メートルほどの、そしてカチカチに凍《こお》りつきながらも綺麗《きれい》な丸になった雪だるまを作っていた。

ちなみにアメーラはBランクの水砂を持つが、Dランクの水砂は授業のために商会で買ったらしい。他人が生成したリスピ砂も、自分のランク以下の砂であれば扱えるし、人によっては能力をわずかに上回る砂なら扱うことができるという話だった。

——商会でリスピ砂を購入《こうにゅう》し、砂魔法の練習をする貴族は多くいますが、かなりのお金がかかります。ルーナさんを後援《こうえん》くださる方にも心あたりはありますが、お会いになりますか？

砂の生み出しが極端《きょくたん》に遅《おそ》いルーナにはありがたい話だったが、ルーナは断った。詳しく聞けば、それは貴族の養子に入るということだったからだ。相手がアメーラの紹介《しょうかい》によるまともな貴族だったとしても、自分が貴族の養子になり砂魔法師になるのは、何か違う気がした。昔は貴族に対し良い思いがなかったというのもあるが、なにより養護院出のルーナのまま砂魔法師になったほうが、一緒《いっしょ》に育った仲間が喜んでくれるように思えたからだ。

アメーラはルーナの答えを聞くと残念そうにした後、それでもデヴィンに託《たく》された以上はルーナを育てる責任があると思ったのか、熱心にルーナの砂器を見て四属性にあう訓練法を教えてくれた。

そしてルーナはアメーラの特別授業後、すぐ帰途《きと》についた。チーム部屋にチームメイトを呼び出し今後のことを話したい気持ちもあったが、それ以上に具体的に示された努力の方向に向かって駆《か》け抜《ぬ》けたかった。

寮《りょう》は赤レンガの建物が並ぶ通りの、手前から二つ目の建物だ。まだ日は落ちておらず、ベランダには赤や白の花々が、玄関《げんかん》にも同じ色の花が飾《かざ》られている。建物は二階建てだが、ルーナの部屋は一階だ。

寮に入ると、薄暗《うすぐら》い廊下《ろうか》を歩きながら鍵《かぎ》を取り出し、部屋に入る。奥のカーテンを開くと、窓からの光で部屋の中が明るくなった。部屋にはベッドと勉強机があり、それでほぼ場所が埋《う》まっている。クローゼットや棚などもなく、ルーナは来る時に持ってきたバッグの中に洋服を折りたたんで入れていた。

ベッドの上に鞄《かばん》と紙袋《かみぶくろ》を置くと、腰《こし》から砂器を取り出し、勉強机に置いた。呼吸を整え、椅子《いす》に座る。

アメーラが教えてくれた訓練法を頭の中で復習した。まず、土砂で砂魔法を発動させ、石のナイフを作る。続いて水砂で四角い氷を生み出し、その氷をさっき作ったナイフで丸く削《けず》っていくのだ。その後、風で削りカスを浮《う》かせて、炎《ほのお》で氷のカスを蒸発させる。

集中力を高めるため、イメージ力を強化するためだと言っていた。成長スピードは結局のところ生まれ持った能力に依存《いぞん》すると言われているが、少なくともアメーラは効果があったらしい。あまりやるとめまいがするからと、一日十回だけやっていたとのことだ。

ルーナは少ししか砂を生産できないため、あまり回数を重ねられるとは思えない。

(だけど、大丈夫《だいじょうぶ》。昔全選定に来た人は、十二賢者も夢じゃないって言ってくれたし。砂魔法だって、威力は弱くても速さと精度は問題ないみたいだし。だから……きっと、あとは努力次第《しだい》)

過去の楽しかった時間を思い返し、ルーナは唇《くちびる》を噛《か》むと、砂器から土砂を取り出した。

第二章　すれ違う姉妹

——お兄ちゃんたちはいいなあ。いつも一緒で。

——何言ってんだよ。ルーナだっていつも一緒だろ？

その時も三人はテーブルの片端《かたはし》で一緒に食事をとっていた。食事の遅いルーナが体の大きい子におかずをとられないよう、二人がルーナのそばにいてくれる。

——でも、寝《ね》る時もお風呂《ふろ》も、私だけ別なんだもん。

リベルトとルカは顔を見合わせたあと、ルカが思いついたように言った。

——なら、夜に抜け出して星を見に行こうぜ。

——星？

顔を輝《かがや》かせるルーナの前で、リベルトがあきれた顔で左右に首を振《ふ》る。

——お前はまた……ルーナを巻き込むつもりか？

——安心しろ、兄貴。兄貴も巻き込むから。三人で一緒に抜け出そうぜ！

快活なルカと、まだ幼く二人についてまわるルーナと、その二人を仕方ないなという顔で見ながらも付き合ってくれるリベルト。三人はいつも一緒だった。

その日の夜。ルーナがこっそり窓を開けて部屋から顔を出すと、外で待ち構えていた二人が手を貸してくれて、難なく外に出ることができた。そして近くの丘《おか》まで行き、頭を中心で突《つ》き合わせるようにして寝っ転《ころ》がって、三人で星空を見上げたのだ。

――綺麗だね……リーくん、ルーくん、ありがとう！

リベルトとルカは、養護院ではまだ体格の小さいほうだ。けれど行動力があって、頭も良くて、特別で。二人に守られているルーナは、この養護院にいる誰《だれ》よりも幸せだと思うのだ。

まあ、この時は部屋に戻《もど》るところをアイーダに見つかって、たっぷりと説教を受けたのだが。けれど怒られている間も、三人はずっと一緒だった。

★

アメーラによる特別授業は、週一回の開催《かいさい》となった。しかし前回、訓練方法を教わるのにすべての時間を使ってしまったルーナは、休み明けの最初の授業で再び頭を悩《なや》ませ、授業後、教科書を見ながら外廊下を歩いていた。

途中《とちゅう》、物が落ちる音が聞こえて顔を上げると、一人の女子生徒が教科書とペンを床《ゆか》に落としてあわてていた。他《ほか》の女子生徒が足を止め、「早くしなよー」と声をかける。

ルーナは足元まで転がってきたペンを拾い上げ、女子生徒に差し出した。

「どうぞ」

「あ、ありがとうございます！　あの、と、特進生の方ですよね……？　そのコート」

「あ、そうです」

ルーナが羽織る白コートは、特進クラスであることを示すものだ。

「ちょっと馬鹿《ばか》！　その人特進生は特進生でも例の補欠だよ！」

まるで有名人と会話をしたかのように頰《ほお》を紅潮させていた少女は、後ろの友人の言葉に顔色を変えた。

「あ……っ！」

少女はあわてた顔になると、ルーナの手からペンをひったくるようにして奪《うば》い、友人のもとへ駆け戻っていった。

（……何あれ）

どうやら初対面の時にイヴェリーナが語った補欠の話は、一部の貴族どころか生徒たちの共通認識《にんしき》のようで、ルーナは有名人のようだ。悪い意味で。

「補欠……か」

確かに、イヴェリーナのような強力な魔法を使う生徒が特進生なら、ルーナが特進生でいるのは異常なのかもしれない。

（ルーくんのほうは大丈夫かな……何かあっても、ルーくんの性格だと気にしなそうだけど。いや、そもそもAランクってことならルーくんは補欠だなんて言われてないか……）

自分の考えに納得《なっとく》すると、再び教科書に視線を落として歩き始めようとしたのだが。

「ずいぶん勉強熱心だね」

聞き覚えのある穏《おだ》やかな声に、ルーナは再び足を止めた。

「ディーノ先輩《せんぱい》！」

ルーナは声をあげた。近くを通った女子生徒たちがディーノに気づいて小さく悲鳴をあげるが、彼はただ微笑《びしょう》を返すのみ。

（なんか、甘すぎる感じはするし口調も違《ちが》うけど……それでもやっぱり、リーくんに似てる。まあ、髪《かみ》と目の色も違うんだけど）

しかし、髪色は砂魔法の薬で変えられる。そもそも青銀髪《せいぎんぱつ》というめずらしい色自体が、人工に違いないという神秘的な色だ。髪の色が違うということが彼ではないという証明にはならないとは思うが。

「その指、どうしたの？」

「え？」

目の前まで近づいてきたディーノが、ルーナの教科書を持っていないほうの手をとった。

ルーナの指先には、マメや細かい切り傷ができている。

「あ、ああ……砂のランクを上げる訓練をしてたら、マメができちゃって。あと訓練中に何回か気が遠くなって、その時に切っちゃったんです」

ルーナはディーノの顔を間近で見て、視線をそらした。いたましそうに歪《ゆが》めてさえ、彼の顔から漂《ただよ》う気品と甘さは果てしない。

「訓練って……もしかしてあれかな。氷や石を削る」

「知ってるんですか？」

「わりと知られている鍛錬《たんれん》だよ。集中力を高めるにはもってこいだからね。だけど……これはやりすぎじゃないかな」

ディーノはひどく心配そうだ。まだ三度しか会っていない生徒に、そんな表情と声を向けられるのがすごい。彼にとってルーナが心配に値《あたい》する存在なのだと思えば、やはり彼はリベルトではないかという疑念がわいてくる。

「ねえ。ルーナはどうして学園に入って、砂魔法師《すなまほうし》を目指しているの？」

「それはもちろん、生活向上のためです！　ゆくゆくはミートパイを作れるだけの財力を得て、毎日おいしいものを食べてふかふかの布団《ふとん》で寝るんです！」

「ミートパイ……」

あっけにとられた様子のディーノだったが、なぜかその表情を曇《くも》らせた。

「なんだか、夢の内容と努力のバランスがあってないね。それくらいなら、君のお兄さんに任せてもいい気がするんだけど」

「兄……ですか？」

「君のお兄さんはとても高い素質があるようだよ。彼が砂魔法師になれば、一生君に裕福《ゆうふく》な暮らしを約束するだけの稼《かせ》ぎは得そうだけど」

「それは……」

ルーナはその先の言葉が出なかった。ルカに頼《たの》めば、あの要領の良い兄はルーナの望みを叶《かな》えてくれるかもしれない。兄に生活費をたかり続けるのは、なんだか違う気もするが。

ディーノはルーナの手を離《はな》したが、その手が今度はルーナの顔に伸《の》びて頬に触《ふ》れた。そのままそっと親指で目元をなぞる。

「――っ！」

彼からほのかに甘い香《かお》りがした。彼が使う石鹸《せっけん》か、それとも香水《こうすい》か。さきほどの女子生徒たちが立ち去っていたのが幸いだった。こんな光景、見られれば悲鳴があがる。

「気のせいかと思ったけれど、やっぱり、クマもできているみたいに見える」

「――」

「自分の体を酷使《こくし》しすぎじゃないかな。君が倒《たお》れれば心配する人もいる。無茶《むちゃ》は駄目《だめ》だよ」

（ダメだ。なんかもう、リーくんに言われてるとしか思えない……）

二度と会えないと思っていた人物を目の前にしたようで、涙《なみだ》が浮《う》かびそうになる。彼の優《やさ》しさに、過去の楽しかった日々を思い出してしまう。いつもルカが軽口を叩《たた》いて、リベルトが叱《しか》って、それでいていつも二人は楽しそうで。ルーナが二人が喜ぶものをと料理や裁縫《さいほう》をすれば、必ず二人は笑顔《えがお》をくれた。あの幸せで満たされた日々は、リベルトに見守られていてこそ成り立っていたもので。

（だけど今まさに、リーくんを前にしてるみたい……）

視界がにじみかけ、まずい、と思った時、ディーノの視線がルーナの後ろへ向けられた。

そして、ルーナではない誰かへと声をかける。

「ルーナに用事かな？」

「あ……その、用事というか……」

目をこすってから振《ふ》り返ると、うつむいてもじもじしているイヴェリーナの姿があった。

「それじゃあ、またね、ルーナ」

ディーノはルーナの横を通り過ぎると、イヴェリーナにも挨拶《あいさつ》をしてから立ち去った。

とりあえずディーノの前で泣き出さずにすんだことにはほっとしたが。

（イヴェリーナ様が私に用事なんてめずらしい）

彼女に向き直るが、いつも言いたいことをはっきり言う様子のイヴェリーナが、何かを言いづらそうにしている。

「そ、その……前に、魔獣《まじゅう》と戦った時のことですけれど……」

「あ……あの時はごめんなさい！　授業中に話しかけて、一緒《いっしょ》に怒《おこ》られちゃって」

「いえ、そうではなくて……」

再び何か言いかけたイヴェリーナは、後ろから女子生徒に声をかけられて顔色を変えた。

「イヴェリーナ様。どうかされたのですか？」

「あ……これは」

「……まさかイヴェリーナ様、その方と親しくされているのですか？」

ルーナとイヴェリーナのクラスメイト二人だった。振る舞《ま》いからして上流階級と分かる雰囲気《ふんいき》の女子生徒で、ルーナは話したことがないが、イヴェリーナとはよく一緒にいるように見える。彼女に問いかける少女の目は、「補欠なんかと仲良くしているんですか？」と言っているように見えた。

「べ……別に、そういうわけじゃ……ただその、この間の魔獣の一件について話があるだけですわ！　親しいとかではありません！」

イヴェリーナは強く言い切った後、ルーナの目を見た。

「行きますわよ」

「え？」

「ですから、話があるって言いましたでしょう⁉」

「あ、はい」

(なんで怒鳴《どな》られてるんだろう……私)

ルーナは疑問に思いつつも、こわごわと彼女のあとについていった。

近くの教室に入り二人きりになると、イヴェリーナは手にしていた鞄《かばん》から数冊のノートの束を取り出し、ルーナにどさっと手渡《てわた》した。

「え？　なんですか？　これ」

「基礎《きそ》の基礎の基礎をまとめたノートですわ。あなた、歩きながら教科書を読むとか危ないんですのよ。これを見れば短時間で砂魔法を理解することができますから、もうおやめなさいな」

「？」

イヴェリーナの言っていることが理解できずノートを開くと、そこには様々な色のインクが使われた図や文章があり、分かりやすく砂魔法の技術や歴史が解説されていた。

「これ、まさか……イヴェリーナ様が作られたんですか？」

「そうですわ。借りを作ったままにするのは性《しょう》に合わないんですの」

「借り？」

「魔獣から助けられた借りですわよ！」

と大声で怒鳴ってから、あわてて扉《とびら》のほうを振り返る。誰《だれ》かに聞かれていないかを確認《かくにん》しているのだろう。

（助けられたって、魔獣の注意をひきつけたあの時のことを言ってるのかな……）

「それに確かにあなた、見たこともない最低ランクの砂色ですし、知識もまったくありませんけれど……ただ、砂魔法の技術はまあ……それに、努力もしているようですし……」

（もしかして、見直してくれたってこと……？）

自分の能力が上がれば、もしかしたら。そんな思いはあったけれど、まさか努力の過程も見てくれているなんて。

「イヴェリーナ様！」

ルーナはがしっと両手でイヴェリーナの手を摑《つか》んだ。イヴェリーナがびくっとする。

「ありがとうございます！　すごく嬉《うれ》しいです！　イヴェリーナ様が認めてくれるなんて……それならさっそく、チーム部屋に行きましょう！　そしてリーダーを決めましょう！」

「そ、それは嫌《いや》ですわ！」

あわてたように彼女がルーナの手を振り払《はら》った。

「どうしてですか？　特進生って、普通《ふつう》は十二賢者《けんじゃ》を目指すんですよね？　私への嫌悪感《けんおかん》が薄《うす》れたのなら、チーム課題で優勝を……」

「それとこれとは話は別ですわ！　だいたい、私は別に十二賢者になんてなりたくは……」

ハッと彼女が口をつぐんだ。

「…………イヴェリーナ様。今、十二賢者になりたくないって言いかけました？」

「別に」

「いえ、言いかけましたよね⁉」

「だって……そもそも！　特進クラスに入ったって十二賢者になれるのはほんの一握《ひとにぎ》りですわ。それくらいはあなたにも分かるでしょう？」

「あ、はい……でも、イヴェリーナ様ならなれるんじゃないんですか？」

「冗談《じょうだん》言ってますの？　いえ……違《ちが》いますわね、あなたには本当に分からないんですわね。……十二賢者っていうのは、お姉様のような方がなるものですの。Sランクの水砂を持ち、連星すら私の単魔法《まほう》の速度と精度で自在に操《あやつ》る。得意な風砂でぎりぎりAランクの私なんか……」

「……だから、なれない？　でも勘違《かんちが》いじゃなかったら、イヴェリーナ様はさっきなれないじゃなくて、なりたくないって言いかけましたよね」

まっすぐ見つめて聞くと、イヴェリーナはごまかすのをあきらめた様子で言った。

「……砂魔法研究者になりたいんですの」

「砂魔法研究者？」

「ええ。砂魔法師の中でも、新しい砂魔法の研究を専属で行う職ですわ。私自身は大した砂魔法を使えなくても、優《すぐ》れた設備と道具を与《あた》えられた場所で研究に研究を重ね、新しい砂魔法を生み出すのです。知っていて？　連星魔法には無限の可能性がありますのよ。火砂は生命の源として使うことができ、土砂は植物の寝床《ねどこ》になり、水は生長を促《うなが》します。火と土と水の連星で植物を生み出し自在に操ることができますのよ。これも、かつての研究者の功績で……」

急に饒舌《じょうぜつ》になったイヴェリーナは、自分でそれに気づいたようでぴたりと言葉を止めた。

「そういうわけで私、これから図書館に行きますの。それでは」

「ええ!?　ちょっと待っ……」

止めようとするルーナを無視し教室を出たイヴェリーナだったが、廊下《ろうか》に出た先で新たな人物を見つけ、びくっと足を止めた。

「イヴ」

イヴェリーナの姉、ロレーナだった。蜂蜜《はちみつ》色の髪《かみ》をサイドからストレートにたらし、かっちりと服を着こなしている、姿勢の綺麗《きれい》な、上品で隙《すき》のなさそうに見える女性。

「これから寮《りょう》に戻《もど》るところ?」

「あ……は、はい!」

(あれ? たった今図書館に行くって言ってなかった?)

「よかった。ランクを上げるための訓練は欠かしていないのね」

「はい。お姉様。帰ったらすぐにその、取り組むつもりでした」

ルーナは驚《おどろ》いて横にいるイヴェリーナの顔を見るが、まったくこちらを見る気配がない。

「そう」

ロレーナが満足したようにほほ笑《え》む。頬《ほお》にかかった髪を細い指先でかきあげた。なんとなくその仕草に視線を引き寄せられる。

(あれ……?)

彼女の指先にありそうにもないものを見つけ、ルーナは目をまたたいた。

「イヴ。あなたは勉強家で知識は十分だもの。残りはランクだけ。がんばりなさい。私たちは必ず十二賢者になるの。いいわね?」

「え……ええ……」

「あれ? さっきイヴェリーナ様……痛い!」

イヴェリーナのヒールで足を踏《ふ》まれ、ルーナは足を抱《かか》えるようにしてしゃがみ込んだ。

「お姉様、もちろんです」

ロレーナは突然《とつぜん》しゃがみ込んだルーナに怪訝《けげん》な顔をしたものの、特には声をかけず、イヴェリーナへと「私はチーム部屋に用があるから」と言って立ち去っていった。

ロレーナが離《はな》れてから、ルーナは服を払い立ち上がった。

「あの、イヴェリーナ様」

「何よ」

「嘘《うそ》、つきましたよね？　お姉様に。いいんですか？」

「いいも何も……本当のことなんて怖《こわ》くて言えませんわよ！　お姉様は本当に才能のあるお方で……たくさん、技術も教えていただきましたの。いまさら私には無理なんて言えませんわ」

正直に言うこともできない。けれど彼女の期待に応《こた》えることもできない。それはどういう気持ちなのだろう。

「それに……お姉様には話したところで、分かってもらえませんわ。生まれながらに才能があり、労せずSランクの水魔法《みずまほう》を操るお方ですもの。才能のない私の気持ちなんて」

「労せずってこと、ないと思いますよ？」

「それは、人並みの努力はしていると思いますけれど……」

「いえ、並外れてしてると思います」

ルーナはイヴェリーナの手を指差した。

「ローレーナ様の指には、うっすらですがマメがありました。上流階級の方は労働なんてしませんよね？　だとしたらあれは、砂魔法のランクを高めるために毎日努力した跡《あと》だと思います。今Sランクなのだとしたら、別属性を高めているのか、それともSランクに届いてすら訓練を続けているのか」

「！　そんな……おかしいですわ。お姉様は、私に毎日十回は続けろって……それくらいで私は、マメになどなってませんわよ？」

　イヴェリーナは自分の手のひらを見下ろす。指先まで傷一つない白く綺麗な手だ。

「なら、お姉様はイヴェリーナ様に要求した以上にもっとがんばっているのかもしれません。ね？　努力してないなんてこと、ないでしょう？」

　イヴェリーナは自分の綺麗な手を見下ろしたまま、しばらく黙《だま》り込んでいた。

「ローレーナ嬢《じょう》ね……悪い奴《やつ》じゃないよ。真面目《まじめ》で努力家で、けどそれをひけらかすことをしない。欠点は正義感が強すぎるところかな。貴族の振《ふ》る舞《ま》いとしてそれが正しいと思ったことに対して、譲らないところがある。まあ、頭は悪くないよ。腹を割って話せば、分かりあえることもあるかもな」

　特進クラス専用の食堂。朝食はいつもルーナとルカが一番早く、遅《おく》れて子爵家の双子《ふたご》がやってくる。

ルーナはロレーナのことを知りたいと言って、ルカから今の話を聞いた。ルカとロレーナは特進クラスで同じ授業を受けている。チームとして協力態勢はできていなくても、お互《たが》いを知る時間はあっただろう。

ルーナたちが食事を食べ終えて雑談をしていると、苺《いちご》のヘタが飛んできた。ルカはいつものように受け止めて空の皿に落とす。こんなものが普通に投げてここまで届くわけはないから、砂魔法でも使ったのだろうか。

しばらく嫌がらせは控《ひか》えていたようだが、暇《ひま》にでもなったのかひさしぶりの飛翔物《ひしょうぶつ》だ。

（なんかここ、ゴミ箱と思われてないかな）

こちらを見る黒髪《くろかみ》マッシュルームの双子はニヤニヤだ。だが、続いてバナナの皮、卵を難なくルカが受け止めると、ややムキになったのか今度はピザを投げてきた。

「へ？」

当然ルカが受け止めるかと思ったが、風で向きを変えたのか、カーブを描《えが》いてルーナの顔面に向かってくる。風魔法を使ったことを理解したのは、双子の一人が緑の砂を宙にまいていたからだ。黒に近いほどに色の濃《こ》い、深緑の砂。

ルカはガタンと席を立ちざま、ルーナの顔面前でピザをキャッチした。

「お前ら……俺にならともかく、妹にまで手え出してんじゃねえよ！」

摑《つか》んだピザを双子に投げ返した。女の子のほうが皿を手にしてピザをキャッチする。その周囲に、雨のように十本の槍《やり》がダダダダダッと落ちてきた。一瞬《いっしゅん》にして双子の周りに槍の鉄格子《ごうし》が完成する。

「なっ……」

双子よりも、ルーナの驚きのほうが大きかった。土魔法を使ったのはルカだ。砂器を振ったのは分かったし、一瞬だけ黒っぽい砂が宙にまかれたのも見えた。けれど砂魔法発動までが一瞬のことで、双子が気づいて避《さ》ける前に槍は降ってきたのだ。ランクも速度も精度も最高ランクだろう。ルカには欠点というものがないのだろうか。

しかし特進クラスではルカくらいの腕《うで》は当たり前なのかもしれない。双子は砂器を振り風を生み出すと、飛び上がるようにして自分の身長よりも高い槍を飛び越《こ》えた。

「お前、ほんと気に入らない。貴族でもないお気楽な立場の奴が、この食堂にいること自体目障《めざわ》りなんだよ」

初めて双子の声を聞いた。外見はどちらも中性的な顔立ちだと思っていたが、声すらどこか中性的だ。まあそれでも、男ということはしっかり分かる声だが。

「ダンテ、こてんぱんにしちゃおうよ。今なら先生もいないし」

少女のほうが「ダンテ」と呼んだことで、男のほうの名前が分かった。

双子はこの状況《じょうきょう》を楽しんでいるようだ。好戦的というかなんというか。しかし――

「やってみろよ。返り討《う》ちにしてやるよ」

ルカのほうがもっと好戦的だった。砂器を振り、土砂を宙にまく。だがそれよりも双子の動きがわずかに早く、風を生み出しルカの土砂を吹《ふ》き飛ばした。

「！」

「砂魔法の教育も受けてきてないくせに、ダリアたちに勝とうだなんて甘いんだよー」

ダリアというのは女の子自身の名前のようだ。一年クラスに向かう時にすれ違《ちが》ったことがあるから、たぶん一年生。短いスカートは、もともとの制服を切って縫《ぬ》い直しているのだろう。スカートの下から見える足が細い。同い年とは思えない線の細さだ。

「降参するなら今だけど？」

ダリアが砂器を振った。濃い赤の火砂がまかれて、彼女の描いた陣《じん》により炎《ほのお》が生まれる。ダンテが砂器を振り、風が吹いて炎が渦《うず》を描くようにしてこちらに向かってくる。

炎で人なんて燃やさないだろう、単なる脅《おど》しと思ったのだが、想定外のことが起きた。今まさに熱風が向かうその先に、扉《とびら》が開いてイヴェリーナとロレーナが入ってきたのだ。

「イヴェリーナ様！」

ルーナの声に、イヴェリーナが自分に向かう炎の存在に気づく。双子も気づいて風向きを変えるが間に合わない。パフォーマンスのつもりか、炎の渦を大きく描きすぎたのだ。

「イヴ！」

ロレーナがイヴェリーナの腕を掴んで自分の後ろに引き寄せると、砂器を抜《ぬ》いて水砂を宙に放った。ほとんど黒にすら見える、紺色《こんいろ》の砂。そこに人差し指で陣を描くが、遅《おそ》い。水砂に炎がかかって砂が燃えていく。

「お姉様！」

イヴェリーナの悲鳴のような声。思わず飛び出そうとしたルーナは、目の前の光景に足を止めた。

一瞬で出現した氷の盾《たて》が、ロレーナたちへ襲《おそ》いかかる炎を防いでいたのだ。やがて、炎が勢いを失って消える。その場にいた全員がほっと息をついた。

「ったく……危ねえな」

ため息をついて、握《にぎ》った砂器を腰《こし》に戻《もど》したのはルカだった。ロレーナが目を見開きルカを見る。

「今の、あなたが……？　あなた、水魔法を使えたの？」

「そりゃ、光魔法師候補って言われてんだし」

「でも、授業では……。……それに、これだけの造形を一瞬で……」

「ロレーナ嬢だって発動は一瞬だろう？　妹の守りを優先せず先に砂魔法を使ってりゃ間に合ったよ。いつも落ち着いて見えて、こういう時は意外と冷静じゃないんだな」

ルカを睨《にら》みつけるように見るロレーナだが、その表情はあまり不快ではなさそうだ。今は命が助かったことによる安堵《あんど》が強いのだろう。

「あ、あの……ごめん。その、ロレーナ……」

双子が彼女に頭をさげれば、ロレーナはキッと二人を睨んだ。

「食堂で何を遊んでいるの⁉　あなた方の魔法はただでさえ物を壊《こわ》しやすいのだから、授業外では場所を選べと、私、言いませんでした？　その耳は飾《かざ》り？　それともあなた方は数日前に聞いたことすら忘れてしまうトリ頭なのかしら」

（あ。なるほど。これは怖《こわ》い）

下手な教師よりも怖い。イヴェリーナが怯《おび》える理由が分かった気がした。

「ごめんなさい……」

しゅんと謝る二人をもう一睨みしてから、ロレーナはルカに向き直った。

「さきほどはありがとうございます。ところであなたは、本当にバラッコボリの出身なのかしら？」

「そうだよ。な？」

「え？　あ、うん」

あわててうなずく。確かに、あれだけの砂魔法の使いこなしようは今まで相当訓練を積んできたようにも見えるが、ルーナはこれまでずっとルカと暮らしてきたのだ。どこかのお屋敷《やしき》で家庭教師に学んでました、なんてことは絶対にない。

（と、思うんだけど……）

そういえば以前には、星霊祭《せいれいさい》とリスピ石の起原も語っていた。それに、ルーナと違っていきなり特進クラスの授業を受けているルカだが、通常クラスで基礎《きそ》的なことを学ばずに、授業についていけているということなのだろうか。

顔を上げルカを見るが、なんとなく、今ここで聞いていい話ではない気がした。

（それにしても……）

イヴェリーナは青ざめ、「お姉様。大丈夫《だいじょうぶ》でしたか？」と声をかけている。ロレーナが
「あなたに怪我《けが》がなくてよかったわ」とほほ笑《え》んだ。もしもロレーナが、身をていして庇《かば》うほどに大切な妹に隠《かく》し事をされていると知ったら、どんな気持ちになるのだろう。

翌日。午前中の授業が終わり荷物を教室の後ろにある棚《たな》へ片づけると、ルーナは同じく荷物をしまいにきたイヴェリーナを捕《つか》まえた。

「イヴェリーナ様、ちょっとお話が」

「なんですの？」

イヴェリーナは他《ほか》の生徒の視線が気になるようで、視線をそらし気味だ。それでもかまわずルーナは言った。

「昨日一晩考えて思ったんですけど、ロレーナ様に本当のことを打ち明けませんか？」

「は？」

「私、ロレーナ様のことあんまり知らないけど、昨日はすごく優《やさ》しそうな人に見えました。イヴェリーナ様がきちんと腹を割って話せば聞いてくれますよ」

「む……無理ですわよ！　あなた、お姉様の怖さを知らないんですのよ。氷の女王とも恐《おそ》れられるあの絶対零度《れいど》の目で見られたら、頭が真っ白になるんですの。とにかく怖いんですのよ！」

氷の女王という異名が本当にあるのなら、別に凍《こお》りつくような目つきが理由ではなく、彼女が優秀《ゆうしゅう》な水魔法《みずまほう》の使い手だからだと思うのだが。

「分かりました……なら、私も一緒《いっしょ》に行って、一緒に怒《おこ》られます」

「それになんの意味がありますの!?　とにかく無理、無理ですわ！　ちょっ……聞いていて!?」

ルーナはイヴェリーナの腕を掴んで、無理やり彼女を食堂のほうへと引っ張っていく。

「無理無理！　ほんと無理ですわ！　分かりました。チーム優勝のため協力すればいいのでしょう!?　黙《だま》っていてくれたら……」

「いやですよそんなの。脅して協力してもらうとか……何より、今はこっちのほうが大事」

「こっちって……あなたにとっては他人事《ひとごと》じゃ……ちょっと！」

イヴェリーナをずるずる引っ張っていくと、周囲の人々がびっくりしたように廊下《ろうか》の真ん中を空けてくれる。

「ちょっとそこのあなた！　別に道を空けなくていい……ちょっと！」

ルーナたちは一階で授業を受けている。食堂に向かえばロレーナが来るだろうと、ルーナはイヴェリーナを連れ、二階の食堂に向かった。通常クラスの生徒たちは一階の食堂へ移動したようで、階段には人気《ひとけ》がない。ルーナは二階への階段を上り始めると、後ろのイヴェリーナに語りかけた。

「イヴェリーナ様、このままずっとこそこそ好きなことをやっていくつもりですか？　努力してるふりをして、ロレーナ様を騙《だま》していくんですか？　イヴェリーナ様の成長のために手を差し伸《の》べてくれたお姉様なんですよね」

「っ——そんなこと……言われなくたって」

階段の踊《おど》り場まで来たところでイヴェリーナの反論が聞こえて振《ふ》り向くと、彼女は思いつめた顔でうつむいていた。

「……言いますわよ。ちゃんと。言おうって……ずっと思っていましたもの。でも、ずっと支えてくれたお姉様をがっかりさせると思ったら、怖くて……心の準備ができてからって……」

これが彼女の本音なのだろう。姉の愛情をよく分かっているからこそ、期待を裏切ることが怖いのだ。ルーナはイヴェリーナの腕を離《はな》し正面から向き直るが、彼女はうつむいて沈黙《ちんもく》したままだ。

「イヴェリーナ様……私、昔は毎日の幸せって当たり前に続くものだと思ってました。食《しょく》卓《たく》は毎日同じ人たちと囲んで、同じように楽しく食事する場所なんだって。だけど、そうじゃなかった。何かあれば人はいなくなるし、食材が高騰《こうとう》すれば食事だって毎日食べられる保証なんてない。また一緒に食べようって約束したって、果たされるとは限らない。だから——」

ルーナはイヴェリーナの手を両手で取り、顔を上げた彼女をまっすぐに見つめて言った。

「いつでもできると思う大事なことほど、すぐにやらないと！　何かあって、それができなくなってからじゃ遅いんですから！」

「――――」

「イヴ」

声が聞こえて、イヴェリーナがハッと二階を見た。ルーナも彼女の手を離して視線を向けると、ロレーナが二階からこちらを見下ろしていた。イヴェリーナと目が合うと、一段ずつ階段を下りてくる。

「いったい何事なの？　こんな場所で騒《さわ》ぐなんて、ピンスーティ家の者がすることではないわ。込み入った話であれば人目を避《さ》けた場所を選んだらどう？　二階まで言い争いの声が聞こえてきてよ」

「あ……ごめんなさい。その……」

「ちょうどよかった、お姉様。実はイヴェリーナ様は……」

ルーナが口を開けば、あわてたイヴェリーナに口をふさがれた。ロレーナが疑問顔でイヴェリーナを見る。

「べ、別になんでもないのです！　ただ、授業が終わったので食堂に……」

ロレーナに笑いかけたイヴェリーナが、だんだんと下を向いていく。

「だから……その……」

イヴェリーナの手がルーナの口から離れる。不安そうに彼女の目が揺《ゆ》れるのに気づいて、ルーナは思わず彼女の腕《うで》に触《ふ》れた。一瞬《いっしゅん》驚《おどろ》いたようにルーナを見たイヴェリーナだが、再びうつむき唇《くちびる》を震《ふる》わせると、小さな声を絞《しぼ》り出した。

「お姉様、私………ごめんなさい」

「何を謝っているの？」

「ごめんなさいお姉様。私……お姉様の期待に応《こた》えられない。風の賢者《けんじゃ》にはなれませんわ」

「……」

イヴェリーナを見つめるロレーナのまなざしは静かだった。

「私、砂魔法《すなまほう》研究者になりたくて。いろんな砂魔法を、研究によって生み出したいのです。能力がなくても、先人の知恵《ちえ》を読み解いて、人が長く使える新しい知識や技術を生み出したいのです。私——」

「知ってるわよ」

ロレーナの言葉に、ルーナとイヴェリーナは固まった。

「………え？」

ロレーナが肘《ひじ》を支えるようにして腕を組み、首を傾《かたむ》ける。

「あなたが研究者を目指していることなんて分かっていたわ。あなた、家でお父様の書籍《しょせき》を読みあさっていたでしょう。それに、学園に来てからも図書館に何度も足を運んだわね」

「あ……」

「まったく。私を騙せるなんて考えが甘いのよ」

「でも、それならどうしてお姉様、それを言わなかったんですか……？」

「……水の賢者と風の賢者。二人で賢者になって、ピンスーティ賢者姉妹と呼ばれたい。これ、あなたの言葉よ」

「……え？」

「子どもの頃《ころ》の話ですもの。あなたが覚えてなくても無理はないわ。けれど、賢者になるって約束したくせに……それをやめるなら、せめて私に一言あって当然ではないの？　頭にきたから、あなたの口から聞くまで私はあきらめたくなかった」

目を見開くイヴェリーナを見て、ロレーナははあっと息をついた。

「まあ、けれど……もういいわ。砂魔法研究者になりたいという気持ちは本物なの？　もう子どもの頃のような、思いつきではなくて？」

「あ……ほ、本物です！　私、自分に力はなくても、他の砂魔法師の支えになりたいって、偉大《いだい》な砂魔法を生み出したいって、そう思ってます！」

「そう。それなら努力することね。私は納得《なっとく》しても、お父様を納得させるのは大変よ？」

「は……はい！　でも……お姉様、いいんですか？　ずっと、協力してくれたのに」

ふっとロレーナが笑った。それは妹に向ける、優しいほほ笑みだった。

「二人で賢者になる約束だったけれど、私が十二賢者になり、あなたが研究者になるのも悪くないわ。だって、それって私のサポートもしてくれるってことでしょう？　私たちはどこで何をしていたって、姉妹ですもの」

「お姉様……」

「さ……すっかり遅《おそ》くなったわ。昼食にしましょうか。あなたも妹に付き合わせて悪かったわね」

「…………え、あ！　ぜんぜん大丈夫《だいじょうぶ》です！」

まさか自分が声をかけられるとは思わず、ルーナはあわてて首を振った。


翌朝。朝食の場にルーナが行くと、すでにルカがいて提出前らしいレポートを見直していた。ルーナに気づいて手をあげる。昨日はバタバタして昼食が別になってしまったので、なんだかひさしぶりな気がする。ルカといる時が、一日で一番くつろげる時間だ。

特進生用の朝食はビュッフェスタイルになっている。並んでいるのは、クロワッサンやピザ、マフィンやクイニーアマンなどの数種類のパン。バナナやリンゴ、苺《いちご》やライチなどの果物がある。スープと卵料理だけは、昼食や夕食と同様、コックに頼《たの》んで配膳《はいぜん》してもらうのだ。

今日は朝から細かい雨が降っていて、人が少ない時間帯は食堂にいてもかすかに雨音が聞こえるようだった。

「おはよう、ルーくん」

「おはよう。昨日は昼、悪かったな」

「ううん！　私のほうが遅くなっちゃったんだから」

午後の授業に早めに行きたいと、ルカは早くに食堂を出ていったのだ。そのためにすれ違《ちが》いになったのだが。

「昨日のお昼にね、イヴェリーナ様がお姉さんと話ができたみたいなの」

スープを待つ間に経緯《けいい》を話すと、「なるほど」とルカはあいづちを打った。

「だからロレーナ嬢《じょう》は、午後の授業は調子がよさそうだったのか。わだかまりがなくなったなら何よりだ」

ルカが明るい笑顔《えがお》を見せる。ロレーナから素っ気ない態度をとられても、こういう時によかったと言えるルカのことがルーナは大好きだ。もともと彼女の態度をルカは気にしていなかっただろうが。今まで他《ほか》の貴族にされたことを思えば、あんなのはかわいいものだ。

雑談が終わる頃には、二人分のスープと、ルーナにはスクランブルエッグが配膳された。ルーナには紅茶のカップを置いていき、ルカのカップにはコーヒーを追加で注《つ》いでいく。毎朝同じ注文をするので覚えられているのだ。同じ時に双子《ふたご》が食堂に入ってきたが、前にロレーナにお灸《きゅう》をすえられたのが効いているのか何を仕掛《しか》けてくることもない。

すべてがそろい朝食をとろうとすると、視界のすみに蜂蜜《はちみつ》色の髪《かみ》が見えた。いつもと同じ黄色ワンピース姿。朝食を載《の》せたトレーを持ちながら、こちらをちらちらとうかがうように見ている。

「あれ、お前に用があるんじゃね？」

「え？」

違うと思うと言おうとしたのだが、確かに目が合うとこちらに歩いてきた。

「そ、その……隣《となり》、いいかしら」

ぽかんとしてイヴェリーナの顔を眺《なが》めていると、先にルカが反応して席を立った。

「ああ、どーぞどーぞ。俺らは他の時間も一緒《いっしょ》に食べてるんで」

「え？　ルーくん？」

「たまにはチームメイトとの親交を深めろよ。俺も双子と食べてくるわ」

そう言うと、トレーを片手に双子のほうへと歩いていってしまった。気づいた双子が嫌《いや》な顔をするが、強引《ごういん》に相席をしているように見える。

「あ……えっと、とりあえず隣、どうぞ」

イヴェリーナはほっとしたように表情をゆるめ、隣の席についた。

「ありがとう……」

「い、いえ」

（なんだか、これまでと違いすぎて調子狂《くる》う……）

内心の声を顔に出さないよう気をつけながら、話があるのだろうと彼女の言葉を待つ。

「その……昨日のこと……お礼を言いますわ。夜、お姉様とゆっくり話しましたの。お姉様、ずっと私が話すのを待っていたみたいで……でも、私一人ではきっと、伝えることはできませんでした」

「そうでしたか……お姉さんとうまくいって、よかったですね！」

「ええ。……それで、その」

イヴェリーナがもじもじとしている。

「……イヴでけっこうですわ」

「！」

「あなたの思うとおり、私の偏見《へんけん》でしたわ。私、あなたのことを知ろうともせず……ですからその、これからは……。私のこれまでの態度が許されるなら、一緒にやっていけないかしら」

「そんな……そんなの、大歓迎《だいかんげい》です！　これからよろしくお願いします！　イヴ！」

イヴが笑みを浮《う》かべた。その笑顔は船の上で最初に見た時と同じ、勝ち気な顔立ちに人の好《よ》さをにじませたものだった。

「敬語もけっこうですわ。これからよろしくお願いしますわ、ルーナ」

「うん！　よろしく、イヴ！」

右手で握手《あくしゅ》を交《か》わして、にっこり笑った。いろいろあったが、これで一歩前進だ。

「でも……いいの？　イヴのお姉さん、労働者階級の人間と親しくして、とか言いそう」

「それは大丈夫ですわ。チームでの活躍《かつやく》を祈《いの》ってくださってますもの」

「でも初めて会った時、ルーくんがひどい言葉を浴びせられてたような……」

「あれは、あの男が軽薄《けいはく》そうに見えたからではないかしら」

ルーナは否定できず黙《だま》った。ルカの態度は常に余裕《よゆう》そうに見えるが、それは時に軽薄にも見える。実際あの時は、二人の反応を見るためだけに朝食に誘《さそ》ったのだし。

「ところでルーナ。私は十二賢者《けんじゃ》になることはもうあきらめていますけれど、あなたは変わらず目指しますの？」

「え？　私、十二賢者なんて目指してるって言ったっけ？」

「え⁉　特進生ですし、それに学園長が光魔法師《まほうし》候補っておっしゃってたから……」

「あ！　ねえ、光魔法師って何？　アメーラ先生も簡単には教えてくれたけど、十二賢者とは違うんだよね？」

「候補と言われてる本人に聞かれるとは……光魔法師は文字どおり光魔法を扱《あつか》う砂魔法師ですわ。賢者になれば、水の賢者とか土の賢者とか通称《つうしょう》で呼ばれる方も出てきますけれど、光はその中でも最高峰《さいこうほう》。光魔法師になれば、賢者には当然なっているというものですわ」

「光……？」

アメーラも前に光魔法と口にしていたが、火、水、風、土の四属性以外にリスピ石は存在しないはずだ。しかし闇魔法《やみまほう》もこの間教わったし、闇があるなら光もあるのだろうか。

「あなたも、英雄《えいゆう》ラカルト様と聖女アンリ様の名前くらいは知っているでしょう？」

「ああ、噴水《ふんすい》の像とかになってる空想上の人だよね」

「空想って……どちらも実在の人物ですわよ！　ラカルト様もアンリ様も、どちらも光魔法師の十二賢者ですわ。光魔法の発動条件は公開されていませんが、少なくとも四属性共にSランク、それだけは分かっていますわ」

「四属性共にS……」

「それだけが条件ではないと聞いていますけれど他は公開されていません。いずれにせよ、ラカルト様もアンリ様も、歴史に名を残すほどの偉大な砂魔法師ですわ。ラカルト様はリスピ石を狙《ねら》った敵国からの侵撃《しんげき》をたった一人で防いだというお話ですし……アンリ様にいたっては、このリバルマの建国は彼女がいなければ成り立たなかったと言われているくらいです」

「建国って……そんなすごい人なの？」

「ええ。いまだに一人目の砂魔法師が誰《だれ》かの論争は絶えませんが、一説によれば、アンリ様が砂魔法の創始者だとか。リスピ石と対話し契約《けいやく》したのだと語ったと言われてますわ」

（対話……）

「いずれにせよ、傷ついた人々を光魔法で癒《い》やし、当時虐《しいた》げられていた人々と共に立ち上がって初代国王が起こした反乱を支えた偉大《いだい》な方ですわ。アンリ様は、建国記念日に青薔《ば》薇《ら》を生み出したことでも有名ですわね」

話をするイヴの目が楽しげに輝《かがや》いたように見えた。研究者を目指しているというだけあって、この手の話が好きなのだろう。

「青薔薇？」

「この世界には存在しないものすら、光魔法師には生み出すことが可能ということですわ。

……それにしても、あなた本当に何も知りませんのね。建国記念日ともなれば、今でも王都や都市では青薔薇を模した飾《かざ》りがあちらこちらに飾られますのに。ともかく、光魔法師は本当に偉大な砂魔法師ということですわ。残念ながら、ここ百年は出ていないという話ですけれど」

「なんか……すごいね。そんなすごい人の候補ってルーくんは言われてるんだね」

「あなたもでしょう。……もしかして、目指してませんの？」

「まあ。私は砂魔法師にさえなれればいいから……あわよくば十二賢者になりたいとは思うけど、私のランクじゃ難しいみたいだし」

「いやにあきらめが早いんですのね……そういえば、ルーナはどうして砂魔法師に？」

「それはもう、ミートパイが食べたいから！　昔食べた味が忘れられないの……黄金色に輝く生地《きじ》にフォークを刺《さ》した時のサクサクの音。口に入れた時に広がる肉汁《にくじゅう》に……」

「ちょ、ちょ、ちょっと待ってくださいな。え？　ミートパイが食べたくて砂魔法師になりますの？　本当に？」

「うん。そう」

イヴが深刻な顔でルーナを見ている。もしかしたらイヴは、ルーナに協力してくれるつもりだったのかもしれない。わざわざノートを作ってくれたり、知らないことを説明してくれたり。そのことを思えば、ルーナも誠実に答えなければと思い言葉を足した。

「昔ね、私にはルーくん以外にもう一人お兄ちゃんがいたの。リーくんて言うんだけど、そのリーくんと、ルーくんと、他《ほか》の養護院の仲間と。みんなで食べたミートパイがおいしくておいしくて、楽しくて……その後リーくんはいなくなっちゃったし、食料も手に入らなくなって、ミートパイどころか麦粥《むぎがゆ》すら食べられない時が続いたんだけど……」

リベルトが連れ去られ泣き叫《さけ》んだことを思い出す。リベルトという存在はあの時消え、そして一年後に飢饉《ききん》が訪《おとず》れた。うっかり表情が消えたことに気づいて、ルーナは笑顔《えがお》を作った。

「だから砂魔法師っていうちゃんとした地位を手に入れて、もう何もなくさないように、飢《う》えもないように、また好きな人たちとミートパイを食べられるようになりたいんだ！」

「――――」

イヴは言葉を失ってしまったようだった。伯爵令嬢《はくしやくれいじよう》は麦粥なんて食べたこともないだろうし、その麦粥すら食べられない状況《じようきよう》など想像もできないだろう。

（それに、もしも私が本当に砂魔法師になれたら、またリーくんとも、きっと……）

ふと思いにふけったルーナの様子に気づかず、イヴは申し訳なさそうに声をかけてきた。

「あ……あの、ルーナ。私……その、あなたのことを知ろうともせず、これまでひどいことをたくさん言ってしまって……ですが、どうして嫌《きら》わず話しかけてくれましたの？」

「それは……最初こそカチンときた時もあったけど、同じチームで一緒《いつしよ》にやっていきたいって思ってたし。それに、イヴって口こそ悪いけど、他の貴族みたいなひどいことしなかったよね」

「ひどいこと……？　それってどういう……あ、話したくなければ」

口をつぐもうとしたイヴの前で、ルーナはあわてて言う。

「別に、話したくないことじゃないよ！　私たち、全選定で特進クラスに入れるだけの素質があるって分かってウルビス学園に入れることにはなったけど、その後私たちを養子にしたいって貴族がたくさん養護院に来たの。でも私、どこかのお嬢様《じょうさま》としてじゃなく、養護院育ちのルーナのまま砂魔法師になりたかった。だけど、断って罵声《ばせい》を浴びせられるのはいいほうで……私とルーくんは、脅《おど》されたり、命を狙われることが増えたの」

「――――」

イヴは話を聞きながら青ざめていた。かつては貧困街の人々に同情をしたイヴのことだ。清くあろうという気持ちを持つ人物で、だからこそ、同じ貴族のそうした所業が信じられなかったのだろう。

「今でこそ落ち着いてはいるけど、全選定の直後はほんとひどくて……なんとか殺されずにすんだのは運がよかったのと、ルーくんが助けてくれたから。もう、ごろつきに囲まれたりとか毒を盛られたりした時はさんざんだった。それに比べればイヴの態度なんてかわいいかわいい……」

話しながら、過去に毒を盛られたことを思い出しスプーンでスープをすくった手を止めた。昔、街で買った牛乳に毒が入れられていたのだ。あの時は確か、スープを味見したルカが不審《ふしん》な味に気づいて――

「ルーナ！」

突然《とつぜん》大声が聞こえて、ガシャンと食器の割れる音が食堂内に響《ひび》いた。

「え……？」

顔を上げると、駆《か》けてきたルカがテーブルの向こうからこちらへ身を乗り出し、ルーナの持っていたスプーンを弾《はじ》き飛ばす。彼の顔は苦悶《くもん》に歪《ゆが》み、額には汗《あせ》が浮《う》いていた。

「飲むな……毒だ。やられた……」

ぐらりとルカの体が傾《かたむ》き、床《ゆか》に倒《たお》れる激しい音が響く。

「なっ……ルーくん！」

すぐにテーブルをまわって、倒れたルカの前に屈《かが》んだ。

「ルーくん！　ルーくん！」

(汗、すごい……)

双子《ふたご》たちがこちらを見て顔色を変えている。イヴもあわてて駆け寄ってきた。

「病院……違《ちが》う、保健室……保健室に連れて行かないと」

ウルビス島にある病院はここからは遠いし、学園には優秀《ゆうしゅう》な医師がいると聞いている。

混乱する頭で必死に考えながら、ルカの腕《うで》を引っ張り抱《かか》えあげようとした。だが、体格に差がありすぎる。引きずっていくことさえ無理だ。体が持ち上がらない。

前に一度毒を盛られた時とは違った。あの時ルカは味だけで気づいて難を逃《のが》れたけれど、この様子では体に異変が起きるまで気づかなかったのだろう。

毒が体をむしばみルカが死んでしまうことを想像して、全身の血の気がひいた。

「やだ……やだやだやだ。ルーくん、やだ……一人にしないで」

顔は苦悶に歪んだまま、ルカの反応はない。

「いや……お願い。一人にしないで！」

リベルトがいなくなってから、ルカはそれまで以上にルーナのそばにいてくれた。いつも楽しい話をしてくれて、ルーナのどんな話も聞いてくれて。

養護院を出てからも、ずっと二人でやってきたのだ。誰に何を言われても、家に帰ればルカがいるから辛《つら》くなかった。ルーナの気持ちを一番分かってくれる。寄り添《そ》ってくれる。

だから——

（ルーくんまで失いたくない……！）

ルーナの気持ちが届いたかのように、かろうじてルカが目を開いて、ルーナはあわててすがりついた。

「待っててルーくん！　今……」

もう一度彼の肩《かた》をかつごうとするが、自分がこんなに非力だとは思わなかった。ぜんぜん持ち上がらない。

「何かあったの？」

その穏《おだ》やかな声はさほど大きな声でもなかったのに、なぜかはっきりと耳に届いた。

青銀の髪《かみ》に、青い瞳《ひとみ》のディーノ。優雅《ゆうが》な動きで食堂を見まわし、立ち尽《つ》くすイヴを見て、

その下に屈むルーナを、ルカを見る。彼の表情から穏やかな微笑《びしょう》が消え、さっきまでルカがいた席へと歩いた。

ルカの食事の匂《にお》いをかぐと、スープに小指をつっこんで一舐《な》めし、舌を出した。

「トリカブトか……怖《こわ》いね。ルカ、しびれは？」

聞きながら、ディーノはルカの首に手をあて脈を確認し、呼吸を確認《かくにん》し、最後に背中と膝《ひざ》の下に手を入れて体を持ち上げた。

「しびれてるよ……男のお姫様抱《ひめさまだ》っことか……ありえねー……」

だるそうに舌を動かしながらも、なんとか言葉を紡《つむ》げているようだ。

「それだけ話せるなら大丈夫《だいじょうぶ》だね」

ディーノの口元に笑みが戻《もど》った。こわばった顔で見るルーナの視線を受け、にっこりと笑う。

「本来ならこの毒に解毒剤《げどくざい》はないけど、僕の従者が解毒の魔法《まほう》を使うんだ。まずは保健室へ行こう」

★

意識が浮上《ふじょう》して見慣れない天井《てんじょう》を見た時、ルカが最初に気にしたのは時間だった。

（あれから、どれくらい意識を失った……？　前回薬を飲んだのは……ここは……？）

ハーブや薬品の匂いがする。窓からの日差しの傾きからすると、もう放課後だろうか。雨はもうやんでいるようだ。

(前に薬を飲んでから、ちょうど十二時間くらいか？)

体を起こそうとして、腹部にかかる重みを感じた。見れば、ルーナがルカの上で顔を伏《ふ》せたまま眠《ねむ》っているようだ。ルーナを起こさないようにゆっくりと上半身を起こした。

部屋はカーテンで仕切られていた。ベッドに座ったまま手を伸《の》ばしてカーテンを開くと、さらに薬品の匂いがきつくなった。

薬品や医療《いりょう》器具の並んだ棚《たな》。壁際《かべぎわ》に椅子《いす》がいくつか置かれているが、ベッドはルカのいる一つだけだ。特進生は去年まで五人を超《こ》えることはなかったと聞く。ここがもし特進クラス専用の保健室なら、ベッドは一つで十分だろう。

部屋にはルーナ以外誰《だれ》もいなかった。腰《こし》にさげている懐中《かいちゅう》時計を取り出して開く。

(大丈夫だ。まだ、薬が切れて数分……誰かに見られてはない)

懐中時計を服の中に戻すと、カーテンを閉めた。

それからルーナを起こさないよう細心の注意を払《はら》いベッドを下りる。ルーナを支えつつ膝の裏に手を回して華奢《きゃしゃ》な体を持ち上げ、今まで自分がいたベッドに下ろした。

体からは不思議なくらいしびれも辛《つら》さもなくなっていた。むしろたっぷり睡眠《すいみん》をとって普段《ふだん》より体が軽いくらいだ。解毒の魔法があるとディーノは言っていたが、見事なお手並みだと思う。それにしても。

（ルーナが飲まなくて、よかった……）

ルーナがもし致死《ちし》量以上の毒を飲んでいたら、この華奢でまったく毒にならされていない体は、どうなっていたか分からない。この島まで来れば安全だと思って油断していた。

自分たちが命を狙《ねら》われる理由は分かっていた。あの全選定の時からいっそう、上流階級の派閥《はばつ》争いは激化し、より力のある砂魔法師を囲い込もうとする動きも強まっていると聞く。百年以上前に十二賢者《けんじゃ》にいた光魔法師が死去して以来、光魔法師は現れていない。光魔法師ともなれば、賢者の中でも発言力はずば抜《ぬ》けて強いと聞く。わずかでも可能性がある存在なら、貴族たちは養子として迎《むか》えてでも囲い込みたいのだろう。しかし、ルカたちはその話を受けたことがない。貴族になるつもりなどないからだ。だが養子《ようし》縁組《えんぐみ》を断れば、次に貴族たちはこう考える。それなら、反対勢力にとられる前に殺してしまおうと。

ルーナを不安がらせる前にと、あらゆる手を使いルカが追っ手を潰《つぶ》してきたために、ルーナは自分の命がどれだけ危ういかを知らない。ルーナの認識では、命を狙われたのは全選定直後の数ヶ月だと思っているだろう。あの時はまだ、ルカも手を打てていなかったから。

ルーナがあどけない寝顔《ねがお》のままかすかな寝息《ねいき》をたてている。今は授業についていくのに必死だろうに、授業を休み付き添ってくれたのだろうか。ふと、彼女の指先にある傷に目を留めた。訓練法を誰かから教わって無茶《むちゃ》をしているのだろう。

ギリッと奥歯を嚙《か》み締《し》めた。彼女の指を見るたび、もういい、やめろと言いたくなるのを、ここ数日ずっとこらえている。本当は安全な場所に閉じ込めて、一切《いっさい》の危険や苦労から遠ざけてしまいたい。

(駄目《だめ》だ……あの約束がある。だいたい、俺がルーナの笑顔《えがお》を壊《こわ》すわけにはいかない……)

いつも自然体でいながら、笑顔で、幸福を感じさせてくれる少女。彼女がいる場所はいつも明るくて、幸せで温かな時間が流れている。ルーナのそばにいれば、ルカは自分が生きている意味を、幸せを感じることができた。

「ルーナ……必ず、俺が守るから……」

眠るルーナの頰《ほお》に触《ふ》れたが、起きる気配はない。一切化粧《けしょう》をしていないのに、綺麗《きれい》な肌《はだ》とつややかな唇《くちびる》。少女の薄紅《うすべに》の唇に誘《さそ》われるようにルカは自分の唇を寄せた。

唇が触れる直前で、ノックの音が響《ひび》いてルカは動きを止めた。顔を上げルーナから手を離《はな》す。

ルカは返事をしなかったが、寝ていると思ったのか扉《とびら》が開かれる。聞き覚えのあるヒールの音。カーテンに映るシルエットの中、顔の片側から流れるストレートの髪が揺《ゆ》れた。

「ロレーナ嬢《じょう》か……俺に何の用?」

驚《おどろ》いたように彼女の影《かげ》が動きを止めた。

「起きていたのですね。事情をイヴから聞いて、あの時の借りを返しに来ました。今日の授業のノートをここへ置いておきます。それと……あの時の毒ですけれど、無差別ではなくあなた方兄妹《きょうだい》を狙ったもののようです。スープ配膳《はいぜん》の際、あなた方は魚介《ぎょかい》アレルギーということで別のスープになっていたとか」

「へえ……俺たちが魚介アレルギーとか初めて知ったわ。昨日までさんざん食ってんのに」

「……驚かないのですね」

なんで俺たちが、という反応を期待していたのだろう。

「あなたは本当に謎《なぞ》の多い方ですね……。まるでこのような事態に慣れているかのようですし……ところで、具合はどうですか？　ご気分は？」

「もうすっかり問題ないよ。気にかけてくれてありがとう」

「本当に？　ベッドから起き上がれていないのでは？　水でも……」

言いながらカーテンを開いたロレーナが、ベッド際《ぎわ》に立つルカを目にして硬直《こうちょく》した。彼女が見ているのはルカの髪《かみ》だ。次いで、瞳だろうか。

言葉をなくしたロレーナに笑いかける。

「そんなに俺を気にかけてくれるなんて、ずいぶん優《やさ》しいんだな。労働者階級の人間とは話したくないんじゃなかったのか？」

「……その髪……その瞳、あなたは、まさか……」

うろたえて揺れる青い目が、今度はベッドに眠るルーナに向けられる。そしてルカに戻った。

「……その子は、本当の妹では……」

「妹だよ」

ルーナの顔に手を伸ばし、やわらかい茶色の髪を手にとる。

「俺の兄妹はルーナだけだ。他《ほか》にも一人いたけど……殺された」

ロレーナの顔がこわばる。いくら学園に通い屋敷《やしき》から出てみても、結局は彼女も彼女の妹も、殺した殺されたの世界からは縁遠《えんどお》い、深窓のお嬢様《じょうさま》だ。

「なぜ……どうして……なぜあなたのようなお方が命を狙われるのですか？」

ルーナの髪をさらりと解放し、ロレーナを見た。

「それはあんたら貴族のほうが詳《くわ》しいんじゃないか？　都合が悪いんだろ。庶民《しょみん》が賢者なんて」

「――ですがあなたは！」

ルカの視線に、気圧《けお》されたようにロレーナは口をつぐんだ。声を荒《あら》げたことを恥《は》じ入るようにうつむき、握《にぎ》った拳《こぶし》を胸にあてる。

「……実は何人かの女子生徒が私に、あなたに遊ばれたと泣きついてきたのです。その、あなたに期待をもたされたのに、振《ふ》られたのだとか……」

何人かの思い当たる顔を思い返し、ルカはため息をついた。

「二、三回会話しただけだと思うが……まあ、確かに最初はこっちから声をかけたからな。中には危なそうなのもいたけど……急いでたから選《え》り好みしてる暇《ひま》なんてなかったんだ。ただ、少なくとも気を持たせる言葉は……ああ、ロレーナに食堂で声をかけた時は」

「あの時はわざと私にきつい態度をとらせましたよね？　あとから気づきました。チームで孤立《こりつ》していた妹さんを励《はげ》まそうとしたのでしょうか」

「……悪い」

ルーナにルカも同じ境遇《きょうぐう》なのだと認識《にんしき》させて、少しでも元気を出してほしかった。ああ言えば、イヴを守ろうとするロレーナが突き離す態度をとるだろうことは分かっていた。

彼女がそのことに怒《おこ》る気配はなかったが、ただ、何かに納得《なっとく》していない顔をしている。

「生徒たちの主張には違和感《いわかん》がありました。詳しく聞けば、皆《みな》、あなたから学園内の人物や要人の話を聞かれたとのこと。情報を集められているのですか？」

「ああ」

「なぜ、そのようなことをご自身で……そんなことをされなくても、あなたがバラッコボリ出身ということ自体が間違《まちが》いではありませんか。証明する手段があるのにどうして――あなたはこれまでどれだけ、不当に辛《つら》い思いを……」

「勘違《かんちが》いしないでくれ。俺は自分の出自を疎《うと》んだことはないし、このままでいいと思ってるからここにいる」

「ですが危《あや》うく殺されかけて。それにあんな中傷は、本来あなたが受けるべきものではございません！　あなたの心を得られなかった生徒たちが、あなたを下層の出と思い――」

「言わせておけばいいだろ？　そういうたぐいの噂《うわさ》をされるのは慣れてる。それともロレーナ嬢には、俺が家だとか派閥だとかに頼《たよ》らなければ、何もできない男に見えるのか？」

「！　そのようなことは決して……あなたは常に冷静で、あの時何もできなかった私などとは違い……そう……ですね。申し訳ございません。差し出がましいことでした」

ルカはルーナに視線を戻《もど》した。よほど疲《つか》れているのか、すやすやと眠《ねむ》ったままだ。

「この髪のこと、黙《だま》っていてくれるか？」

「……どうして、このことを私に。いくらでもごまかす手段などあったのでは？」

ロレーナにカーテンを開けさせなければよかっただけだ。さっさと追い返してしまえば見られることもなかった。

服にしのばせていた薬瓶《くすりびん》を取り出し、蓋《ふた》を開けて一粒《ひとつぶ》を口に放《ほう》る。

「ロレーナ嬢には見られてもいいと思ったんだ。なんとなく……俺のすべてを知っても受け入れてくれるんじゃないかと、そう思った」

「――――」

ロレーナが目を見開いて、それからうつむき、片腕《かたうで》をもう片方の手でぎゅっと摑《つか》んだ。

ルカは薬を飲み込んだ。即効《そっこう》性の薬が、髪と瞳《ひとみ》の色を見慣れた茶色と緑に変えていく。

「それで。黙っていてくれるのか？　ロレーナ嬢」

「――承知いたしました。ルカ……いえ、ルカ様。私のことはロレーナとお呼び捨てください」

「それは不自然だろ。普通《ふつう》に呼んでくれ」

「それがルカ様の……ルカのご意思であるなら」

それまでのロレーナからは考えられないうやうやしい態度で彼女は続けた。

「さきほども申し上げたとおり、情報収集などの雑用はルカがされることではございません。どうぞこれからは、私を手足としてお使いください」

「俺はこれからもずっと、後ろ盾《だて》のない平民として生きていく。それでも俺につくのか？」

ロレーナは胸元《むなもと》に手をあて、頭を下げた。

「自分より高貴な方に従うのは当然のことです。実力、器量共に、私は遠くあなたに及《およ》ばない。これまで見てきたルカの砂魔法《すなまほう》の技術に、とっさの判断力。周囲からの悪意を気にもとめない度量と、懐《ふところ》の深さ。恐《おそ》れながら、あなたこそが歴史に名を残す砂魔法師になられる方と確信いたしました。どうか私に、助力することをお許しください」

「突然《とつぜん》俺についた理由を、周りにどう説明する？」

「以前に命を助けられ、将来の光魔法師であると確信したと。……決してさきほど目にしたことは口外いたしません」

まったくの予想どおり。ロレーナは賢《かしこ》く、完璧《かんぺき》にルカの求める答えを返してくる。何より家柄《いえがら》と性格上、一度相手を上と認めればそうそう裏切ることはないだろう。

「なら、まずは双子《ふたご》の情報を集めてくれないか？　どういう経緯《けいい》でこの学園へ入ったのか」

「ダンテ・キアーラとダリア・キアーラですか？　彼らはAランクの素質があるようです。そのために、何を考えることもなく学園で過ごしているのでは？　気ままで、奔放《ほんぽう》に……」

「そうかな。俺にはあの振る舞《ま》いは、どこかで抑圧《よくあつ》されて歪《ゆが》んだ結果に見えるけど」

ダンテの言葉を思い出す。貴族から見下されることはあっても、「お気楽な立場」と罵《ののし》られたことは初めてだ。カルミネ同様、子爵家《ししゃく》でありながら特進クラスへの入学を果たすほどの力を持ち、過度な期待をかけられたのか、それとも別に何かあるのか。

「抑圧……ですか？　いえ。分かりました。確か去年通常クラスで私と一緒《いっしょ》だった者に、キアーラ家と関《かか》わりの深い者がいたかと。ここへ来るまでの彼らの話を聞き、ご報告いたします」

「助かるよ。ロレーナ」

第三章　砂魔法師を目指す理由

ルカが毒を飲んだ日から、ルーナはルカと自分の分のお弁当を作るようになった。市場で食材を買った後、チーム部屋の大ホールで火魔法を使い、朝食と昼食分のお弁当を作るのだ。そして朝、ルカと一緒にお弁当を食べたあと、昼間の分を彼に渡《わた》す。最近は昼食の時間があわず、一緒に食べないことが増えてきたからだ。

代わりに、イヴと食事をすることが多くなった。この日の昼食はルカも後から来たが、軽く挨拶《あいさつ》をかわした後は、少し離《はな》れた場所で食事をとる双子の近くに座ったようだ。

「魔具《まぐ》……？」

「時限魔法陣《まほうじん》を仕掛《しか》けた道具を魔具と言いますの。時限魔法というのは、あらかじめ砂で魔法陣を描《えが》いておき、条件がそろったタイミングで発動させる魔法ですわ。例えば床《ゆか》に魔法陣を描いて、その上に乗った動物を土魔法で檻《おり》に捕《と》らえるですとか、一定時間ごとに水をまくですとか、そういったことが可能なのです」

「へー！　便利だね！」

「意識はしなくても見たことはあると思いますわ。街を繋《つな》ぐ機関車も魔具を使って走ってますのよ」

「はあ……なるほど。そうなんだ……」

打ち解けてからの一ヶ月、イヴはこうして毎日ルーナへ砂魔法に関することを教えてくれる。研究者を目指しているというだけあってイヴの知識は豊富だ。おまけに話は具体的で分かりやすく、授業で頭を抱《かか》えていたルーナにはまさに救いの女神《めがみ》だった。

さらに嬉《うれ》しいことには、イヴは「こんなことも知らないんですの？」と言いつつも、楽しそうに話してくれる。おそらく、砂魔法に関する会話が好きなのだろう。

気がつけば、ルーナにとってイヴと話す時間が毎日の楽しみになっていた。

「それで、時限魔法陣ってどうやって作るの？」

「さきほども言いましたけれど、砂を魔法陣の形に配置するんですのよ」

「ええ!?　それすごく大変じゃない!?　ちまちました作業過ぎない!?」

「ええ。ですからたいていの魔具を作る砂魔法師は、風魔法や土魔法でうまいこと砂を操《あやつ》るんですのよ」

「あー……なるほど」

ルーナは納得すると、火砂を机に出した。

「え？　ちょっと、魔法陣を正確に再現しなければいけませんし、そんな軽くやろうと思ってできることでは――」

風砂を宙にまいたあとは、神経を研《と》ぎ澄《す》ませて指で星を描く。全神経を砂魔法の発動に集中させれば、周囲の音も遠ざかるように感じた。

（なんでか最近、リスピ石の反応が悪いんだけど、でも、これくらいなら――）

魔法陣が浮《う》かぶと共に、小さな風が吹《ふ》いて、机上《きじょう》の火砂をかき交ぜる。すると、火砂が綺麗《きれい》に魔法陣の形に整った。

「こういうことだね！」

「す……」

「す？」

「すごいですわね！　一度で時限魔法陣が組めるとか……連星も誰《だれ》に教わることなく実現したって話でしたし、技術だけは圧倒《あっとう》的ですわね。それで、いったい何を条件にしたんですの？」

イヴが感心した様子を見せたが、作られた魔法陣は小さな火をぽしゅんと放ち、消えてなくなった。

「あれ？　何か物を置いたら火がつくように作ったつもりだったんだけど」

「それは条件が悪いですわ。何か、ではなく、どれくらいの重さか、どれくらいの大きさか、具体的なイメージが必要ですわ。……というのはおいておいて。やっぱりあなた、ランクを上げることが最優先ですわよ！　どんなに精度の高い魔法を使えたって、こんな威《い》力《りょく》じゃ燭台《しょくだい》に火をつけることもできませんわよ！」

「それは言いすぎじゃ……」

「言いすぎではありませんわ。これは猛特訓《もうとっくん》が必要ですわね。どうせ、いまだにEランクなのでしょう？」

ルーナはつきかけたため息をこらえた。あれから一ヶ月。知識はこうしてイヴが教えてくれるおかげで増えてはいるが、砂のランクは一向に上がる気配がない。どの属性も一律上がる気配はなく、白に近いベビーピンクやベビーブルーの砂色は統一感があっていっそ綺麗だ。

（このままじゃ個人成績も思わしくないなあ）

夏休み前に前期のテストがあるが、その内容は筆記試験と実技だと聞いた。筆記が期待できないルーナは実技で勝負するしかないが、ランクがこれでは、それも怪《あや》しいものだ。

ちなみにチーム課題はといえばこれも思わしくない。リーダーを決めるために集まっても、ディーノは議論には消極的だし、カルミネにいたっては初めからチーム部屋にいないか、いても寝《ね》ているかだ。

やっぱりため息をついてしまい、もう一つのチームであるルカや双子たちに目を向けると、その視線を追ったイヴが思い出したように言った。

「そういえばあなたのお兄様とディーノ様、ものすごく噂《うわさ》になってるらしいですわよ」

イヴの言葉は少し離れた場所にいたルカにも聞こえたらしく、彼がコーヒーを吹きだした。

「げほっ！　は……？　んだよそれ……」

「いまだ婚約《こんやく》者も作らないディーノ様の心をついに射止めたのは、同じ特進生のルカ様。

そういう噂が流れているのですわ」

「んでそんな噂……」

ハッとルカが隣《となり》の双子を見る。双子は笑いをこらえる様子で、肩《かた》をぷるぷると震《ふる》わせていた。

「おい、ちょっとツラ貸せ」

ルカがダンテの頭をがしっと摑《つか》んだ。

「放せよ！　僕じゃない！」

「あぁ？」

「本当だよ。噂を流したのはダリアだし……」

「お前俺が女に手をあげないのをいいことに、そうやって姉のせいにすんな！」

ダンテを解放しないルカを見て、ダリアが両手をテーブルにつき立ち上がった。短い黒《くろ》髪《かみ》が揺《ゆ》れ、紫《むらさき》の猫目《ねこめ》がルカを睨《にら》む。

「ちょっと！　ダンテを放し……」

「ダンテ。ダリア」

新しい声に、ダンテとダリアがギクッと固まった。二人が視線を向けた先で、いつの間にか食堂内に現れたロレーナがにこっとほほ笑《え》む。

「さっきの話は本当かしら？　ルカの噂を流したとかなんとか……」

「あ、えーと」

「言ったでしょう？　ルカは私たちを統率《とうそつ》すべきお方だわ。妙《みょう》な手出しは私が許さないわよ」

ロレーナの言葉を受け、ダリアが抗議《こうぎ》の声をあげる。

「ルカがリーダーなんて、そんなの納得《なっとく》できないよ！　ロレーナのほうが、伯爵《はくしゃく》家だし、水の次期賢者《けんじゃ》として……」

「同じ賢者でも光魔法《まほう》師は別格でしょう。仮にルカが光魔法師になれば、あなたたち頭があがらないわよ。まあ、でもいいわ……今は、ダリア、噂を流したのはあなただって話だったわね。来なさい」

ダリアがぷるぷると震えながら左右に首を振《ふ》る。

「やだ！　やだ！　ダンテと一緒じゃなきゃ……いやあ――！」

ロレーナに首根っこを摑まれ、ダリアがずるずると食堂の外へと引きずられていく。

「ダリア！」

追おうとしたダンテはルカに肩を摑まれていた。

「お前はこっちな」

別の場所でしめるつもりなのか、ルカは「じゃあな」とルーナに手を振ると、ダンテを別の扉《とびら》から連れ出していった。

その光景をルーナとイヴは呆然《ぼうぜん》と見ていたが、先にルーナのほうが我に返った。

「あっちのチームもあいかわらずの感じかと思ったけど……なんかイヴのお姉さん、お兄ちゃんのこと好きになってくれた？　とか？」

「す、好きってどういう意味ですの⁉」

「え？　あー……うーん……」

「や、やっぱり変ですわよね。お姉様、なんか最近変に幸せそうですし……なんていうか満たされているような顔で……ああ！　魅了《みりょう》なら私がされたかった！」

「イヴ、今なんて……いや、聞かなかったことにするね」

そういえば前に孤立《こりつ》している様子だったルカは、「考えもある」と言っていたか。願わくはそれが女心を利用するとか、そういう話ではありませんようにと祈《いの》った。

「それにしても、うちもリーダー決めないとだよね……だけどカルミネ先輩《せんぱい》はいつも寝てるし、ディーノ先輩もがんばる必要ないって顔だもんなあ」

イヴが人差し指を唇《くちびる》にあて、んーという顔で首を傾《かたむ》けた。

「ちょっと不思議ですわよね」

「え？」

「ディーノ様のお噂は、入学前から聞いておりましたわ。噂に違《たが》わず、とても紳士《しんし》的な方で……教師からの信頼《しんらい》も厚く、女子生徒に群がられても穏《おだ》やかに対応されてますわよね。ですのに、ことチーム課題についてだけはやる気がないって明言するって、不思議ではありません？」

（確かに……）

この間はルーナの指の怪我《けが》を見て心配そうにしてくれたし、ルカが倒《たお》れた時には、穏やかだが力強い声でルーナを落ち着かせ、言葉どおりルカを助けてくれた。優《やさ》しく穏やかな態度は出会った時からだ。その常に紳士的な彼が、チーム課題についてだけ、はっきりとした拒絶《きょぜつ》の言葉を口にしていた気がする。

「それに、妙ですわよね。やる気がないなら、なぜ学園を辞《や》めないのかしら」

「え？」

ルーナの反応に説明が必要だと思ったようで、イヴは人差し指を立て言った。

「すでに賢者試験資格を得ているなら、いつでも学園を卒業できますのよ」

「そうなの？」

「ええ。だって、賢者候補に学園が何を教えられるっていうんですの？　元十二賢者のデヴィン学園長くらいしか、砂魔法に関して教えられるものはないのではありませんの？」

（まあ、確かに……なら、どうしてディーノ先輩は学園に留《とど》まってるんだろう）

ルーナが考え込んだところで、噂の当人が食堂に現れた。昼食の時間にディーノが食堂に顔を出すのはめずらしい。

「ディーノ先輩！」

ルーナが笑顔で手を振れば、ディーノがきょろきょろと周囲を見まわしたあと、ルーナのほうへやって来た。

「？　ディーノ先輩、誰《だれ》か捜《さが》してます？」

「午前の授業にカルミネが来てなかったから、ここにいるかなって。寮《りょう》を出るところは他《ほか》の生徒が見たみたいなんだけど。ここにいないとなると、チーム部屋かな……」

「え？」

「彼、たまにあそこで寝てるみたいなんだよね」

「チーム部屋で!? なんで!?」

「まあ、軽く住めるくらいの設備はあるからね」

確かに、初日にルーナもチーム部屋を全部屋見たが、最初に入った場所にある話し合いに利用できそうな部屋の他、巨大《きょだい》な砂魔法を使っても問題なさそうな大ホールに、なぜか浴室も寝室《しんしつ》もあるという豪華《ごうか》ぶりだった。下手な寮よりよっぽど居心地《いごこち》がよさそうではあるが。

ディーノが思案顔で顎《あご》に指をあて、顔を曇《くも》らせた。

「このままだと、カルミネは通常クラス行きかな……」

（カルミネ先輩が、通常クラス……？）

ルーナは砂魔法師になれればそれでいい。しかしそもそも、チーム課題で優勝しなければ学園を去らねばならない。ふかふかの布団《ふとん》ともミートパイともさよならだ。

ルカのチームは、すでにルカとロレーナが手を組んだように見えた。こちらはイヴにはやる気になってもらったものの、ルーナを足してもあの二人にはぜんぜん敵《かな》わない。さらなる戦力ダウンは絶対に避《さ》けなければいけない状況《じょうきょう》だ。

（なのに、カルミネ先輩が通常クラスってことは……）

「最悪の場合、僕たちのチームは三人になるね……って、ルーナ？」

ディーノが言い終わるや否《いな》や、ルーナはガタンと席を立ち走り出していた。

「ちょっ……どこに行くんですの⁉」

イヴが声をあげたのは、ルーナが食堂の入り口とは逆の、一階席を見下ろす位置に向かって走ったからだ。勢いをつけて手すりを飛び越《こ》える。

「きゃあああ！」

イヴの悲鳴を後ろに聞きながら、ルーナは砂器を振った。溜《た》めていた土砂をすべて宙にまき指を走らせて魔法陣《まほうじん》を発動させると、赤ちゃんの握《にぎ》り拳《こぶし》ほどの足場を作り出す。それを階段のように高低差をつけ、等間隔《とうかんかく》に次々と出現させた。

二階から身を乗り出してルーナの無事を確認《かくにん》したイヴは、ほっとした顔にはなったが。

「ルーナ！　午後の授業はどうするんですの⁉」

「なるべく早く戻《もど》る！　間に合わなかったら、頭痛で遅《おく》れるって先生に言っておいてー！」

「頭痛の生徒はそんな元気に走りませんし、仮病《けびょう》使うならそもそもそんな目立つことしないでくださる⁉　あなたどうしてそんなにバカなんですのー⁉」

イヴの叫《さけ》び声とディーノの笑い声が背後に聞こえる。しかしイヴのたしなめる叫びはもはや遅《おそ》く、ルーナは生徒たちの視線を受けながら食堂を飛び出していった。

「カルミネ先輩！」

バン！　と音をたてチーム部屋の扉を開いた。奥に向かおうとしたが、カルミネの姿は最初に入った部屋のソファにあった。制服を着たまま、布団を抱《かか》え込みぐうぐうと寝《ね》ている。あまりの光景に脱力《だつりょく》しかけたが、すぐに気を取り直して再度声を張り上げた。

「カルミネ先輩ってば！」

ルーナは布団を両手で摑《つか》んで勢いよくはがした。

「なっ……何？」

カルミネがびっくりしたように顔を上げる。てっきりディーノは授業のため教室に向かったものと思っていたが、遅れて部屋に入ってきた。

「うう……寒い。布団、返して」

「カルミネ先輩！　もう午後の授業始まりますよ⁉」

「授業……めんどい……寒い、眠《ねむ》い、寒い……」

「カルミネせんぱ……」

カルミネがルーナへ腕《うで》を伸《の》ばした。あわてて布団を取り返されまいとぐっと指に力を入れると、カルミネはルーナの腕を摑み、ルーナごと引き寄せた。

（えっ……）

一瞬《いっしゅん》後。ルーナはカルミネの腕の中ではなく、後ろに引き寄せたディーノの腕の中にいた。

「カルミネ、この子は君の抱《だ》き枕《まくら》じゃないよ」

「ディ、ディーノ先輩！」

あわてたルーナの顔を見てほほ笑《え》むと、ディーノはルーナを解放した。びっくりしてつい甲高《かんだか》い声をあげてしまったが、どうやら助けてくれたらしい。ルーナは布団を握りしめたまま頭をさげた。

「あ、ありがとうございます」

「うう……寒い……」

カルミネの声に、再びカルミネを見る。

「あの、カルミネ先輩って、十二賢者《けんじゃ》を目指してないんですか？　特進クラスに入った人って、普通《ふつう》は十二賢者を目指すって聞いたんですけど……」

「そりゃ、特進クラスは賢者育成クラスだし……だけど、僕は十二賢者にはなりたくない」

寒くて眠れなかっただけかもしれないが、カルミネから答えが返ってきてルーナは驚《おどろ》く。

（だけど……十二賢者になりたくないって）

「どうしてですか？」

「賢者なんて、なりたい人がなればいい。期待されている人がなれないのは大変かもしれないけど……僕は子爵《ししゃく》家の人間だ。特進クラスに入れただけで、家族から僥倖《ぎょうこう》だと思われてるよ」

「そう……なんですか。えっと、でももし賢者になれたらおいしいとかもないんですか？」

「ないよ。上に行けば行くほど、責務も政治的しがらみも多くなる……せっかく下級貴族に生まれたんだ。毎日温かい布団とおいしいものが食べられる環境《かんきょう》なら、それでいい……」

「わ……」

ルーナは思わず布団を手放し、カルミネの手をがしっと摑んだ。

「分かります！　その気持ち！　ふかふかの布団においしい食事……それさえあれば十分ですよね！　なるほどなるほど。カルミネ先輩《せんぱい》の気持ちはよく分か……」

ルーナの指を横から伸びた手が摑み、カルミネから離《はな》した。

「ルーナ、異性にそうやすやすと触《ふ》れるものではないよ」

「あ、ごめんなさ……って」

ディーノだってルーナの手を、今まさに摑んでいる。呆然《ぼうぜん》とディーノを見ると、彼はほほ笑んで言った。

「それとさっきの話。納得《なっとく》していいの？」

「………あ！」

そもそもここへ来た目的は、カルミネを授業に出させて通常クラスへ転落させないことにある。ディーノがルーナの手を離すと、ルーナはカルミネに向き直った。

「カルミネ先輩！　温かい布団は夜に！　今は授業に出ましょう！」

カルミネはううん、と唸《うな》った。

「布団……眠くて、寒くて、お腹《なか》すいた……」

「えっと、お腹すいたなら食堂に行きます？」

「めんどい……もうずっとここで寝る」

「あの……せめて今日はあきらめるにしても、明日《あした》は授業に出ますよね？」

「……」

「カルミネ先輩！」

ガミガミ言ったところで、カルミネはルーナを見てくれないだろう。だったら。

「分かりました。それなら放課後、私が夕食を作ります。それ食べたら、帰って、寝て、明日からの授業は休まず出席してください。約束してくれるなら、この布団を返します」

食事が魅力《みりょく》的だったのか、単に布団を返してほしかっただけなのかは分からなかったが、カルミネは「約束する……」と了承《りょうしょう》の言葉を返してくれた。

カルミネに作った食事は好評で、ルーナはカルミネが授業に出ることを条件に彼のお弁当を作ることになった。もともとルカと自分の分を作っているので、一人分増やすのは難しくなかったのだ。

それから一週間。すっかりカルミネになつかれたルーナは、食堂へ向かっているところを、同じく食堂に向かっていたカルミネと会って彼にまとわりつかれた。

「ルーナ、今日のお弁当は？」

「食堂に着いたらお渡《わた》ししますよ」

まるで大きな猫《ねこ》のようにカルミネはルーナが持つ荷物を覗《のぞ》き込む。そこへ、普段《ふだん》昼食前にはあまりすれ違《ちが》わないディーノとばったり出くわした。

「あれ？　ディーノ先輩」

「ルーナ。カルミネと食堂へ？」

「はい。最近はイヴと食べてるんですけど、今日は予定があるって言ってたから。ルーくんが見つかれば三人で食べようかと思ってるんですけど……」

昼食前にディーノに会うことはない。そのため食事に誘《さそ》ったこともなかったのだが。

（誘うだけなら、迷惑《めいわく》にはならないよね……）

ルーナはディーノを見上げ、思いきって聞いてみた。

「あの、よかったら、ディーノ先輩も一緒《いっしょ》にどうですか……？」

少し緊張《きんちょう》したのは、ディーノが大貴族だということがルーナにも分かっていたからだ。

（だけど、もしディーノ先輩と食事を一緒にとれたら、夢が一つ叶《かな》う気がして……）

リベルトによく似たディーノ。彼と一緒に過ごせれば、過去の楽しかった時間が蘇《よみがえ》るように思えたのだ。しかしルーナの誘いに、ディーノは表情を曇《くも》らせた。カルミネが「ルーナ」と小声で名を呼び、ルーナの服の裾《すそ》を引く。

「？」

カルミネは特に言葉を紡《つむ》がず、ディーノがルーナへ答えた。

「……ごめんね。もう屋敷《やしき》で用意があるんだ」

（屋敷……）

ディーノの場合、寮《りょう》ではなく屋敷で暮らしているらしい。

「それじゃあ、また。チーム部屋でね」

「あ、はい」

ディーノはやわらかくほほ笑むと、ルーナたちの横を通り去っていった。

（残念だけど……仕方ないよね。いつも屋敷で食べてるんだろうし）

「えっと……カルミネ先輩、そしたら食堂に」

行きましょうかと言おうとしたルーナの目に、イヴの姿が映った。

食堂より先の廊下《ろうか》。以前イヴと一緒にいたクラスメイトたちが、イヴに声をかけているようだ。最近では一緒にいる姿はあまり見かけなかったし、なぜか以前よりも険悪な雰囲《ふんい》気《き》に見える。昼休みは用事があるから一緒に食べられないとは言われていたが、彼女たちと食べるようにも見えなかった。

やがて、連れ出されるようにしてイヴが女子生徒と共に奥の階段を下りていった。

「……どうしたんだろう」

「気にしないほうがいいよ」

なんとかするということは、つまりさきほどルーナが見たのはトラブルということなのだろうか。

「彼女は伯爵家《はくしやく》の令嬢《れいじよう》だし特進生だし、自分でなんとかするよ」

「え？」

「――」

（どうして……？　クラスメイトともめたってこと？）

前に、ルーナに話しかけたイヴがクラスメイトに見つかり、別に仲良くないと言っていた時のことを思い出した。確かあの時、イヴは周囲にルーナと仲が良いと思われたくないように見えた。しかし和解して以降昼食は一緒にとっているし、授業の間の休み時間も、ルーナが分からないところがあれば教えてくれている。

（まさか……私のせいで？）

ルーナはお弁当を自分の分とあわせカルミネに押しつけた。

「すみません！　先輩は先食べててください！」

「え、ルーナ？　ルーナ！」

めずらしく大声を出すカルミネを後ろに、ルーナは階段を駆《か》け下りる。

幸い見失わずに済んだようで、裏庭への玄関《げんかん》を出る女子生徒たちの姿が見えた。

（――イヴ！）

階段を駆け下りて、彼女たちが出ていった玄関の扉《とびら》に手をかける。そこへ、意外にもルーナを追いかけてきたカルミネが扉に手をあて、ルーナの道を塞《ふさ》いだ。

「ルーナ、君がイヴを庇《かば》うと余計に面倒《めんどう》なことになる」

「──でも！」

「僕は下級貴族だから、貴族のいざこざがどんなに厄介《やっかい》か知ってる。君、ふかふかの布団《ふとん》と、おいしいものが毎日食べられる人生なら、それでいいんじゃないの？　あえて貴族のいざこざに関《かか》わる必要がある？」

「だけど私が原因かもしれないし！　もし私のせいでイヴが嫌《いや》な思いしてるなら、それを知らずに自分だけが笑ってるなんていやです！」

「……分かった。それなら、見届けるだけ。少なくとも僕がいいと言うまでは動いちゃダメだ。約束できる？」

いつものんびりしているカルミネの、やたらとイヴか、それともルーナを気遣《きづか》っての力強い声音《こわね》だ。それを無視することはできず、ルーナはうなずいた。

「──分かりました」

そしてカルミネと共に裏庭へ出ると、奥から話し声が聞こえた。校舎裏の曲がり角を曲がった先にいるようだ。近づいて耳を澄《す》ますと、壁《かべ》の向こうからきつい声が聞こえてきた。

「イヴェリーナ様、あの子がどういう子か分かっていてお付き合いなさっているのですか？」

「当然そのつもりですわ。それが何か？」

さきほど連れられる姿を見た時には、三対一の構図だったように見えたが、返すイヴの声は力強かった。前に彼女たちに声をかけられ、あわてた様子だった時とは大違《おおちが》いだ。

「あの子は貧困街出身の平民ですよね⁉ それも聞いたところによれば、捨て子とか……」

「養護院育ちって言ってましたから、そうかもしれませんわね。けれどそれが何か？ ただ私は、将来性があって、話していておもしろいと思える子と一緒にいるだけですわ」

（イヴ……）

「将来性ですって？ あのEランクの砂をイヴェリーナ様もご覧になったでしょう！ あれは改革派が無理やり引き込んだ、才能のない、そのくせ十二賢者《けんじゃ》に無理やり押し上げられようとしてる傀儡《かいらい》でしょう⁉ 何も知らず特進クラスに入って調子に乗っているだけの。私たち貴族の敵ですわ！」

（傀儡……貴族の敵……）

何か壮大《そうだい》なことを言われている気がする。自分の噂話《うわさばなし》だとは思うのだが、あまりの違和《いわ》感《かん》に人違いかと思うほどだった。違和感を覚えたのはイヴも同じだったようで、おかしそうなイヴの笑い声が聞こえた。

「……何がおかしいんですか？」

「だって、あなた方もおっしゃったじゃないですの。Eランクの素質しかないって。改革派が祭り上げるならあの子の兄のほうでしょう。それにたとえ祭り上げられたのだとしたって、あの子自身に罪があるわけではありませんわ」

（イヴ……嬉《うれ》しいけど、大丈夫《だいじょうぶ》なのかな）

三人も敵に回して、今後に影響《えいきょう》しないのだろうか。

女子生徒たちが黙《だま》ると、誰《だれ》かのため息と、一人が進み出る音が聞こえた。

「イヴ。正直あなたにはがっかりね」

口調からして、イヴより上の身分の人物と思われた。

「この学園であの平民を受け入れることがどういうことか、分かっていないの？」

「……あの子は平民でも、特進生で」

「そう。平民で特進生。私たちにとっては目障《めざわ》りな人間のはずよ。違う？　それともあなたは、今後も全選定により、平民が砂魔法師《すなまほうし》になるべきだと考えているのかしら。ゆくゆくは十二賢者を輩出《はいしゅつ》し、私たちの上に立つべきと？」

「……」

「これまで王家に仕えてきた私たちとは違う、どこの馬の骨とも分からない平民が国で実権を握《にぎ》る。おそろしいことだとは思わないの？　それを受け入れるなら、あなたは私たち貴族の敵よ。意味、分かるわね」

「私……は、その……」

「あの子と手を切らなければ、社交場でも息をしにくくなるでしょうね。あなたまだ婚約《こんやく》者がいないのではなかった？　結婚《けっこん》相手を探すのも大変ね」

（これって、手を切らないと悪い噂を流すっていう脅《おど》し……？）

自分が思っている以上に、ルーナといることはイヴに負担をかけることだったらしい。前にルーナと仲良く思われたくない様子だったイヴのことが、今ならよく理解できる。

「あの子との関係、考え直してもらえるかしら？」

イヴは長い沈黙《ちんもく》のあと、ぽつりぽつりと言葉をこぼした。

「でも、あの子は悪くなくて……教科書がペンの色で染まるほど、努力もしていて……」

（イヴ……）

もういいからと叫《さけ》びたかったが、確かにここでルーナが出ていけば、さらにイヴの立場は悪いものになるだろう。どうしたらいいか分からず泣きそうになったルーナに、カルミネが「大丈夫そうだよ」と声をかけた。

後方を見る彼の視線を追えば、校舎の扉から出てくるロレーナの姿。ルーナたちに気づいたようだが、声をかけることもなく、ルーナたちの横を通りまっすぐイヴのもとへと向かう。

彼女がわざと茂《しげ》みを踏《ふ》んで音を立てれば、生徒たちがロレーナの存在に気がついたようだ。

「これはルイザ様。おひさしぶりです」

「！　ロレーナ……」

「何か私の妹が粗相《そそう》でも？」

「……平民の娘《むすめ》と仲良くしていたようなので、家の名に恥《は》じない態度をとられてはどうかと助言を差し上げていたところよ」

「それはご配慮《はいりょ》をありがとうございます。イヴ、不必要に下の人間と親しくするものではないわ。私たちは伯爵家の人間。平民に礼節を欠かせれば、家の格を下げることになってよ」

「は……はい。でも……！」

「でも？」

「あの子は特進生だし、四属性使えるし、それに……」

「ああ。平民って、ルカの妹のこと」

すでに分かっていただろうに、ロレーナは意外そうな声を出すとしらじらしく言葉を続けた。

「それなら話は別だわ。だってあの子は、国王が出したお触《ふ》れで選ばれた特進生ですもの。まさか――全選定が過《あやま》ちだったとか、国王の策を批判する方はこの場にはいませんよね？」

ロレーナが問いかけるが、さきほどまで場を支配していたはずの女性の声は聞こえない。

「いないのなら安心しました。将来十二賢者になったあかつきには、国王へ様々な報告を申し上げなければ。そこで、嘘《うそ》を報告する訳には参りませんので……ああ、それと」

一度言葉を区切ると、今度は真っ向から挑《いど》むような声でロレーナは続けた。

「平民に礼節を欠かせれば家の格を落としますが、虐《しいた》げれば貴族としての品位を失います。妹が助言をいただいたようですので、私からもお返しの言葉を。では」

終始場を支配したロレーナの声が、そこで聞こえなくなった。

（うわあ……ロレーナさんかっこいい……って、そんな場合じゃない）

「戻《もど》ってきますよ、カルミネ先輩《せんぱい》。行きましょう」

あわてて来た道を引き返して校舎への玄関《げんかん》を開けるが、ちょうど校舎の陰《かげ》から出てきたイヴにそこをばっちりと見られてしまった。校舎に入り扉《とびら》を閉じてすぐにその場を離《はな》れたが、少しして扉が開くと、ロレーナより先に戻ってきたらしいイヴが駆《か》けてきた。

「お待ちなさいな！」

さすがにもはや逃《に》げる意味もないと立ち止まったのだが、イヴは逃がすまいというようにルーナの腕《うで》を摑《つか》んだ。顔は真っ赤だ。

「あ、あなた方……どこから見てましたの⁉」

「え、ええっと……」

見られたくない様子に答えを躊躇《ちゅうちょ》するが、カルミネがあっさり答えた。

「連れて行かれるところから見てたよ」

「…………」

「ご、ごめんね」

「…………別に……ただ……かっこ悪いところを見られましたわね」

イヴはルーナの腕を離し、横を向いた。その横顔が心なしか悔《くや》しそうだ。

「そんなこと！　そんなこと、ぜんぜんなくて……ごめんね、イヴ。私と一緒《いっしょ》にいたせいで、こんな思いさせせてるなんて、知らなくて……」

「させてるって、呼び出されたのは今日が初めてですわよ」

「でも！　前は仲良くしてたみたいなのに、最近はあの子たちと一緒にいなかったし」

「私が離れただけですわ。だってあの子たち、入学前に勉強したとは思えないレベルの知識だし、休憩《きゅうけい》時間は愚痴《ぐち》だの誰かの批判だのばっかりだし、一人席を外せばその人の悪口言うし。どうせあなたと一緒にいてもいなくても、私のことも悪く言ってますわよ」

「あ……」

「それに、別にクラスメイト全員を敵に回したわけではありませんわ。お姉様を呼んでくれたのは別のクラスメイトですって。私とあなたのことを肯定《こうてい》してくれる人もいるってことですわ」

「そうなんだ……」

　イヴがクラス中から仲間はずれにされたわけではないことには安心したが、それでも呼び出されて脅しまで受けたのだ。今も無理をしているのではないだろうか。そう思い顔を曇《くも》らせたままでいると、イヴは安心させるようにルーナに笑いかけた。

「私、ずっと家のこととか周りの期待とか噂とか、そういうものを気にしてばかりでしたわ。けれど、あなたに言われて堂々と研究者を目指すって決めた時から、毎日が楽しくて仕方ないんですの。どう見られているかを気にせず好きなことをやって、気の合う子といるって、こんなに楽しいんですのね」

「イヴ……」

あんなことがあった後なのに、ルーナに向かってにっこりと笑ってくれるイヴを見たら、目頭《めがしら》が熱くなった。

涙《なみだ》を見られたくなくて、ルーナはうつむく。

（どうしよう……嬉《うれ》しいけど、でも、さっきイヴが貴族の人から言い負かされそうになってたのも事実で……脅しっぽいのもあったし……ロレーナさんがそれ以上の脅しを返してはいたけど……）

将来の十二賢者《けんじゃ》と言われているロレーナだからこそ使える脅しだ。あの生徒がどれほどの家の令嬢《れいじょう》だったのかは分からないが、砂魔法師の頂点たる十二賢者になれば、爵位《しゃくい》関係なしに権力は上回るのだろう。

（権力、か……）

「ルーナ……？　どうしましたの？」

「ううん……」

にじんだ涙を指の先でこする。ルーナが自分の置かれている状況《じょうきょう》も分からず、何も知らないままイヴに接したために、こんな事態を引き起こしてしまったのだ。なのに少しも責めないどころか、こんなに優《やさ》しい言葉をくれるなんて。

（そういえば……）

イヴのもとへ行く前、ディーノとすれ違った時のことを思い出した。昼食を誘《さそ》った時に彼が困ったように見えたのは、本当に食事が用意されていて、ルーナの誘いを受けられなかったせいなのだろうか。

「カルミネ先輩、そういえばさっき、ディーノ先輩とすれ違った時に何か言いかけましたよね」

「え？」

「ディーノ先輩を食事に誘った時です」

「どうだったかな……覚えてない」

はぐらかすカルミネの様子に悪い予感を覚えて、ルーナはカルミネの腕を掴んだ。

「覚えてないことないですよね!? ついさっきのことです。私がディーノ先輩を食事に誘っちゃ、何かまずかったんですか？」

「……」

「カルミネ先輩！　私、本当のことを知りたいんです！　カルミネ先輩はそういう事情に詳《くわ》しいって言いましたよね!?」

ルーナの剣幕《けんまく》に、これはルーナが引き下がらないと思ったのか、カルミネはあきらめたように答えた。

「ディーノは食堂での食事を家に禁止されているんだよ。理由は、今年は平民が特進クラスにいるから」

「――」

「チーム部屋でディーノが僕らと紅茶を飲むのは、あれは誰《だれ》にも見つかる心配がないから。彼は国でたった二家しかない、公爵《こうしゃく》家の人間だから。本当は僕らが……僕だって話すことが難しい立場なんだ。建前では、この学園は爵位を超《こ》えて関係を構築する場とはなっているけれど、彼の家がそれを許さない」

「そう……なんですか。そっか……」

これまで知らなかった事実を急に目の前に突《つ》きつけられて、頭がぐらぐらした。

(毎日イヴと昼食を食べてるけど、会えばディーノ先輩は気にかけてくれるけど、これは、本来許されないことなんだ……)

もしも、リベルトと再会したら。その時、ルーナが一定の権力を持つ砂魔《すなま》法師《ほうし》であれば、また一緒にいられるかもしれないと思っていた。だが、下層の出であるルーナでは、仮に砂魔法師になったところで、対等でいられる人物は限られるのだろう。少なくとも大貴族であるディーノとは、一緒にいることなど絶対にできない。

「……どうしたら……どうしたら、イヴとディーノ先輩と一緒にいても……同じ食卓《しょくたく》で食事をしても、誰にも咎《とが》められなくなりますか？」

「……」

カルミネの答えはない。イヴからの答えもなかった。

「私が十二賢者になれば、平民と貴族の垣根《かきね》はなくなりますか？」

「……本当になれるのならね。君がディーノやイヴと食事をしても誰にも咎められないだろうし……それが架《か》け橋になって、いずれ、今は身分で固定された平民の境遇《きょうぐう》が、実力や努力で超えられるものになるかもしれない」

過去に仲間と食卓を囲み、笑い声をあげながらミートパイを食べたことを思い出す。感激するルーナにリベルトが半分譲《ゆず》ってくれて、いらないのなら俺が食べるとルカがリベルトの残り半分を奪《うば》いそうになり、騒《さわ》いで、みんなが笑って——また好きな人とおいしいものを食べられたらいいと、ずっとそう思っていた。

だが、身分差があって、それができないというのなら。今のままのルーナでは、大切な人といられないというのなら。

「——だったら私は、十二賢者になります」

「！」

イヴが目を見張ってルーナを見る。

「そうすれば、私とイヴが話していても、イヴは誰にも咎められなくなりますよね？　ディーノ先輩《せんぱい》だって、親に止められなくなりますよね？」

「でもルーナ、あなたのランクじゃ……」

イヴが言いづらそうに言う。イヴの言いたいことは分かる。ルーナはいまだEランク。今の状態では、いくら四属性が使えようと、十二賢者になれるわけがない。

「それでも、私はなるよ。だって、私はみんなとおいしいものが食べたいから。一人だけで食べる食事なんて……どんな材料を使ったって、おいしくない」

ルーナに食事に誘われ、困った顔をしたディーノ。ルーナと一緒にいたために、他《ほか》の貴族にひどいことを言われてしまったイヴ。もう二度と、あんなことは起こさせない。

(それに私はどうしても、またリーくんと、ルーくんと一緒に……)

「ルーナ……」

イヴは何かを決断したかのように表情を引き締《し》めると、両手でルーナの手をとった。

「それなら、私もできるだけの協力をしますわ！」

イヴが同意を求めるようにカルミネを見る。

「……僕は正直、あまり砂魔法を使いたくないんだけど……」

それはチーム課題に協力したくないという意味だろうか。

「砂魔法を使いたくないって、なぜですの？」

イヴの問いかけに、カルミネが砂器を取り出した。真っ黒な砂が入った一本の試験管のような砂器。色の濃《こ》さに絶句する二人の前で、カルミネはコルクを開け砂器を逆さにした。

「ああ！　明らかにSランクの砂が！」

カルミネは砂器をリスピ石だけにしてから、蓋《ふた》をする。すると、蛇口《じゃぐち》をひねったかのように砂が高速で生み出され始めた。今度こそ完全に言葉をなくした二人の前で、彼が息をつく。

「賢者にはなりたくないんだ……だから、見られたくない」

「あ、ああ……」

確かに、これで仮に速度も精度も一流だとすれば、間違《まちが》いなく十二賢者候補だ。

「だけど、ルーナには笑顔《えがお》でいてほしいし……それに、ルーナの夢、僕も応援《おうえん》したくなったよ。君が将来十二賢者になったら、ごちそうを作って、みんなで食べるんでしょう？」

「カルミネ先輩……」

今の言葉は、チーム課題に、ルーナの夢に協力してくれるという意味なのだろう。

「二人とも、ありがとうございます。私、絶対十二賢者になります！」

ルーナは寮《りょう》に帰ったあと、さっそくというように訓練にとりかかった。もともと今の訓練でもぼろぼろになっていた指だ。ルーナは前にイヴから教わったうちの風と土の連星で小さな布を生み出し、それを土砂で生み出した小さなナイフで細く裂《さ》いて、指に巻いた。

そうして前よりも長時間の訓練を続けられるようになったが、ルーナの魔力《まりょく》では今度はリスピ砂の補充《ほじゅう》が追いつかない。そのため、ルーナは眠《ねむ》る時に砂器を握《にぎ》りしめて寝《ね》ることにした。寝ている間も、石に魔力を与《あた》えるイメージを抱《いだ》きながら。

(なんでか、前に比べてリスピ石の温かみがあまり感じられないんだけど……それでも、私の気持ちが通じたらいいな)

そうして、ルーナはリスピ石を握り目を閉じた。

その一週間後のことだ。

アメーラとの放課後の特別授業で、ルーナは砂器を見せ勢い込んでアメーラに言った。

「アメーラ先生、聞いてください！　アメーラ先生に教わった訓練法で、ついに色が変わったんです！　Dには届かないけど、初めて色が変わったことが分かる見た目になって！」

ルーナをEランクだと馬鹿《ばか》にしていたクラスメイトには聞かれたくなくて、ドナートや生徒たちが教室を出たのを確認《かくにん》してから、勢いよくアメーラに告げたのだが。

「……アメーラ先生？」

ルーナは首をかしげた。アメーラが目を見開いて固まってしまったように見えたからだ。

（もしかして……まだDランクにもなってなくて、逆にがっかりしてる……のかな）

しかしそれは杞憂《きゆう》だったらしい。アメーラはすぐに、嬉《うれ》しそうににっこりと笑ってくれた。

「よくがんばりましたね。確かにDランクには届いていないけれど、四属性が使えることがそもそも特別なのですから、このまま努力を続ければすばらしい砂魔法師になれますよ」

「はい。――あの、アメーラ先生。私、十二賢者《けんじゃ》を目指そうと思います。ランクは低いけれど、努力します。大変なことにも耐《た》えます。ですから、もっといろいろ教えていただけませんか？」

「そう……ですね。分かりました。では、三連星でも教えましょうか。Eランクでもできるものといえば……水、土、火を使って、緑草を生み出すことですね。さっそくやってみますか？」

「はい！　お願いします！」

アメーラの特別授業で教わる内容を増やしてもらい、ルーナは三連星を三十秒で発動させることに成功したし、魔具《まぐ》も作れる種類が多くなった。

残念ながらランクは上がらなかったが、イヴにはBランクでも過去に十二賢者になった者がいると励《はげ》ましてもらい、少しでもランクを上げられるようにと、日々努力を重ねていた。

そんなある日のこと。この日はイヴと約束して、裏庭にシートを敷《し》いて昼食をとっていた。ルーナのお弁当目当てのカルミネも一緒《いっしょ》だ。

「すごいですわね……三連星って。それに、魔具作りも完璧《かんぺき》ですし」

イヴが感心して見下ろすのは、ルーナの時限魔法をしかけたお弁当箱。蓋を開けると、中身を温めてくれる魔具だ。

「なんかイヴに褒《ほ》められると照れるね。だけど、三連星は三十秒くらいかかっちゃうんだよね」

「この際時間は関係ないですわよ！　三連星ですわよ？　ランクさえ上がれば、もっと多様な植物が生み出せますし。本当……あとはランクだけですわね」

「あと、砂を生み出す速度かな……ルーナのスピードじゃ、まともな魔法は日に一回だね」

「そうなんですよね……」

イヴとカルミネの言葉にうなだれる。しかしすぐに顔を上げた。

「他に何か有用な訓練法があれば、全部試《ため》したいんですけど」

イヴとカルミネは目を合わせたあと、「うーん」と考え、思いつくかぎりの助言をくれた。その中にこれは、というものはなかったが、助言がもらえるだけでもありがたい。ルーナはもらった話を、帰ったらすべて試すことにした。

「さて……そろそろ戻《もど》らないとですわね」

懐中時計《かいちゅう》を見るイヴに言われ、ルーナはハッと立ち上がった。

「ほんとだ。二人と話してると時間忘れちゃう」

そう言って、校舎に戻る準備をしようと、シートを下りて靴《くつ》を履《は》いた時だ。

「ルーナ！」

「！」

イヴの甲高《かんだか》い声に反射的に顔を上げ、自分に向かってくる石の矢が視界に入ると同時に、ルーナは横に飛んで避《さ》けた。自分が直前まで立っていた地面に矢が刺《さ》さる。しかしそれだけでは終わらず、今度は大量の矢がルーナへと飛んできた。砂器を取り出すが、訓練に使用して砂はほとんど残っていないし、そもそもあれを防ぐだけの砂魔法《すなまほう》は発動できない。遅《おく》れてイヴとカルミネも動くが、到底《とうてい》間に合わない速度で矢が向かってくる。

（ダメだ、死ぬ――）

そう思った時だった。

――パリンッ！

小さなガラスが割れる音がして、ルーナのネックレスが弾《はじ》け飛んだ。

（え……？）

ルカからもらったネックレスだ。魔法陣《まほうじん》が出現したかと思うと、ルーナの周囲に強風が生まれて矢を折り、弾き飛ばした。その後、地面に尻《しり》もちをついたが、その直前に体がふわりと浮《う》かぶ感覚があって、尻もちの衝撃《しょうげき》もほとんどなかった。

「――――」

（何が起きたの？）

ルーナは粉々になったネックレスを見る。

（そういえばルーくん、お守りって……）

ルカにもらったアクセサリーの石には文様があった。何も分からない時にもらって気づけないでいたが、あれは時限魔法を組み込んだ魔具だったのではないだろうか。

「ルーナ！　終わってません！」

イヴの声に顔を上げれば、校舎の窓の外に無数の矢が生まれるのが見えた。間違いなく砂魔法だ。

（まさか、砂魔法師が命を狙《ねら》ってくるなんて……）

今度こそ殺されるかと思ったが、ルーナの目の前に石の壁《かべ》が出現した。巨大《きょだい》な、三メートルはあろうかという高さ。強度も十分なようで、硬質《こうしつ》な音をたてて矢を弾き飛ばした。

横に立ったカルミネの手元を見れば、手にした砂器から砂が減っていて、彼が砂魔法を使ったのだと分かった。空いた空間を埋《う》めるように、ものすごい速さで砂が生産されていく。賢者になりたくないから見られたくないという言葉で想像はしていたが、さきほどの砂魔法を見る限り、速度も精度も賢者クラスだ。

その時、校舎の扉《とびら》が開いてルカが駆《か》け込んできた。目撃《もくげき》した誰《だれ》かに話でも聞いたのか、いつも余裕《よゆう》の顔が真っ青だ。

「大丈夫《だいじょうぶ》かルーナ！　怪我《けが》は⁉」

「大丈夫。イヴとカルミネ先輩《せんぱい》が助けてくれて……」

カルミネが砂器を手にしたままだったので、ルカは状況《じょうきょう》を察したらしい。

「お前がこの壁の発動を一瞬《いっしゅん》で？　……やる気を出せば、案外まともなんだな」

授業での様子はそうでないのか、ルカが意外そうにカルミネを見る。

「魔法を使うと、賢者になれって言われるから嫌《いや》なんだ……。だけど、今なら賢者にならなくてすむかな……ルーナのネックレス、魔具を作ったのは君だよね」

「！」

どうやらカルミネは、ひと目見てあれがルカが作ったものだと分かったらしい。

「ルーナが強い恐怖《きょうふ》を感じた時に発動するようにしていたんじゃないかな。Aランク以上の風砂……人の心をきっかけに作動する高難度の技術。おまけに場所を特定して君に知らせる魔具なんて、あんなものを作れるのはディーノか君くらいだ」

(場所を特定……？)

ふと、バラッコボリで何かあっても、ルカがすぐに駆けつけてくれたことを思い出した。狭《せま》い街だしと思っていたが、あの時も居場所を特定されていたのだろうか。

(いやでも、あの時ルーくんはリスピ石を持ってないから魔具は作れないわけで……)

それでも、その思いつきが正しいような気がするのはなぜなのだろう。もしも入学前からある深い知識が誰かに教わったものだとするなら、魔具を手に入れることも可能だったのかもしれない。

しかし、強力な魔具を作り妹を守ったはずのルカは、なぜかひどく暗い顔をしている。

「毒の時も思ったけど……学園でまでも命を狙われるとは思わなかったな」

ルカはイヴとカルミネから話を聞き校舎の窓を見上げた。ルーナも窓を見るが、今は誰の気配も感じられない。場所を特定され追われる前に逃《に》げたのだろう。

「あの、助けてくれてありがとう、ルーくん、イヴ。ありがとうございます。カルミネ先輩」

「ルーナが無事でよかった」

そう返すカルミネとは逆に、ルカの表情は険しいままだ。やがて、思いつめたように言った。

「俺が賢者になって、ルーナの願いを叶《かな》えるんじゃ駄目《だめ》なのか？」

「え？」

「ルーナは、もう学園から去るって選択肢《せんたくし》もある。俺たちを狙うのが俺たちが賢者になるのをおもしろくないと思っている連中なら、狙うのは俺一人になる」

「ルーくん……それ、私がうなずくと思ってる？」

命の危険をルカ一人に押しつけ、自分の願いを叶えてもらうなど。

ルカはまだ苦い顔で、言いかけた言葉を必死で呑《の》み込もうとしているのが分かる。やがてルカは結局言葉を呑んで、ルーナに笑った。

「ごめん。分かってる。せめてネックレスは、また作るからつけてくれよ」

「あ……うん。ごめんなさい。入学祝い、せっかくくれたのに壊《こわ》しちゃって……」

「ルーナを守るために渡《わた》したんだ。本望《ほんもう》だよ。じゃ、俺はもう行くな」

ルカはそう言うと、ルーナから離《はな》れて校舎へと戻っていった。

ルカはああ言ったが、ルーナにとってはルカからのプレゼントはどれも大切なものだ。

チェーンだけになったネックレスを握《にぎ》り、ため息をついた。

(それにしても、学園の中……砂魔法師までが命を狙ってる、か)

人を雇《やと》って命を狙わせるのが貴族なら、ほとんどが貴族である砂魔法師は自ら手を出すことはないだろうと思っていた。もしもその予想が外れたとすれば、この先自分たちの命を守るのは大変なことになる。

(でも……もう、十二賢者《けんじゃ》を目指すって決めた。中途半端《ちゅうとはんぱ》な気持ちじゃなく、欲しい未来

を手に入れるために）

ルーナは決意を新たに、ぐっと拳《こぶし》を握り締《し》めた。

「なんか君の妹、大変だったらしいね」

ルカがチーム部屋に行くと、双子《ふたご》が声をかけてきた。裏庭にはルーナたち以外に人はいなかったが、校舎内にいてもあの派手な攻撃《こうげき》に気づいた者はいただろう。ひとたび学園の噂《うわさ》になれば、耳が早い双子に届くまではあっというまだ。

「ルカ……大丈夫ですか？」

ルカの顔色を見て、ロレーナが心配げに声をかけてくる。

「ああ。まさか砂魔法師までが命を狙ってくるとは思わなかった。それも、よりによって妹の……まあ、今はその話はいい。今日こそはリーダーを決めるぞ」

ダリアが短い黒髪《くろかみ》を揺《ゆ》らし、つんとそっぽを向く。

「私たちは意見を変えないよ。労働者階級の人間が私たちを率いるとかありえない」

ダリアに賛同の声をあげるのは弟のダンテだ。

「どう考えたって、この中じゃ伯爵家《はくしゃくけ》のロレーナが率いるのが普通《ふつう》だろ。素質だって、次期十二賢者《けんじゃ》間違《ちが》いなしって言われてる」

「ダンテ、ダリア。あなた方は授業でルカの砂魔法を見る機会がないから……それでも話は聞くでしょう。ルカは私よりずっと……」

「ロレーナ、いい」

ルカはロレーナを止めると、席について足を組んだ。

「なあ、このまま話をしても平行線になるだけだ。俺と勝負しないか？」

「勝負？」

「ああ。リーダーを決める権利を賭《か》けて。勝負の内容はお前らが決めていいよ」

ダンテとダリアは目を見合わせ、にんまりと笑った。

いたずら好きでずる賢《がしこ》い双子のことだ。絶対に自分たちが勝てるゲームを選んでくるに違いない。

「じゃあ、私たちを見分けてよ。今から私が男装するから、どっちが本物のダンテか当てて」

「そんなことでいいのか」

男と女だ。違いなんて明らかだろう。そう思うが、この余裕そうな表情からすると、見分けられない自信と、見分けられたとしてもうまく切り抜《ぬ》ける自信があるのだろう。まあ、確かに声までが音程を変えただけのように似ているし。

「その勝負でいい。ただ、その前に顔をよく見せてくれ」

ルカは片手をテーブルについて立ち上がった。

テーブルをまわりダリアの横に立つと、きょとんと座ったままの彼女の顎《あご》に指をかける。

「なっ——何すんだよ！」

反応したのはダンテのほうで、すぐさま二人の間に割って入った。

「ああ……悪い。顔を覚えておこうと」

「普通に見ればいいだろ!?　なんで触《さわ》るんだよ！　ダリア、大丈夫？」

「う……うん」

「行こう、ダリア。さっさと勝負を終わらせてロレーナをリーダーにしよう。ここで待ってろよ！」

ダンテがダリアの手を引いて立たせると、ダリアが扉を開け二人で隣《となり》の部屋へ向かう。

「そっちで準備できんのか？」

「僕の着替《きが》えがある。ダリアに着せて戻《もど》ってくるからおとなしくしてろ！」

よほどダリアに勝手に触《ふ》れたことが頭にきたのか、ダンテはびしっとルカを指差すと、隣の部屋に入り激しい音をたて扉を閉めた。

部屋が静かになると、ロレーナが声をかけてきた。

「ルカ、よろしいのですか？」

「何が？」

「見分けられなければ、彼らは私をリーダーにすると言い出しそうですが」

「大丈夫だろ。見分けりゃいいんだから」

まだロレーナは心配そうだ。ルカはその様子を見て笑った。

「まあ見てろって。いくらなんでも、女が男装したところで……」

もう準備ができたのか、扉がガチャリと開かれた。現れた二人を見てルカは絶句する。

声を発するつもりはないらしく、『どちらかダンテかあててみろ』という紙を一人が突《つ》き出した。顔はまったく同じ。着たばかりの服にしても、ダンテのスペアの制服だけあって袖《そで》の長さもズボンの長さも同じ。それどころか、衣服の白さといいシワのつき方といい、特徴《とくちょう》的なものは何もない。

「あー……」

正直まったく見分けがつかない。ロレーナも同じだったのか、これはダメだというようにうつむいた。

ルカは双子に近づくと、一人ずつ顔を見る。

「お前がダンテだな」

双子が声を出さずに肩《かた》を震《ふる》わせて笑った。

「残念。私はダリアだよ」

にんまりと笑って言う。はっきりと女の声が聞こえたが、ルカは笑い返した。

「ダリアの声真似《まね》、めちゃくちゃうまいな。確かに子どもの頃《ころ》は騙《だま》せたんだろうなあ……けど、成長すりゃ限界もある。喉《のど》ぼとけ出てんぞ」

とんとんとルカが自分の首を叩《たた》くと、ダリアと名乗ったくせに、バッと両手で自分の首を覆《おお》った。しかしそれがルカのひっかけだと分かると、ギッとルカを睨《にら》みあげてくる。

「妙《みょう》なこと言わないで。私がダリアだって言ったでしょう？」

ルカはため息をついた。今の動きでダンテだと名乗ったようなものだが、あくまで自己申告《しんこく》を押し通すつもりらしい。仕方なくルカはロレーナを振《ふ》り返った。

「悪い、ロレーナ。確認《かくにん》してくれるか？」

身体検査をしろという意味と察してロレーナが席を立つと、ダリアと名乗ったほうが顔色を変えた。

（まあ、そうだろうな）

ダリアならロレーナが触れるのに抵抗《ていこう》はないだろうが、ルカの見立てどおり、ダンテなら話は別だろう。異性にべたべた触られることになるわけだし、何よりロレーナの報告によれば、ダンテは潔癖症《けっぺきしょう》らしい。確かにルカも、ハンカチを手に扉《とびら》の取っ手を掴《つか》むダンテを見かけたことがあるし、双子が一緒《いっしょ》にいる時、共用の物に触れるのは必ずダリアのほうだ。

今もロレーナが近づけば、黙《だま》っていたほうが庇《かば》うように前に立つ。

「どうした？　ロレーナがダリアに触れることに、何か問題でも？」

どうせ身体検査を許せば答えは明らかになる。もう言い逃《のが》れはできないと思ったのか、さっきまで女声で話していたダンテが顔を歪《ゆが》め、男の声で怒《ど》鳴《な》った。

「――分かったよ。認めればいいんだろ!?　僕がダンテだよ！」

ダンテは悔《くや》しげな顔でルカを見て、ダリアは紫《むらさき》の瞳《ひとみ》でルカを睨む。毛を逆立てた子猫《こねこ》のような双子を見て、ルカはため息をついた。

「まあ、勝負に勝ったところでお前たちが素直《すなお》になるとは思ってなかったが……俺のことが気に入らないのは、立場に縛《しば》られない平民で悩《なや》みもなく妹と一緒にいるからか？」

答えはなくただ睨み続けてくるだけ。ルカは言葉を続けた。

「聞いたよ。ダリアは学園で研鑽《けんさん》を積んだところで、卒業後は砂魔法師《すなまほうし》になるのを許されず、商家に嫁《とつ》がされて家を出されるらしいな」

「！　誰《だれ》から……」

とっさに口を開いたダンテだが、答えが返ってくるわけないと思ったのか口をつぐんだ。

情報を持ってきたのはロレーナ。その情報元は彼らの従姉妹《いとこ》だ。

その従姉妹の証言によれば、父は爵位《しゃくい》を継《つ》がせるつもりのダンテには教育を施《ほどこ》すが、ダリアは放任。母との関係はもっと悪いようで、母は子であるダンテに依存《いぞん》し、逆にダリアには嫌悪《けんお》に近い感情を見せるという。それは、幼い頃からダンテが優秀《ゆうしゅう》だったことも理由の一つだと言っていたが。そして、ダリアの嫁ぎ先の最有力候補は、十八も年上の中流階級らしい。財産目当てか母親の悪意か。いずれにせよ、この学園にいる間だけが双子の最後の自由時間だ。

ルカが席に戻ると、尖《とが》った刃物《はもの》のようなダンテの声が向けられた。

「お前は気楽でいいよな。親の意向も家の名も気にすることなく、自由に振る舞《ま》える」

「自由……そうだな。自分の選択《せんたく》を通してるって意味なら自由だよ。全選定により素質を認められ貴族に命を狙《ねら》われるようになってから、俺は自分の選択で自分を、妹を守り続けてきた。街に訪《おとず》れた砂魔法師に将来の見返りを約束し投資させ、二年目編入が可能な知識と妹を守る力を手に入れた。次は十二賢者《けんじゃ》になって人を動かす権力を手に入れ、俺たちを狙う連中を一掃《いっそう》するつもりだ」

ダンテは口を閉じた。一つ間違《まちが》えれば、ルカは自分と妹の命を奪《うば》われる立場だ。自由には責任がつきまとう。それくらいのことは、今の言葉でダンテも分かっただろう。

「……お前の妹はそのことを知ってるのか？」

「知らない。不安にさせるようなことをわざわざ言う必要ないだろ」

「なら、お前はこれまで一人で……」

ダンテは思うところがあったようだが、ダリアはまだルカを睨んでくる。

「俺にとっては、お前らのほうが気楽に見えるね。境遇《きょうぐう》に不満を言いながら流されるように生きるだけ。それで姉が、弟が守れるとでも思ってんのか？　現状が気に入らないなら、変えるための行動をとれよ」

「そんなの、私たちにはどうすることもできないから！」

「どうすることもできない？　絶望が怖《こわ》くて思考を放棄《ほうき》してるだけだろ」

ダリアは驚《おどろ》いた顔のあと怒《おこ》ったように再びルカを睨んだが、ダンテは違った。何かを静かに考えるような表情の後、ルカに聞いた。

「お前は、ダリアを嫁がせずに済む手段が……砂魔法師にする手段があるって言ってるのか？」

「くさるほどあるだろ。縁談《えんだん》を潰《つぶ》すとか家を出るとか親を黙らせるとか。まあ、てっとり早いのは権力者と繫《つな》がって外から圧力をかけることだな。賢者になってツテを作ったらどうだ？」

ダンテがルカを睨んだ。

「お前、分かってて言ってるだろう？　昔ならともかく、Sランクの砂魔法師がこれだけいる今、Aランク止まりの僕らは十二賢者になれない」

ルカが言葉を返さないでいると、ダンテは何事かを考え始めたように見えた。そして、長い長い沈黙《ちんもく》の後、彼は意を決したように言った。

「だから、ルカが十二賢者になって、僕らが一緒にいられるよう采配《さいはい》してくれ。僕らの親を黙らせて」

「え……ダンテ？」

ダリアが信じられないという声を出す。ダンテはふてくされたように横を向いた。

「どうせ最終的にはそう言わせるつもりだったんだろう？」

ルカはニッと笑った。確かに報告どおり、ダンテのほうがダリアよりも優秀らしい。少なくとも理解力の点においては、だが。

「お前たちが俺に協力するなら、約束するよ」

「ま、待って。意味が分からない」

理解が追いつかないダリアに、ダンテは説明を足した。

「所詮《しよせん》うちは子爵《ししやく》家、上流貴族や権力者には逆らえない。だから、ルカを十二賢者にするんだ。平民出であっても、光魔法師候補のルカなら一定の権力を握《にぎ》れるだろうし、仮に握れなくても、それなりの権力者と繋がれるはずだ」

「……待ってよ。それ、今私たちがルカに協力したとして、ルカが賢者になったあとはお役御免《やくごめん》じゃ……なのに、信じるの？」

ダリアがルカを見る。ルカはあえて突《つ》き放すように言った。

「お前たちは俺が自由だと言うけど、二人だって自由だよ。信じるか信じないか、お前たちが決めればいい」

「――――」

ずっと親に抑圧《よくあつ》されてきて、環境《かんきよう》は与《あた》えられるものでしかないと思いこんでいたのだろう。だから二人は、自分たちが一緒にいないとダメだと周囲に思わせるよう、わざと相手に似るように振る舞ったのかもしれない。それが無駄《むだ》なあがきだと分かっていても。

二人は目で会話をするように視線を交《か》わし、やがてうなずいた。

「いいよ。さっきの約束を本当に果たしてくれるなら、リーダーになるのも認めるし……賢者になるのも協力してあげる」

二人の答えに、ルカは笑顔《えがお》を返した。

「そうか。助かるよ」

双子《ふたご》が帰ったあと。新しい魔具《まぐ》を作るためにテーブルで作業をしていたルカは、ロレーナの視線を感じた。勉強をしながらも、気になる様子でこちらを見てくる。

「どうした？ 気になることでもあるのか？」

「も、申し訳ございません。その……ルカは、本当に双子を見分けられたのですか？」

すでにルカにとっては忘れかけていた話だが、ロレーナは気になっていたらしい。

「いや、無理だろあんなの」

「では、あてずっぽう……？」

「ダリアに最初に触《ふ》れたのは、ああすればダンテが割り込んでくると思ったから。その時にダンテの服に魔具を仕込んだんだよ」

過去にルーナに渡《わた》すつもりで作ったネックレスをテーブルに置く。発動スピードがいまいちだったためルーナには手渡《てわた》さなかったが、何かに使えるかもと持ち歩いていたものだ。

「これは守りの魔具だが、場所が俺に分かるようにしてある。何かあった時に駆《か》けつけられないと困るからな。これをダンテの服にしのばせて、最後に回収した」

あっけにとられたロレーナに笑いかける。

「見てろって言ったろ？ 社交場で上品な賭《か》け事しかしてない相手なんか楽勝だよ」

いかさまが当たり前の勝負事にも慣れていれば、自然とあれくらいの対応はできる。

「さすがです、ルカ。私はお役に立てず……」

「ロレーナに勝負事なんて期待してないよ。期待してるのは、砂魔法の腕《うで》と情報力。……学園でBランク以上の土と風魔法を使う人物をおさえておきたい。頼《たの》めるか？」

次期賢者と言われてきただけあって、ロレーナを慕《した》う人物は多いようだ。特に隠《かく》された情報でなければ、ロレーナが集めるのはたやすいだろう。

あまり表情を変えることのないロレーナに喜色が浮《う》かぶ。

「もちろんです。必ずお役に立ってみせます」

快諾《かいだく》してから、ふとロレーナは何かを思い出したのか表情を曇《くも》らせた。

「あの……さきほどおっしゃっていましたが、妹さんは、ルカの行動を何もご存知ないのですね。本当のことを伝えないのですか……？　どれほどの危険に身を置いてきて、どれほどルカが守り、事なきを得てきたのか」

「本当のこと……ね」

本当にルカが考えていることを知れば、あの心優《やさ》しい少女は驚き、胸を痛めるだろう。ルーナにとっての兄が、ルーナを守るためならどんな手も使う覚悟《かくご》でそばにいるなど。

（それだけじゃない）

彼女のそばにいたい、触れたい、あの笑顔を誰にも見せず、自分だけのものに——

彼女の前では強く押し殺している感情が激しく揺《ゆ》れるのを自覚し、ルカは奥歯を噛《か》み締《し》めた。

（言えるわけがない）

こんな感情、ルーナに知られれば気味悪がられて距離《きょり》を置かれるだけだ。ルカの行動のすべては、ルーナを守るためだけに。その理由が妹を思う感情だけであるはずがない。

（ルーナが求めてるのは、俺じゃないのに……！）

彼女が口にするミートパイの思い出は、リベルトがそばにいて幸せだった頃《ころ》の象徴《しょうちょう》だ。

彼女が夢見るのは、あの時の光景。リベルトに見守られていた幸せの時だ。求めているのは決して、今そばにいるルカではない。

内心の激情を表情には出さず、議論の余地もないというように言い捨てた。

「さっきも言ったろ。言う必要がない。余計な心配を与えるだけだ」

「……承知いたしました。それが、ルカのご意思であるなら」

ロレーナは心の中では思うところがあっただろうが、ルカの言葉であればすべて従うつもりなのか、うやうやしく頭をさげた。

第四章　喪失と飢えと夢の理由

いつだって三人は一緒《いっしょ》だった。だから何も怖くなんてなかったのに。

養護院の院長はいつも不在。面倒《めんどう》を見てくれるのはアイーダ一人で、そのアイーダは身寄りのない子どもを見かければ、決して見捨てず養護院へと連れてくる。そのたびに一人あたりの食事の量は減り、子どもたちの喧嘩《けんか》は増えた。そんなある日、ルーナが八歳の時のこと。ルーナは養護院で年上の子どもたちに囲まれ、リベルトとルカの本当の妹じゃない、大嘘《おおうそ》つきだと罵《ののし》られた。

ひどいことを言われたことよりも、本当の妹でないと言われたことが辛《つら》くて養護院を飛び出した。けれど、なぜその言葉が辛かったのかは自分でも分かっていた。リベルトとルカの本当の妹ではない。その言葉は真実だったからだ。

ルーナは三歳になる前に、バラッコボリに捨てられたらしい。親が見つからなくて路地で泣いていたところを、リベルトとルカが見つけたのだ。記憶《きおく》は途切《とぎ》れ途切れだが、確か彼らは初め、ルーナの親を一緒に捜《さが》してくれたのだと思う。けれど、もう親には会えないと察したルーナが泣き始めると、二人は泣きやませようとあれこれしてくれて、最後に「じゃあ、俺たちが家族になってやる」という言葉をくれた。

ルカに手をひかれ養護院に行けば、リベルトが「この子は俺たちと同じ親に捨てられた、俺たちの妹なんだ」と嘘をついた。アイーダはそれが嘘だと分かったようだが、ルーナを二人の妹として扱《あつか》ってくれた。

しかし、子どもたちは素直《すなお》だ。嘘が分かれば、容赦《ようしゃ》なくルーナを責める。

顔立ちが違《ちが》う。頭の出来が違う。何かを覚えるのだって、特別速くなんてない。

養護院に来た時のあいまいな記憶があっても、それでもルーナに特別優しい二人は自分の本当の家族だと思っていたのに。それ以上二人との関係を否定されるのが嫌《いや》で、もう一秒も養護院にいたくなかった。そしてルーナは養護院を出て、逃《に》げるように森へ入った。

ほどなくして雨が降ってくると、ルーナはぬかるみに足をとられ、そこから三メートルほど低くなった地面に転がり落ちた。痛みよりも戻《もど》れなくなった事実を理解して泣き始めた時、ルーナを呼ぶ声が頭上から聞こえた。

――ルーナ！　今行く！

その声が聞こえた直後、斜面《しゃめん》を滑《すべ》り降りてきたのはリベルトだった。

びっくりして涙《なみだ》が止まったルーナを見て、やわらかくほほ笑む。

――ごめんなさい。ごめんなさい！

ルーナは再び泣きじゃくり、何度も彼に謝った。やがて雨を避《さ》け木の陰《かげ》に移動し、隣《とな》りあって座り込むと、ルーナは自分にあった出来事を話した。養護院で二人の妹ではないと言われたこと、それが怖《こわ》かったこと。話を聞いたリベルトはゆったりとした口調で言った。

──大丈夫《だいじょうぶ》。俺たちは本物よりも強い絆《きずな》で結ばれてる。だから、怖いことなんて何もない。

──本物より、強い……？

──そうだよ。だから、偽物《にせもの》だなんて気にしなくていい。ルーナは絶対に、一人にはならない。

彼の言葉は力強くて、本物の妹だと言ってもらうことはできなかったのに、それ以上にルーナの心を温めた。そしてリベルトの言葉を肯定《こうてい》するかのように、少しして雨具を持ったルカが現れ、二人を見つけ出してくれた。

しかし、その翌日のことだった。

ルカは高熱を出し、布団《ふとん》の上に横たわったまま浅い呼吸をしていた。

──私のせいだ……。

自分が泣けばリベルトとルカを困らせる。それが分かっているのに、涙が止まらない。このままルカが死んでしまったらどうしよう。

──落ち着いて。ルーナのせいじゃない。ルカ、いったいどれだけ雨の中を走りまわったんだよ。

──そんなに長い時間じゃない……元から調子悪かったんだよ。別に、昨日雨に濡《ぬ》れたせいじゃない。

リベルトは二人の様子を見ると、ルーナに耳打ちした。

──何度も言うけど、ルーナのせいじゃない。だからあまり泣かないで。ルカは、ルーナの笑顔《えがお》が好きなんだ。

リベルトの言葉を理解し、ルーナは顔をこすって涙をおさめると、無理やり笑った。

──ルーくんが治ったら、ルーくんが好きな卵サンド、私一生懸命《いっしょうけんめい》作るね。

近くに、掃除《そうじ》を手伝うと卵をくれる場所があるのだ。朝食のパンを取っておけば、調理場にある調味料で卵サンドができる。

──それは楽しみだな。

ルカがニッと笑う。

──ルーナ、俺の分は？

──兄貴はいつも遠慮《えんりょ》なく食うんだ。たまには俺に譲《ゆず》れよ。

言い合いをする二人の様子を見てルーナはほっとした。いつもの二人だ。けれどルカは多少無理をしているようで、それはリベルトにも分かったらしい。

──ルカ、少し休むか？

──ああ……。

意識せず寂《さび》しそうな顔をしてしまったのだろうか。ルカはルーナの頭に手を伸《の》ばして、思い留《とど》まったように手を引っ込めると、ルーナたちのいる側と逆を向いた。

──もう行けよ。二人にもうつるだろ。

結局リベルトにも促《うなが》されて、ルーナたちはルカを一人残し部屋を出た。

その後、ルカの病状は夜にかけて悪化し、気持ちが悪いと食事も口にしなくなり次第《しだい》に口もきかなくなった。病気で命を落とすのは、貧困街の老人や子どもばかりだ。ルカが水も飲まなくなると、いつも冷静なリベルトもさすがに表情が険しくなり、雨の中医者を探すために養護院を飛び出そうとした。しかしちょうどそこへ、レインコートを羽織ったアイーダが帰ってきた。

薬を手に入れたと言うアイーダだったが、表情は硬《かた》かった。

——これは砂魔法師《すなまほうし》の方がくださったの。他《ほか》の砂魔法で作られた薬とは併用《へいよう》できないらしいわ。リベルトとルカ、毎日薬を飲んでいたわね。それをやめてこっちを飲むか……それとも今までどおりの薬を飲み続けるか。決めなければいけないわ。

リベルトとルカを連れた親は、訪《おとず》れた時大量の薬を養護院に持ち込んだらしい。まだ若かったアイーダに、これは二人の命を守る大切な魔法薬だと言い、必ず朝晩に飲む必要があるのだといやに真剣《しんけん》に語ったとか。何も言わず姿を消した時も、二十年分はあろうかという薬の瓶《びん》を残していった。

ルカは薄《うす》く目を開けてアイーダの言葉を聞いていた。だが、答えたのはリベルトのほうだ。

——今日ルカは眠《ねむ》っていて薬を飲むのが遅《おく》れたから、これから飲むのをやめてどうにかなるとしたら、先に飲んだ俺のほうだ。

——兄貴？　何言ってる……？　兄貴は薬をやめる必要なんて、ないだろ……？

リベルトは笑うだけで答えない。それでも弟のルカはリベルトの考えていることなんてすぐに分かるのだ。

――おい。ふざけんなよ……兄貴は飲めよ。今まで、ずっと守ってきた、ことだろ？　それで何かあったら、どうすんだよ……！

――俺に何かあった時は、それがルカに起きなくてすんだことになる。俺に薬を飲ませたきゃ力ずくで飲ませれば？

布団から起き上がることもできず息も絶え絶えのルカに、止められるものなら止めてみろと言っている。こうなるとリベルトは絶対引かないと思ったのか、ルカは目を伏《ふ》せた。

――もう知らねー……。兄貴が絶対飲めって言うから、これまで……

ルカは眠ってしまったようだった。まだ苦悶《くもん》に歪《ゆが》む弟の顔を見ながら、リベルトは眠るルカにささやいた。

――大丈夫。だけど俺が殺されたら、その時はルカが自力で立ち直って、ルーナを守ってくれよ。

リベルトは母の記憶があると言っていた。彼女に絶対と言い聞かされてきたことを、そのまま絶対と思い守ってきたのだろう。

――殺される……？

不安が顔に出たルーナに、リベルトが笑う。

――冗談《じょうだん》だよ。薬を一度やめたくらいで死ぬわけない。

ない。

――本当に？　死んじゃったりしない？

――死なないよ。俺もルカも死んだらルーナが一人になる。ルーナを一人残したりはしない。

――約束だよ。リーくん。約束だからね。

ルーナは、リベルトが死なないと言ったことを約束だと言ったのだ。けれど、彼はそういうつもりで言ったわけではなかった。ルーナを一人にしないと言ったこと。そちらのほうが彼が絶対と言った言葉だと分かったのは、彼を失った後のことだった。

ルカのそばで過ごし、数時間が経《た》った頃《ころ》。リベルトに変化が見えて、ルーナは最初、ついに彼によくない影響《えいきょう》が出たのかと怖くなった。だが彼の表情は、特に苦痛もない穏《おだ》やかなもので。

――リーくん……髪《かみ》が……

茶色だった髪が、どんどんと色素が薄くなっていく。そして瞳《ひとみ》の色も変わっていくように見えた時、ちょうど定期的に様子を見に来ていたアイーダが訪れて、あわてたように持っていたタオルで彼の頭をくるんだ。

ルーナには髪色がはっきり見えたわけではないが、間違《まちが》いなく茶髪《ちゃぱつ》とは違《ちが》う髪色になっていた。アイーダはタオルの隙間《すきま》から彼の髪色を見て、ため息をついた。

――どうしてリーくんのことを隠《かく》すの？　アイーダ。

――この髪は、選ばれた人の証《しるし》なの。リベルトがそういう人だと知られれば、利用しようとする人もいるかもしれない。

ルーナの疑問にそう答えて、アイーダはいまだ茶髪のままのルカを見下ろした。

――でも、そういうことなのね……。これで分かったわ。ルカはもう大丈夫。熱が下がるお薬を飲ませましょう。リベルトはいつもの薬を飲んで。いいわね？

結局、リベルトがいつも飲んでいた薬は、断《た》ってしまっても死ぬものではなかった。ただの、髪と瞳の色を変えるだけの薬。

――教えてくれ、アイーダ。この髪はどんな意味を持つの？

――リベルト、あなたなら理解できるだろうから説明するわ。あなたの髪色は、ある貴族の子どもしか持ち得ない髪色なの。あなたもルカも、とても偉《えら》い貴族の子どもだということよ。あの家は砂魔法師としてもとても優秀《ゆうしゅう》で有力な一族……こんな場所にいてはいけないわ。私はこのことを知った以上、報告しなければ。

――そっか……記憶《きおく》の中で、母は誰《だれ》かに見つかることを怖《こわ》がっていたように思う。事情は分からないけれど、必死に髪色を変えてまで、俺たちをその家から隠したかったんだね。

リベルトとアイーダの会話は、当時八歳のルーナにも、かろうじて理解することができた。

――リーくんとルーくんは、偉い人の子どもなの？　どこかに行っちゃうの？

――その貴族がリベルトとルカを子どもと認めれば、そうなるわ。

ルーナは、最初から薬など飲んでいない。その上でどこにでもある茶髪なのだ。二人と血がつながっているはずもなく、この髪は彼らとルーナの血が繋《つな》がらない、本物の兄妹《きょうだい》ではない、何よりの証拠《しょうこ》だった。そして、だからこそもう、二人とは一緒《いっしょ》にいられないのだ。

そのことが分かり顔に怯《おび》えをにじませたルーナだったが、アイーダにそれが二人のためと言い聞かされれば、納得せざるを得なかった。しかし、後日話を聞いたルカは違った。

——は？　なんだよそれ……聞いてない。俺たち二人だけって、どういうことだよ！

体調が回復して、ルカはこの日、初めて自分の出自を知った。そして同時に、ルーナを置いてリベルトと二人で貴族の家に行く話も聞いたのだ。

——現当主には、一人息子《むすこ》がいるそうなの。けれどその子どもは砂魔法の技術がいまひとつだそうで……だからというわけではないけれど、この養護院にそれらしい子どもがいるのなら、引き取りたいって。

リベルトはすでに話が分かっていたからだろうが、穏やかに話を聞き終えると、アイーダに聞いた。

——俺たちに断る権利は？

——ないわ。

——俺は行かない！　兄貴と二人だけでなんて……ルーナが一人になるって分かってて、行けるわけない！

拳《こぶし》で机を叩《たた》き、ルカは叫《さけ》んだ。熱くなるルカとは対照的に、リベルトが冷静な声でアイーダに聞いた。

――その貴族には、めずらしい髪色の子どもが「二人」いると伝えたの？

――いいえ。まだよ。薬を飲むのをやめて、髪色が変わった子どもがいることと、変わった髪の色を伝えただけ。

――なら、こうしよう。俺一人で行くよ。アイーダ。

ルーナは目を見開いた。ルカも、何を言っているのか分からないという顔でリベルトを見る。

――俺が行けば、多少なりとも謝礼が養護院に入ることになる。そうなればここでのルカの生活費に文句はないだろう？　無理やりルカを連れていけば、ルカのことだ、暴れて騒《さわ》ぎを起こすよ。

――だからってリベルト、それでいいの？　いえ……分かったわ。それで話を進めるわ。

そう言ってアイーダが部屋を出ていくと、ルカは信じられないという顔で言った。

――なんでだよ……兄貴。それじゃ、兄貴が一人に……。

――ルカ。俺がこうしたいんだよ。ルーナ一人をここへ残したら、不安で夜も眠れない。だけどお前が守ると約束してくれるなら、安心して出ていける。

――リーくん……

ルーナが彼の服を摑《つか》むと、リベルトは笑った。

――ルーナ。離《はな》れていても、俺たちは一緒だ。そうだよね？

――そうだけど……でも！

——大丈夫《だいじょうぶ》。貴族の子どもならきっと金も自由になる。貴族の家に行っても、すぐにまたここへ会いに来るよ。

そう言ったリベルトの言葉は、叶《かな》うことがなかった。すべてが決まったあと、アイーダが三人を呼び出してこう言ったからだ。

——残ると決めた以上、ルカの存在は隠さなければならないわ。あなたたちはリベルトと関《かか》わりを持ったことはない。ましてや兄弟でもない。リベルトのことは死んだことにするわ。リベルトのことは忘れなさい。

——忘れる……？

——そうよ。リベルトにとっても、養護院にいたなんてことを知られるのは良くないことなの。あちらの都合としてもね……謝礼と言いながら、口止め料と脅《おど》しをもらったわ。

脅しという物騒《ぶっそう》な言葉に、ルカとルーナは絶句した。おそらくこれは、アイーダの本意ではないのだろう。しかしアイーダが悔《くや》しさを顔ににじませたのは一瞬《いっしゅん》で、すぐに表情を引き締《し》め三人へ告げた。

——だから、リベルトを死んだことにし、忘れること。それが、ルカがここへ残るための私からの条件よ。

ルーナがチーム部屋へ行くと、ディーノとカルミネ、イヴがすでにいて、部屋でおのおのくつろいでいるようだった。ルーナはダイニングテーブルについて肘《ひじ》をつき、ソファに座り読書をするディーノを眺《なが》めた。

(やっぱり、リーくんじゃないのかなあ)

足を組みくつろいでいてさえ気品を感じる優雅《ゆうが》な物腰《ものごし》。カーテンが揺《ゆ》れ彼の青銀の髪を揺らすが、神様が作った最高級品のような彼の美貌《びぼう》は少しも揺るがない。

(アイーダがすぐ隠しちゃって色は見えなかったけど、偉い人で髪の色に特徴《とくちょう》があるって、もうメディスツァ家じゃないの？　違うの？　でも、それならどうしてすぐにリーくんだって打ち明けてくれないんだろう。まあ……だけど、こうしていても仕方ないか……)

ルーナはため息をついて、ルーナの正面に座り本を読むイヴと、お菓子《かし》を頬張《ほおば》るカルミネを見て、もう一度イヴを見た。

「話は変わるけどさ」

「なんの話もしてませんでしたけれど。何も変わりませんけれど」

イヴの「バカですの？」と言いたげな視線が刺《さ》さるが、聞こえなかったことにしてルーナは堂々と言った。

「今日こそリーダーを決めましょう！」

イヴとカルミネが目を合わせる。

「もうすぐ個人テストですよね？　それが終わったら夏休みですよね。夏休みまでに決めるルールですけど、みんながやる気になってからって思ってたから……」

「え？　やる気？」

ひときわ大きい疑問の声に、ルーナは固まった。

声をあげたのはディーノだ。そういえば、と思う。彼はすでに賢者《けんじゃ》試験資格を持ち、チームで優勝するメリットはないのだと言っていた。普段《ふだん》は穏《おだ》やかで優《やさ》しく、授業でも優等生だと聞いていたので、チームに協力しない彼など想像できなかったのだが。

「ああ……リーダーなら、みんなで決めてくれたらいいよ。僕は僕が指名されなければ、それでいいから」

「あ……えっとー……」

ディーノはにこやかに続けた。

「安心して？　誰がリーダーになろうと、言われたことには従うから」

指示に従うというセリフは、自ら考えて行動はしませんと宣言したに等しい。

「…………」

「どうかした？」

分かっていてほほ笑《え》んでいるのではないかという気がしてきた。

(どうしよう……どうしたらディーノ先輩《せんぱい》の気持ちを動かせるんだろう)

そもそも、チーム優勝にディーノへのメリットがないと動いてはくれないだろう。いや、好成績を残すことが今後の彼のためにならないわけがない。そもそも、超《ちょう》エリート、超優等生という扱《あつか》いの彼が、手を抜《ぬ》くなんてことを理由なくするだろうか。

（カルミネ先輩と同じで、がんばりたくない理由があるのかな）

ルーナが頭を抱《かか》えうんうんうなっていると、イヴが思い出した様子で言った。

「そういえば、チーム課題の審査員《しんさいん》にいらっしゃるエリゼオ王子とディーノ様はお知り合いと聞きました」

「ああ……まあね」

ディーノはおもしろくもなさそうに返事をする。しかしルーナのほうはイヴの言葉に目を丸くし、身を乗り出した。

「エリゼオ王子来るの⁉」

「え、ええ……どうかしましたの？」

「わあ……私、一回会ってみたいと思ってた王子様なんだ。だってエリゼオ王子っていったら、あの全選定の発案者なんでしょう？　庶民《しょみん》にまでチャンスをくれる方なんて、すごくいい方だなって思って」

「ずいぶん好意的な解釈《かいしゃく》だね……彼はそんなふうに考えたわけじゃないよ」

「え？」

ディーノの口元に微笑《びしょう》がない。エリゼオ王子と聞いて顔を曇《くも》らせているように感じる。

「ディーノ先輩、エリゼオ王子のこと好きじゃないんですか？」

「とんでもない。王族への感情なんて、好きか嫌《きら》いかで表すものではないよ。ただ、エリゼオ様は特別僕に目をかけてくださっているから、手を抜いたらまた小言を言われるだろうなあと……」

（今手を抜いたらって言った！）

やはり、ディーノには優勝したくない理由があるのではないだろうか。だとしたら、それは何なのだろう。

「あの、ディーノ先輩」

ルーナは席を立ち、彼の前に立った。読書に戻《もど》ろうとしていた彼がルーナを見上げる。

「率直《そっちょく》に聞きます。どうしたらチームの優勝に協力してもらえますか？」

「協力しないだなんて言ってないよ？」

「手を抜きつつとかじゃなくて、全力で協力してほしいんです！　だから……少し二人でお話しできませんか？」

「呼び出し？　それともデートのお誘《さそ》いかな」

「デ……⁉」

イヴが持っていた本を落とし、カルミネがこっちを見て椅子《いす》が傾《かたむ》いた。

「後者なら喜んで応《こた》えるけど、それなら日を改めたいな。ほら、せっかくのデートなら一日ゆっくり過ごしたいし」

口を開けたまま何も言えなくなったルーナを、ディーノがおかしそうに見ている。イヴとカルミネは顔だけをこちらに向けているが。

（デートって、二人で一緒《いっしょ》に外を歩くってこと……？　そんなことしたらディーノ先輩に迷惑《めいわく》がかかるんじゃ。じゃなくて、これ、もしかしてはぐらかそうとしてる……？）

デートと言えばルーナが怖気《おじけ》づくとでも思ったのだろうか。しかし、ここで逃《に》げられるわけにはいかない。なんとしても話を聞かなければと思い、ルーナはぐっと拳《こぶし》を握《にぎ》った。

「デ……デートですデート！　だから、後日でいいので付き合ってください！」

次の休日。ルーナはウルビス島にいくつかある広場のうち、時計台のあるカイラス広場へとやってきていた。

ウルビス島は、広場も店の立ち並ぶ通りも市場も、休日はどこもにぎわっている。学生は貴族ばかりだし、教師は砂魔法師《すなまほうし》だし、商売をする人々にとってみれば、この島は上客だらけの島なのだ。

ルーナのいるカイラス広場は、中央に卒業生が作ったという噴水《ふんすい》があり、時計台の他《ほか》にはカフェやレストランが多くある。まだ朝食をとるにも早い時間だが、最近は日が昇《のぼ》るのも早く、いずれのテラス席にもすでに客がいるようだ。若い人たちは学生だろうが、大人たちは普段は学園やその周辺で働いている人々だろう。

ルーナは時計台を見上げて、緊張《きんちょう》のために胸に溜《た》まった息を吐《は》いた。

ルーナの格好は、イヴから借りた白いブラウスと、緑のプリーツスカートと、履《は》き慣れない黒いハイヒールだ。いつもと違《ちが》う一番のポイントは、髪型《かみがた》――ではなく、髪色。

イヴがくれた怪《あや》しげな薬を飲むと、ルーナの髪は蜂蜜《はちみつ》色へと変化を遂《と》げた。イヴと似た髪色。イヴは地毛だそうだが、替《か》え玉《だま》を頼《たの》む時などに便利だと言っていた。ああ見えて、イヴもけっこうやんちゃをしているのかもしれない。

ルーナの蜂蜜色の髪は、頭の上で花を散らしつつ編み込みでまとめあげられている。ここに来るまで、お店のガラスに映る自分の姿を見ては、お嬢様《じょうさま》のような慣れない外見にドキドキした。

(イヴにはあとでちゃんとお礼しよう……)

デートなら着飾《きかざ》らないととはりきるイヴに、ルーナは別人に見える見た目にしてくれと懇願《こんがん》した。平民と歩いていると周囲に認識《にんしき》されれば、ディーノに迷惑をかけると思ったのだ。そして最後、綺麗《きれい》に外見を整えてくれたイヴに、ルーナは貴族の髪色について話を聞いた。

(イヴの話が正しいなら……やっぱり、私の考えは間違《まちが》ってない)

考え事をしながら顔を上げ、ふと、周囲の視線が自分に向いていることに気づいた。今日は特進クラスの制服ではない。注目を受ける理由が分からないが、主に女子たちが頬を赤らめ、黄色い声で何かを話している。

なんだろうと思った時、横から声をかけられた。

「もしかして、ルーナ?」

「あ……え……ディーノ先輩？」

ルーナだと気づいて、嬉《うれ》しそうに笑う。ディーノはいつもどおりの特進クラスの制服姿だ。全身白の服に、白いコート。

「あ……制服」

「読み違えたな……ルーナは制服で来ると思ったんだ。前に、私服なんてちゃんとしたの持ってないって言ってた気がして」

「あ……ご、ごめんなさい！　気を遣《つか》ってもらったのに。服はイヴに借りたんです」

「ううん。僕こそごめん。ルーナがこんなにかわいい格好をしてくれるなら、僕もはりきればよかった」

「いえ！　ディーノ先輩はいつもと同じでも十分まぶしすぎますから、制服で助かります！」

きょとんとしてから、おかしそうに笑う。

「だけどその髪……どうしたの？　まるでイヴの髪色だね」

「はい。砂魔法で作られたっていう薬をイヴがくれて……」

ディーノがルーナの耳横のおくれ毛に触《ふ》れた。

「いつもと違う色だけれど、ルーナの髪だ。やわらかくて、触《さわ》り心地《ごこち》がいい」

「――――っ！」

近くにいた学園の女子生徒が悲鳴のような声をあげている。同時に、あれ誰《だれ》だと騒《さわ》ぐ声。

あれというのはルーナのことだろう。女子に限らず生徒らしき人たちはみんな騒いでいる。

「あ、あの！　二人で話せる場所に行きませんか？」

「いいよ。もともとあそこのレストランを使おうと思ってたんだ。店内とテラス席……」

「店内でお願いします！」

必死なルーナの形相を見て、ディーノはくすくすと笑いながらも言うことを聞いてくれた。

レストランに入り、ディーノが店員に声をかければ、何やらかしこまった様子で奥の個室に席を用意してくれた。初めてのディーノとの食事に緊張してかしこまっていると、注文をした記憶《きおく》がないのに、ウエイトレスはディーノにパニーニの朝食セットを、そしてルーナへはアップルパイと紅茶を置いていった。

「アップルパイ……？」

「朝食にはふさわしくないかな？　ルーナが喜ぶと思って、事前に頼んでおいたんだ」

（うわあ……）

つやつやとした黄金色の見た目。フォークを刺《さ》せば、きっとサクサクと音がするのだろう。肉汁《にくじゅう》は出ないが、口の中に温かいリンゴと砂糖の甘さが広がるはずだ。

「ああ、安心して。女の子に払《はら》わせる気はないから」

アップルパイを凝視《ぎょうし》して動きを止めたルーナに、財政事情を察してくれているディーノが言い添《そ》える。固まってしまったのはそれが理由ではないのだが。

「ディーノ先輩《せんぱい》……いいんですか？　あ、えっと、そもそも私と食事をしても……」

「もしかして、カルミネから何か聞いた？　……まあ、家から食堂で食べるなとは言われているけれど、外食は禁止されてない。うるさい側近も今日は置いてきたしね」

（うるさい側近……）

その人がいれば、ルーナとの食事は止められていたのだろうか。

「アップルパイじゃダメだった？」

「そ……そんなことないです！　びっくりして……ほんとに食べてもいいんですか？」

「もちろん。どうぞ」

「わあ……いただきます！」

ルーナはフォークを手にすると、一口食べ、すぐに満面の笑みになった。

「おいしい！　幸せ！　あー、将来ミートパイとアップルパイに囲まれて暮らしたい……」

ディーノはおかしそうに笑った。

「元気が出たみたいでよかった。外ではおとなしかったから……ごめんね。僕の髪色は目立つんだ。人目が気になったんでしょう？」

緊張していたのは人目があるためではなかったのだが、ディーノはそう解釈《かいしゃく》したらしい。

「あ、えっと、人目に付くのは髪色のせいだけではないと思いますけど……。……まあ、ディーノ先輩は髪もとても綺麗だから、みんなずっと見ていたくなるんでしょうね」

「綺麗か……だけどこれは、呪《のろ》われた色だよ。元は人工的に作られた髪色だけど、祖先が髪色を変える薬を作って常用していたら、子どもは生まれながらにこの色になったとか。今では製法も分からず、この髪はメディスッァ家以外にはないとされているんだ。だから、どこへ行っても身分を特定される……家の名を汚《けが》さない振《ふ》る舞《ま》いを求められる」

「それは……大変ですね」

「まあね。だけど、今のチームは誰も僕に期待をしていないから、とても居心地がいいよ」

（いえ。めちゃくちゃ期待してますけど！）

砂魔法を見せてもらったことはなくても、噂《うわさ》は漏《も》れ聞いた。噂どおりSランクの火砂と風砂を持ち、その連星も得意としているのなら、もう賢者《けんじゃ》として間違いのない人物だろう。間違いなくチーム優勝の鍵《かぎ》を握る人物だ。

（それにしても、呪われた、とか……）

「確かに、どこへ行っても身元が割れるのは辛《つら》いですよね。でもやっぱり色自体はすごく綺麗です。ディーノ先輩の上品な顔立ちにとても似合ってますよ！」

少し驚《おどろ》いた顔のあと、めずらしくはにかんだように笑った。

「ルーナがそう言ってくれるのなら、少しはこの髪にも愛着が持てるかな。まあ……この髪で都合がいいこともあるしね」

「都合がいい？」

「権力に弱く、うるさい大人を黙《だま》らせるのに有効だ」

今度はルーナが驚いた顔をしてから、声をたてて笑った。

「ディーノ先輩でもそういうこと言うんですね」

「僕でも、とか。普段《ふだん》は周りの期待を裏切らないように振る舞っているだけだよ」

確かにパニーニを食べ、紅茶を飲むディーノは、普段の上品な彼とは少し違う気がした。もちろん優雅《ゆうが》ではあるのだが、食べっぷりがいいというか。

(ちょっとだけ……リーくんらしくなるっていうか)

「あの」

ルーナは背筋を伸《の》ばし、両手を膝《ひざ》に置いてあらためてディーノに向き直った。

「どうかした?」

「私、イヴに聞いたんです。髪の色で有名な貴族はどれくらいいるのかって。そしたら、メディスツァ家と、あとはサビアヴェル家くらいしかないって言われました」

ディーノから微笑《びしょう》が消えた。ルーナはその表情の変化を見ながら、まっすぐに聞いた。

「先輩はリーくん、ですよね。過去に私と一緒《いっしょ》に過ごした、ルーくんの兄のリベルト」

「うん」

「しらばっくれても無駄《むだ》です。サビアヴェル家は金髪《きんぱつ》の赤目という話ですが、あの時リーくんの目は赤くは……」

(ん?)

ディーノの顔を見ると、どこかせつなげな甘い微笑を浮《う》かべルーナを見つめている。

(今、ディーノ先輩……うんって言った?)

用意していたセリフを淀《よど》みなく読み上げてしまったが、ディーノは確かに肯定《こうてい》の言葉を口にした。ディーノはカップを持ち上げて中の紅茶に視線を落とし、ルーナに言った。

「もともと、ルーナに隠《かく》すつもりはなかったんだ。船の上にはイヴもいたから、ああ反応するしかなくてね。チームが一緒になってからもなかなかルーナは顔を出さないし、来るようになってからはいつもイヴと一緒だし……」

「え、嘘《うそ》。本当にリーくん……？　リーくんなの？　なんで……だったら、二人で話がしたいって言ってくれたら！」

ディーノがルーナの視線を避《さ》けるように横を向いた。

「君に名乗りでるのが乗り気じゃなかったからかな」

「…………え？」

ディーノの横顔は、苦いものを含《ふく》んだかのよう。ルーナとの再会を嬉しいとは思っていないのだろうか。ルーナのリベルトへの思いが変わらなくても、彼のほうは違《ちが》うのだろうか。ショックが顔に出ると、ルーナの様子に気づいたディーノがあわてた様子で言った。

「ごめん、ルーナは悪くない。僕のほうに問題があるんだ。……会ったら謝らないと、とずっとそう思ってたから」

「謝る？　どうして」

ディーノは思いつめた様子で口をつぐんだ。一回紅茶を口に含み、カップをソーサーに置く。

「ルーナが命を狙《ねら》われる原因は、僕が作ったんだ」

ルーナが目を見開くと、ディーノはその視線が堪《た》えがたいというように視線をそらした。

「全選定は、僕がエリゼオ王子に進言したんだ。平民からも砂魔法師《すなまほうし》を発掘《はっくつ》すれば、国全体の力も強まるし、平民上がりの人々は、フィリップ第一王子ではなくエリゼオ第二王子につくだろうと。……ルカはきっと僕と同じほどの素質を持っているだろうし、きっかけさえ与《あた》えればルカなら這《は》い上がってくるだろうと思った。その結果、エリゼオ王子の活躍《かつやく》をおもしろく思わない人に命を狙われることになったとしても、ルカなら生き延びると思っていた。護衛に守らせるつもりでいたし……」

ディーノはそこまで話すと、過去を悔《く》いるように奥歯を噛《か》み締《し》めた。

「僕は甘かったんだ。普段は忠実な側近も僕のそばを離《はな》れて全選定で選ばれた存在を守れという命令は聞かないし、ルカを守らせるために数人確保できても、どうしても僕のそばに強い護衛が残る。そんな中、君が全選定で特進生に選ばれたと聞いた時は気がおかしくなるかと思った。ルカだけじゃなく、君までが命を狙われることになるなんて……」

ディーノは頭をさげた。

「本当にごめん」

「え……や、やだ。ちょっとリーくん、謝ったりしないで。分かってるよね？　私、全選定で才能を見いだされて、すごく嬉《うれ》しかったんだって」

「いや。本当は君は、今すぐに学園を辞《や》め、賢者になるつもりはないと意思表示をするべ

きなんだ」

「リーくん、話聞いてた!? 私、十二賢者になりたいの」

「賢者試験資格を得ればさらに命を狙われるよ。だったら、チームで優勝なんてすべきじゃない」

「――――」

ルーナは言葉を失った。まさか、チーム課題に消極的だった理由は、ルーナが原因だったというのか。ルーナを優勝させないがために、やる気を見せなかったというのか。

「リーくんが賢者試験資格を手に入れても、卒業せず学園に残ったのって……」

ディーノがせつなげなため息をついた。

「ルカとルーナを……君を、守りたかった」

「リーくん……」

指に傷を作ったルーナを気遣《きづか》い、ルカが毒を飲んだ時もすぐに助けてくれた。チーム課題にやる気を見せずにいたのも、ルーナのため。

(ちゃんとまだ、リーくんの心は私たちと一緒にあるんだ……それどころか、ずっと私たちのことを気にかけてくれて……)

そう思えば胸が熱くなり、涙《なみだ》が出そうになるのを唇《くちびる》を噛んでこらえた。

(リーくんもルーくんも、私の身を案じてくれる。逆の立場だったら、きっと私だって危険なことはやめてほしいと訴《うった》えると思う。それでも)

「リーくん、私もう、自分の大切なものが奪《うば》われるのなんてまっぴらなの。あの時リーくんが連れていかれて……もう二度と会うなって言われて……そんなことを言う権利が、どうして偉《えら》い人にはあるんだろうって思った。今も、リーくんと食事をすることすら許されていないことが悲しくて……だから」

ルーナはにっこりと笑った。

「もし全選定がもともとリーくんが考えてくれたのなら、お礼を言わなくちゃ。私に十二賢者になるチャンスを与えてくれて……リーくんと同じ場所に行けるチャンスをくれて、ありがとう。リーくん」

「――」

ディーノはルーナの笑顔《えがお》を見ると、今度はあきらめたようなため息をついた。

「いつも自然体で笑顔で、少しも昔と変わってないと思ってたけど、変わったところもあるんだね。昔は、僕とルカのお願いはなんでも聞いてくれたのに」

「あ……」

今の言葉は、ルーナの説得をあきらめたということなのだろうか。ディーノは苦笑《くしょう》したあと、カップの取っ手に指をかけた。

「ところで、ルカとは恋人《こいびと》になったの？」

「ええ!? な、なんで突然《とつぜん》……ルーくんはお兄ちゃんだよ？」

「兄？　ふうん。兄妹《きょうだい》と言いながら、隠れて付き合ってるのかと思ってた。同じ家に住んでたって聞いたし」

「それは兄妹だからこそで……」

「あいつまだそんなこと言ってるんだ。まさか一生貫《つらぬ》くつもりなのかな……」

「え？」

「だったら僕も、遠慮《えんりょ》する必要はないね」

目が合うと、ディーノがほほ笑む。それはどこかこれまでより色気をはらんだもので、ルーナはドキッとした。やわらかい印象は昔と一緒で、上品な振《ふ》る舞《ま》いは再会してから何度も見ているが、この色気ある微笑は初めて見るものだ。自分の緊張《きんちょう》を悟《さと》られたくなくて、あわてて話題を変えた。

「あの、えっと。それでリーくん、チーム課題に協力してくれるの？」

「いいよ。チームで優勝を目指そうか。だけどそれには一つ条件がある」


（うーん……）

ルーナは席に座り、答案用紙を眺《なが》めた。今は前期筆記試験の最中だ。とりあえず解答はすべて埋《う》めてみたものの、知識があることを前提とした応用問題ばかりで、ようやく授業についていけるようになったルーナの個人成績は期待ができなそうだ。

（こんな私がリーダーって、本当にそれでいいのかな……）

ディーノは協力の条件として、ルーナがリーダーになることを挙げた。ルーナとしては十二賢者間違《けんじゃまちが》いなしで、三年生、かつ、人格的にも成熟しているディーノにお願いしたいところなのだが。

（なんで、私にやれって言うのかな……）

ふと、ルカが使った砂魔法のことを思い出す。リスピ砂を自在に操《あやつ》る強力な魔法。おまけにルーナがイヴに褒《ほ》められた魔具《まぐ》作りまで、圧倒《あっとう》的にルカのほうが優《すぐ》れていた。

（別に、慣れっこだけど……）

ルーナとルカは本当の兄妹ではない。似ていないのは当たり前。素質だって、本来公爵《こうしゃく》子息であるルカなら圧倒的な才能があって当たり前なのだ。

（なのに、ルーくんより遥《はる》かに劣《おと》る私がリーダーとか）

ありえないとは思っても、やる気のないディーノをリーダーにしたところで先は見えている。ディーノは、ルーナがリーダーなら本気で協力すると言ってくれたのだ。

（いずれにしろ、もう決めないと）

期限は夏休みに入る前まで。テストが終わり、成績発表が終わればもう夏休みだ。

ルーナはため息をついた。十二賢者を目指すと決めた身としては、自分なんてとは言いたくない。けれど少なくとも現段階では、力不足であることは自分でも分かっていた。

テスト終了《しゅうりょう》の鐘《かね》が鳴ると、ルーナは自分が埋めた答案用紙を見て再びため息をついた。

「予想どおりの結果ってところですわね」

すべてのテストが終わった翌日には、点数と順位の結果が黒板に書かれ廊下《ろうか》に出されていた。ルーナがイヴと共に発表を見に来て自分の名前を探すと、ルーナの順位は三十二位だった。ちなみに、一年生は八十人と聞いている。

「あ、なかなかの好成績！」

「どこがですの？　特進生としてそれはありえないですわよ……筆記が〇点《れい》だったとしか思えませんわね。……ではなくて、Eランクだからかしら」

と隣《となり》で言うイヴの名前はと探せば、一位の場所に名前がある。

「うわー……すごいね。さすがだね」

「筆記で稼《かせ》いだのと、実技もまあ、今の二年生みたいな激戦区ではありませんからね」

「ああ……まあ」

一年にいる特進生は、ルーナとイヴ、そして双子《ふたご》だ。いずれもAランク以下、その中では連星も使えるイヴが圧倒的に優れているだろう。

(そんなイヴでも無理って言っちゃう十二賢者って、やっぱり大変なんだなあ)

双子たちの順位を探せば、二位にダンテ、七位にダリアだ。なんとなくぴったり同じ点数なのではないかと思ったが、さすがにそんなことはないらしい。

「二年生のも見に行きますわよ。お姉様、一年の時は前期後期共に一位だったらしいですわ！　あなたもお兄様の気になりますでしょ？」

「気になる！　あ、あとでディーノ先輩《せんぱい》のも……」

「ディーノ様は賢者試験資格保有者ですから、テストは免除《めんじょ》ですわよ。受けたら他《ほか》の生徒の成績に影響《えいきょう》するから受けてないと思いますわ」

「そうなんだ。じゃあ、ルーくんとカルミネ先輩のとロレーナさんのを見に……ってなんか、ものすごい激戦区だね」

イヴがもう見るものはないというように二年生クラスへ向かって歩き出すと、ルーナもその隣に並んだ。ルーナたちのいる場所は一階だが、二年生のクラスは二階だ。

「そうですわよ。私は運が良かったのですわ。……まあ、運の良さで賢者試験資格を得たところで、賢者になれるかはまた別の話ですけれど」

イヴはロレーナのように実力のある人が十二賢者になるべきだと思っているのだろう。

二年生の成績が書かれた黒板の前まで来ると、何やらがやがやと騒《さわ》がしい。

「なんだろう」

ルーナたちが辿《たど》りつき、みんなが騒いでいる成績発表の黒板を見れば、一位の場所にルカ・クピスティとロレーナ・ピンスーティの二人の名前が書かれていた。

「え……嘘《うそ》」

イヴの顔を見れば、やはりそれは予想していなかったらしく目を見開いている。

（いやいや、嘘でしょ？　実技は分かるけど筆記試験なんて、これまで一切《いっさい》勉強してこなかったのに。そもそも飛び級なんかで……飛び級、なんかで？）

　そもそも飛び級ができること自体、知識がないと無理な話だ。通常クラスで基礎《きそ》を学ばず、特進クラスの授業についていくということなのだから。

（そっか……やっぱりルーくんは、入学前に砂魔法《すなまほう》を教えてくれる誰《だれ》かといたんだ）

　それもきっと、砂魔法師だったに違《ちが》いない。魔具のことももともと知っていて、だからああやってアクセサリーにしてルーナにくれたのだ。昔くれたものはリスピ石がない時だから、砂魔法師からリスピ石を借りて自分で作ったのか、はたまたその砂魔法師に作ってもらったのか。本来、リスピ石を他人に貸すことは禁じられているが、相手の素質を見るためだとか子どもに教えるためだとか、目の届く範囲《はんい》での貸し出しは黙認《もくにん》されると聞く。

　三位にはカルミネの名前があり、四位からは知らない名前が続いていた。

「あなたのお兄様、本当、何者ですの？」

「さあ……分かってたつもりだけど、なんか分からなくなってきた……」

　鍛冶屋《かじや》で働き、帰ってきてルーナの作った料理を一緒《いっしょ》に食べながら、街や鍛冶屋であったおもしろい話をしてくれる。ルーナも街であった出来事を話せば楽しそうに聞いてくれる。

　人に襲《おそ》われた時はルカの雰囲気《ふんいき》は研《と》ぎ澄《す》まされたものになるけれど、それ以外は基本人を笑わせて、自分も笑っていていつも楽しそうで。隠《かく》し事なんてお互《たが》いにしたことはないと思っていたけれど、それは違ったのかもしれない。

(砂魔法の訓練をするなら、誘《さそ》ってくれればよかったのに)

だがきっとルカに砂魔法を教えた何者かは、ルカだからこそ知識を与《あた》えたのだろう。人を魅了《みりょう》させ自分のために動かすのも、ルカならではだ。ルーナがいたら邪魔《じゃま》になったのかもしれない。

(私、ルーくんに敵《かな》うものって、何一つないのかな)

ふとよぎった考えに、あわてて左右に首を振る。

(そんなことない。人には得意不得意があって……ルーくんのチーム、まだ大変そうだったし。私はチームメイトの協力、得られそうだし。努力を重ねれば、きっと……)

「ルーナ、大丈夫《だいじょうぶ》ですの？　……お兄様が一位なの、嬉《うれ》しくないんですの？」

私だって特進生として入学したんだし、なにも敵わないなんてそんなこと……

「え？　そんなことないよ。ただ、その……びっくりしすぎて」

身内が好成績なのは、後々のことを考えても嬉しいに決まっている。十二賢者へ近づくし、それでなくとも砂魔法師になった後の待遇《たいぐう》が変わる。しかし。

(駄目《だめ》だ。リーダー、今日決めないといけないのに……なんか頭がぐちゃぐちゃして)

「あの、今日チーム部屋で集まる予定だよね。イヴ、先に行っててくれる？　私、考えがまとまらなくて……もうちょっとしてから行くね」

「考える必要ありますの？　あなたがリーダーになる以外選択肢なんてないと思いますけれど」

イヴには、ディーノから出された条件を伝えている。

「うん。そうなんだけど……ごめん。もうちょっと考えさせて」

ルーナは外庭にやってくると、ベンチに座り、一人ため息をついた。

(ルーくんがすごい人だなんて分かってたことだけど……育ちが一緒でも、生まれが違うってだけでこんなにも違うものなの？)

果たしてルーナがリーダーになって、ルカのチームに対抗《たいこう》できるのだろうか。

(分からない……でも少なくとも、ルーくんのチームと違って私のチームは協力態勢ができてるし……)

ルーナが顔を上げると、今まさに考えていた人物が目に入った。

「あ……ルーくん」

「ルーナ！」

笑顔《えがお》を向けられ、ルーナも笑顔を返す。頬《ほお》がひきつった感じがして、うまく笑えているか自信がなかったが。

ルカは一人ではなくチームメイトと一緒にいるようだった。ロレーナはもちろん、あの双子も一緒のようだ。

「お。出来の悪い妹のほう……」

　ダンテが口を開いて何かを言いかければ、ルカに頬をつねられる。

「痛い！　てか触《さわ》んな！」

　しかしダンテが黙《だま》っても、今度はダリアのほうがからかうような口調で話しかけてきた。

「一人ぼっちでどうしたの？　チームメイトと喧嘩《けんか》でもしちゃった？」

「そういうわけじゃないよ」

「ふうん。ま、チームの仲が良くても悪くても、どうせうちのチームには敵わないけどねー。うち、ロレーナもいるし、リーダーはルカだし！」

「え……？」

　ルーナはルカの顔を見た。

「ルーくんがリーダーなの？」

「まあ……二年だし」

　確かに三年生のいないルカのチームでは、ルカかロレーナがリーダーを務めるのが普通《ふつう》にも思えるが。

（だけどダリアもダンテも、絶対ルカなんて認めないみたいなこと言ってたよね？）

　最初に冷たい態度をとっていたロレーナも、いつの間にかルカに心酔《しんすい》していると言っていいくらいに従うようになり、かと思えば、あれだけ嫌《いや》がらせがすごかった双子まで今はルカを認め、味方となっているようだ。そしてリーダーは当然のようにルカ。

（ルーくんができなくて私にできることって、何があるんだろう）

「これからみんなでメシ食いに行くけど、ルーナもイヴとか誘ってくるか？」

「あ、ううん。私はいい」

「……そっか」

「たまにはチーム水入らず！」

ダリアがぐいっとルカの腕《うで》を後ろに引っ張る。

「早く行こうぜ」

ダンテにも言われ、ルカは「またな」と言うとルーナの前を去っていった。

(街にいた頃《ころ》からそうだったけど……ルーくんは、私とは住む世界が違うみたい)

全選定の時、ルカの素質判定が終わって大人たちが騒ぎ始め、ルーナは本当に怖《こわ》かった。リベルトと同じように、ルカも偉《えら》い人にとられてしまうと思ったからだ。だから自分にも強い力があると知った時、とても嬉しかった。これでまだ一緒にいられると。

(だけど……勘違《かんちが》いだったのかな)

こうして一人でいても仕方がないとルーナはチーム部屋に向かうことにしたが、その途《と》中《ちゅう》で白髪《はくはつ》の男とすれ違った。学園長デヴィンだ。その後ろには黒髪《くろかみ》に片眼鏡の男もいる。アメーラが教えてくれたところによると、彼はデヴィンの息子《むすこ》でギードと言うらしい。

「こんにちは」

挨拶《あいさつ》をして頭を下げれば、デヴィンが足を止めた。

「ルーナ君か。どうだね？　調子は」

「あ……えっと、がんばってるんですけど、あんまり思わしくなくて……」

「個人成績のことかね？　これまで砂魔法の勉強をしてこなかったんだ。筆記の点数が悪くても仕方がない」

「そっちもそうなんですけど。その、砂のランクが上がらなくて……」

「見せてみなさい」

ルーナは腰《こし》から砂器を取り出しデヴィンに見せた。後ろにいたギードも、ルーナが出した砂器を覗《のぞ》き込む。

「これはD……でもない、最低ランクのEですね」

平坦《へいたん》な口調で言うギードに対し、デヴィンは険しい顔だ。

「訓練は、アメーラ先生から教わって実践《じっせん》しているのかね？」

「はい。毎日欠かさず。でも、これ以上は上がらなくて……」

「それは……ありえない」

（え……）

ずきんと胸が痛んだ。

（ありえないほど、能力がないってこと……？）

「期待はずれでしたね。せっかく学園長が目をかけたというのに」

（期待はずれ……）

ギードの言葉に、頭がガンガンと痛みめまいがした。

以前にデヴィンは、ルーナを光魔法師候補生《まほうし》だと言ってくれた。あれは十二賢者《けんじゃ》になる素質があると認めてくれての発言だと思っていたが、そのデヴィンですら、ルーナにはもう才能がないと判断したのだろうか。

「ギード、余計なことは言わなくていい」

デヴィンはルーナの両手を見た。傷だらけの手だ。

「どうやら、嘘《うそ》を言っているわけではないようだ。しかしEランクなど、どんな者でも一ヶ月ほど鍛錬《たんれん》に時間をかければ……」

「学園長、客人を待たせています」

急げというギードの言葉に、デヴィンはうなずく。

「すまないが時間のようだ。続きはまた今度」

今度こそギードに促《うなが》され、デヴィンはルーナの前を立ち去った。

(私、特進生になったからには十二賢者になる素質があると思ってたけど……それは勘違いで、やっぱり、リーくんとルーくんとは住む世界が違うの……?)

みんなとまた笑顔でミートパイを食べるなど、実現不可能な夢なのだろうか。

昔のルカとの会話が頭をよぎる。

――大丈夫《だいじょうぶ》。兄貴がいなくても、俺がずっとそばにいる。

――でもルーくん、みんなに人気だし……

――俺が一緒《いっしょ》にいたいのはルーナだけだ。

ルーナは過去にリベルトに言われた言葉を思い出し、笑顔を作った。

――うん！　ありがとう。

自分が何の役にも立たないなら、リベルトがルカが好きだと教えてくれた笑顔を、常に浮《う》かべるべきだろう。自分勝手に自信喪失《そうしつ》してルカの隣《となり》で笑わなくなったら、今度こそ本当にルカはルーナを見限ってしまうかもしれない。

けれど本当は自分もルカと対等な力を手に入れて、彼を失う不安もなく、ただただ隣にいたかった。


「今、なんて言いましたの？」

「リーダーはディーノ先輩《せんぱい》にお願いするって言ったの」

チーム部屋での話の途中、イヴに聞き返されて、ルーナは言葉を繰《く》り返した。イヴは紅茶のカップをソーサーに戻して、ルーナの顔を覗き込む。

「それ、笑えない冗談《じょうだん》ですの？　ディーノ様はあなたがリーダーになるなら協力するとおっしゃったと、そう聞きましたわ」

カルミネは初耳だったようで、「そうなの？」と聞きたげにディーノを見ている。ディーノは困ったように言った。

「なんだかルーナ、ずいぶん疲《つか》れているように見えるね。ここへ来るまでに何かあった？」

「何も……ただ私、みんなと笑顔《えがお》で食事をしたくて、一緒にいられるようになりたくて、そのためにがんばってるんだと思ってたけど……本当は違ったんだって気づいたんです。私はずっと、兄に対して劣等感《れっとう》があって……だから、ルーくんと対等になりたくて、賢者になりたいと思ってたんだって」

「それで？」

イヴがルーナに問いかけた。いつも笑うか怒《おこ》るかしている彼女が無表情だ。

「それでその、そんな理由でみんなを引っ張っていくのは違う気がして。能力的にもこの四人の中で一番低いし。だったら、せめて能力があるディーノ先輩がリーダーになったほうが……」

「バカバカしい」

イヴに吐《は》き捨てるように言われ、ルーナは黙《だま》った。

「なんなんですの？　十二賢者っていうのは、高尚《こうしょう》な理由がないと目指しちゃいけないんですの？　私が研究者を目指すのは単にやりたいからですし、カルミネ先輩なんかこの間、会議で寝《ね》ても怒られないなら賢者になろうかなとか言ってましたわよ！」

そうなの？　という視線がディーノからカルミネに向けられ、彼がこくんとうなずく。

「兄と張り合いたい？　上等じゃないですの。能力がない？　知ったことではありませんわ。私がチームでやる気になったの、別にルーナに能力があるからとかじゃないんですから！」

イヴは立ち上がり、バンッと机を叩《たた》いた。

「私は、ルーナとだからこそやっていく気になりましたの！」

「あ……」

「それは僕もだよ」

カルミネにも言われ、さらにディーノを見れば、いつものほほ笑みで彼がうなずく。

「……」

ルーナはうつむいた。しかし、それでいいのだろうか。このままルーナがリーダーになったところで、負けは見えている気がする。あるいはディーノが率いるなら、ルカのチームを超《こ》えることもできるのかもしれないが。

「ルーナ、少し外へ出て気分転換《てんかん》でもしようか」

ルーナは顔を上げた。ディーノはいつもと変わらない笑顔だ。

「どこか行きたい場所でもある？」

「行きたい場所……」

そう聞かれて、思い浮かんだ場所があった。ただ、軽く行ける場所でもない。

「その顔はありそうだね。言ってみて」

チーム部屋でみんなと話してから二日後の朝。ルーナはディーノに連れられバラッコボリの街にいた。

ディーノは養護院のみんなに会いたいと言ったルーナを部屋から連れ出すと、彼の屋敷《やしき》にいた従者に自分の船を持ってこさせ、陸路なら往復一週間はかかる距離《きょり》を、定刻にならないと開かない水門を開けさせ使用禁止のはずのルートを走り、ルーナを一日強でバラッコボリへと連れてきた。ちなみに、夏休み前にリーダーを決める話はディーノが教師に何と言ったのか、三日間待ってもらえることになった。今日中に帰途《きと》につけば、ぎりぎり間に合う期限だ。

バラッコボリへ入る手前でディーノと別れたルーナは、養護院の前へと辿《たど》りついて、あらためて建物を見た。蔦《つた》などは取り去り綺麗《きれい》にしてあるが、あいかわらず壁《かべ》にはヒビが入り補修をしている形跡《けいせき》がない。外から見れば小さな教会のような建物はそれなりに広く見えるが、この中には何人もの子どもがいることを知っている。

門の前まできて扉《とびら》を叩こうとし、ルーナは思い留《とど》まった。

(だって……なんて言うの？　みんなに砂魔法師になるって言い切ったのに。いまさら、やっぱり無理だったとか……)

ルーナは、チーム課題で優勝することを条件に在学費用を出してもらったのだ。チーム優勝をあきらめることは、砂魔法師になるのをあきらめるということになる。

「ルーナ……？」

声をかけられて振《ふ》り向くと、ミアの姿があった。ラルフと共にルーナの荷物を盗《ぬす》んだ、あのミアだ。外で雑草を刈《か》っていたのか、両手に土だらけの手袋《てぶくろ》をしている。

「ミア」

名前を呼ぶと、いつもはかなげな少女は控《ひか》えめに、けれど心からの笑顔を見せた。あの後ルカの言ったとおり、ラルフと共に養護院へ戻《もど》ったのだろう。

「ルーナ、おかえり。一人なの？」

「あ……えっと」

ルーナが答えられないでいると、ミアは手袋を脱《ぬ》いでルーナの手をとった。

「入って、ルーナ」

扉を開けたミアに促され、ルーナはおとなしくついていくことにした。

ミアに連れられて食堂に行くと、そこには絵本を読んでいる子どもや、おしゃべりを楽しんでいる子どもたちがいた。ルーナに気づいてわっと寄ってくる。

「ルーナ！　ひさしぶり！」

「ルーナ、元気だった⁉　ルカは一緒じゃないの？」

ルーナたちが養護院を出たのは三年前。ルーナが十一歳の時、職を見つけてきたルカと一緒に出たのだ。その頃《ころ》と顔ぶれはあまり変わっていないようで、子どもたちが口々に声をかけてくる。

子どもたちの頭をなで、質問に答え、抱《だ》きついてきた子にしゃがんで応《こた》えたりしていると、新たな声が頭上から降ってきた。

「ルーナ……？」

顔を上げれば、長い茶髪《ちゃぱつ》を頭の上で一つにまとめた女性がいた。かつてはお母さんと呼べばそんな年齢《ねんれい》じゃないと言い、名前で呼ぶことを強要していたアイーダだ。昔は気が強そうな顔立ちをしていたが、笑うと目元にシワができる今の笑顔はとても優《やさ》しそうに見える。昔から厳しくも優しい女性だった。

「ひさしぶり。ルカは……一緒じゃないのね」

アイーダは不思議そうな顔をしたものの、理由は聞かなかった。

「せっかく来てくれたんだもの。ごはん、食べていきなさい」

「え？　あ、いいよ！　そんな……」

養護院の経営が常に苦しいことをルーナは重々承知している。今だって、子どもたちがふっくらしているかというと、そういうわけではない。栄養失調には見えず、それなりの食事はとれているようだが。

「いいから。たまには気分転換も必要よ」

もしかしたら自分はひどい顔色をしていたのだろうか。昔から子どもたちの異変にいち早く気づくアイーダなら、ルーナに何かあったのだと分かったのかもしれない。

「うん。……じゃあ、少しだけ」

養護院の食事はにぎやかなものだった。好き嫌《きら》いで騒《さわ》ぎ、スープに貝が入っていたことに騒ぎ、それを取り合って騒いでと大騒ぎだ。十二人も子どもがいればそうもなる。やがてどこかへ行っていたラルフが顔を出すと、子どもたちが席を立ちラルフを囲んで騒いだ。

「仕事！　どうだった？」

「駄目《だめ》だったわ」

「あー……」

全員ががっかりしたため息をつく。アイーダがパンパンと手を叩いた。

「ほらほら、いちいち聞かないの！　まるでラルフに仕事を見つけて早く出ていってほしいみたいよ？　あんたたち」

「そういうわけじゃないよ！　だけど、ラルフとミアががっかりするのは見たくないよ」

アイーダに子どもの一人が言い返すと、ラルフは子どもの頭をぐしゃぐしゃとなでた。

「お前らに心配されるほど落ちぶれちゃいねーよ。と……あれ？　お前なんでいんの？」

ルーナのことにようやく気がついたようだ。

「お邪魔《じゃま》してます」

「なんだよ。お前も出戻《でもど》り？　あんだけでかい口叩いて……砂魔法師《すなまほうし》になんのあきらめた？」

ルーナは口を開き言い返そうとしたが、なんの言葉も出てこない。

「おい、マジかよ……」

ラルフは信じられないという声だ。ルーナの様子に気がついた子どもたちがラルフのもとからルーナのほうへと近づいてくる。

「ルーナ、大丈夫《だいじょうぶ》……？」

「お腹《なか》いたいの？」

「私の具、いる？　最後に食べようと思ってとっておいたんだけど、ルーナにならあげる！」

「あ……」

口々にルーナを心配し、優しい言葉をかけてくれる子どもたち。学園に戻ればこれより高級な食材が溢《あふ》れかえっている。それでも子どもたちがルーナを気遣《きづか》い、スープにぽちゃぽちゃと自分の好きな具材を入れてくれるのを見ると、ありがたくて、せつなくて、胸が苦しかった。

「んだよ。その様子じゃ、図星なのかよ！　ったく……言っとくけどなあ。俺はルーナも学園でがんばるって聞いたから、ここに戻って仕事探してんだよ。だってのに、たった数ヶ月で戻ってくるとかなんだよ。やれること全部やったあとか？　それならねぎらいの言葉の一つもかけてやるけどな。どうなんだよ！」

「……まだ、やってない」

「だったら今すぐ戻れよ！　こんなん食ってんな！　お偉《えら》い砂魔法師候補様が！」

「ちょっとラルフ！　やめなさい！」

ルーナの食事を取り上げようとしたラルフを、アイーダ含《ふく》め、みんながおさえにかかる。

(やれることをやったあとか……)

チーム課題なんて、まだ課題内容すら聞いていない。リーダーになるという選択肢《せんたくし》も断った。

「だいたいなあ、ルカじゃなくて、ルーナがやるっつーから！　俺だって、ルカがなったって嬉《うれ》しくないんだよ。あんななんでもできる超人野郎《ちょうじんやろう》じゃなくて……ルーナだからこそこっちも夢見れるって、分かんだろ!?」

「――――」

ルーナは自分を囲む子どもたちをもう一度見た。

清潔にはしているが、おしゃれでもない着古した洋服。アクセサリーの一つもなく、スープに貝が何個入っているかで大騒ぎ。食材の値段が少しでも上がれば、お腹いっぱいに食事を食べられることはなくなり、それがひどくなれば――

「……ごめん」

ルーナは立ち上がった。涙《なみだ》が浮かびそうになるのを、笑ってごまかす。

「ごめんね、私、用事あるの忘れてた。学園に戻らないと」

「えー？　もう行っちゃうの？」

「ラルフがいじめたから？」

「アイーダ、ルーナに泊《と》まってもらおうよ！」

口々に言う子どもたちをアイーダがたしなめる。

「ルーナもやることがあるのよ。またすぐ来てくれるから」

「本当？」

「うん！」

ルーナは精一杯《せいいっぱい》の笑みを浮かべ、寄ってきた子どもたちを抱きしめた。

（私、確かにルーくんと対等になりたくて十二賢者《けんじゃ》になろうと思ったのかもしれないけど……みんなとまた一緒《いっしょ》に、おいしいものを食べたいって思ったのも事実なんだ）

みんなで笑いながら、ミートパイを食べたあの時のように。飢《う》えと無縁《むえん》な、幸せな生活を送れるように。


「すみませんでした！」

ルーナはイヴとカルミネ、ディーノの三人に頭を下げた。早朝。チーム部屋へ集まってのことだ。昨夜は学園に戻《もど》り次第《しだい》、ディーノからルーナがリーダーを務めると学園へ伝えてもらった。そしてその翌日に全員で集まったのだが。

「ほんっとーに、これっきりにしてくださいませ。ルーナは元気だけが取り柄《え》なのですから。この間のあなたは気味が悪くて見ていられませんでしたわ」

「ルーナが元気ないと心配だし、イヴの機嫌《きげん》も悪くなる……」

「あはは……ほんとすみません。でももう大丈夫です！　最後までやりきるまでは、あきらめないって決めました。さすがに学園長にまでありえないって言われた時は落ち込みましたけど……」

　ルーナの言葉に、ディーノがぴくりと反応する。

「デヴィン学園長が？　ありえないって……何が？」

「ちゃんと訓練してたら、一ヶ月以上もかけてEランクはありえないって言われました」

「……ルーナ、砂器を見せてもらっていい？」

　ルーナは砂器を取り出して三人に見せた。

「訓練を続けて少しは色も変わったんですけど、まだDランクにも届かなくて」

「――ちょっと失礼」

　ディーノはルーナの砂器を手に取り、火砂の入っている筒《つつ》のコルクを開けた。それから砂器を傾《かたむ》け、器用にリスピ石だけを取り出す。

「……学園長は、別にルーナの能力を揶揄《やゆ》したわけじゃない。本当にありえないことだからありえないと言ったんだよ」

（本当にありえないこと……？）

　ディーノはじっくりとリスピ石を見たあと、怒《おこ》ったようなため息をついた。続いて自分の砂器からリスピ石を取り出すと、ルーナの砂器に入れてルーナに手渡《てわた》した。

「魔力《まりょく》を込めてみて」

「え……と。え⁉」

ディーノから砂器を受け取った途端《とたん》、少しずつ赤い砂が砂器の中に生まれてくる。Sランクのような赤黒い色というわけではないが、はっきりとした濃さの赤い砂だ。

「なんで……え⁉　ディーノ先輩《せんぱい》、特殊《とくしゅ》なリスピ石使ってるんですか⁉」

「特殊なリスピ石なんてものはこの世にないよ。ただ逆に、粗悪《そあく》品というものは存在する。リスピ石は、かつてリスピ湖に落ちた隕石《いんせき》から削《けず》り取って作られるわけだけど、少しでもその石に不純物が混ざったものはリスピ石として研磨《けんま》されないんだ。研磨されても、最終検査で不純物ありと分かれば、取り除かれ、流通しない。……ルーナ、はめられたね」

「え……？」

はめられたというのは、学園でルーナに用意されたリスピ石が、欠陥《けっかん》品とすり替《か》えられていたということなのだろうか。イヴとカルミネが、ルーナの砂器から風属性と土属性のリスピ石を取り出す。

「確かになんか、色艶《いろつや》がどことなく私のと違《ちが》いますわね」

「なんだか触《さわ》った感覚も、変だと思う」

ディーノは笑った。

「欠陥品でがむしゃらに訓練を続けてきたわけだ。それは能力も伸《の》びただろうね。火砂はCランクってところかな。……教師に言って、リスピ石を取り替えてもらおう」

「嘘《うそ》……本当に？　だって、これまでずっとがんばっても、何も変わらないって……」

誰《だれ》かにはめられたのだということよりも、今までの努力が無駄《むだ》になっていないことが嬉しかった。努力はちゃんと、実を結んでいたのだ。じんわりと胸が温かくなる。

「リスピ石を取り替えたら、連星ももう一度試《ため》してみるといい。前より発動が楽になるかもしれないよ」

「あ……はい！　試してみます！」

確かに最初に二連星を発動した時に比べ、三連星を発動させるのには苦労していた。発動にかかった時間は三十秒だ。重い、反応が悪いと感じたのは三属性を操《あやつ》っているからだと思っていたが、あれもリスピ石自体に問題があったためなのだろうか。そういえば最近では、二連星の発動すら重く感じるようになっていた。

ルーナの様子を見ていたディーノが、ふと何かを思い出したように言った。

「そういえばルーナ、連星をリスピ石から教わったんだって？」

「え？　ディーノ先輩なんでそれ知って……うわあ、恥《は》ずかしい」

いつかの、授業で魔獣《まじゅう》とやりあったあとのルーナの発言だ。さんざんクラスメイトに呆《あき》れられた連星をリスピ石に教わったという発言以降、ルーナは人前でそういった言葉を控《ひか》えてきたのだが。

「いや、おもしろいなと思って。かつての光魔法師《まほうし》の聖女アンリが、似たような発言をしたそうだよ。彼女は誰に教わることとなく、砂魔法や連星を自在に操ったって話だね」

「そう……なんですか」

　そういえば、あの時デヴィン学園長含《ふく》め教師陣《じん》にルーナを馬鹿《ばか》にする人はいなかったし、イヴも驚《おどろ》いた顔をしてはいたものの、馬鹿にすることはなかった。

イヴと目が合うと、自分のことのように嬉しそうに笑った。

「もともと、砂魔法の技術は抜《ぬ》きん出てましたもの。Cランクでも四属性が使えてあの技能なら、十二賢者はまだ無理でも、十分に特進生として恥ずかしくないレベルですわ」

「イヴ……」

「よかったね、ルーナ」

イヴとカルミネに声をかけられ、涙がにじまないようにと唇《くちびる》を噛《か》んだあと、三人に笑顔を向けた。

「ありがとうございます！」

教師に事情を話しリスピ石を取り替えてもらった翌日。ルーナはご機嫌でチーム部屋へ訪《おとず》れた。ディーノやイヴはこれから実家に帰ると言っていたが、ルーナとルカは旅費がもったいないし、戻ってもすることがないので学園に留《とど》まることにしたのだ。

そしてチーム部屋を広々と使って訓練をしようと、チーム部屋の扉《とびら》の鍵《かぎ》をまわしたのだが。

（あれ、開いてる……？）

鍵は生徒に管理を任されている。以前はみんな大して荷物も置いていなかったために開けっぱなしだったのだが、昨日からルーナとディーノの二人で、鍵を複製して管理することにした。

鍵の複製はルーナがやった。土砂のランクはCになり、少量なら銀製のものも生み出せるようになっていた。

（開いてるってことは、ディーノ先輩が来てる？　こんなに早く？）

疑問に思いながら足を踏《ふ》み入れたルーナは、急な光に思わず顔を覆《おお》った。

「な……何？」

光は地面から発せられているようだった。足元を見下ろし、巨大《きょだい》な魔法陣《まほうじん》を見て戦慄《せんりつ》する。魔法陣はルーナが今までに見たどの砂魔法とも違うようだった。まばゆい光が黒いモヤのような光に変わる。不吉《ふきつ》な色に命の危険を感じた。

恐怖《きょうふ》を感じた瞬間《しゅんかん》ネックレスが割れた。ルカがかけてくれていた砂魔法が発動し、風の守りがルーナを包み込む。ルーナが足を踏み入れた魔法陣が炎《ほのお》を生み出すものだったり武器が飛んでくるようなものだったら、それでルーナは完璧《かんぺき》に守られただろう。

だが、闇《やみ》色の禍々《まがまが》しい光は砂の守りを越《こ》えルーナに迫《せま》る。見たこともない砂魔法。

すぐに部屋を出ようとしたが、それより早く禍々しい光に包まれると、その光に魂《たましい》が吸われるように全身から力が抜け、床《ゆか》に崩《くず》れ落ちた。

ルカが自分が組んだ時限魔法が発動したことを察知したのは、食堂でだった。すぐにルーナのチーム部屋まで走ったが、途中《とちゅう》ですれ違ったドナートに、ディーノが倒《たお》れていたルーナを見つけて保健室へ運んだのだと聞いた。ドナートはドナートで焦《あせ》っているようだった。彼が他《ほか》の教師に十二賢者《けんじゃ》がどうとか指図しているのを見ると、ただならぬことが起きたのではないかと思えた。

そしてルカは、保健室へ向かって走った。時折すれ違う生徒たちに何事かと視線を向けられるが、かまっていられない。やがて保健室に辿《たど》りつき、ノックもせず扉を開けた。

「ルーナ！」

部屋に一つだけのベッドにルーナが横たわっている。そのそばにイヴが座り、少し離《はな》れてディーノが立っていた。二人ともひどく心配そうな顔をしている。

その表情に悪い予感を覚えながらベッドまで歩いて、ルーナの顔を見た。あどけない寝《ね》顔《がお》。呼吸はしているようで、胸がゆっくりと上下に動いている。

「眠《ねむ》っているのか……？」

「そうですわ。ただ……」

「ルカ、落ち着いて聞いてくれ。ルーナは、闇魔法《やみまほう》をかけられた」

「え……？」

イヴがルーナの左腕《ひだりうで》の袖《そで》をめくった。そこにあるのは、黒い禍々しい紋様のアザだ。

「ココシド街の症状《しょうじょう》に似てましたから体を調べましたの。そしたら、このアザが見つかって……」

「ココシドって」

教科書にも載《の》っている有名な事件が起きた街だ。闇魔法により、街人のほとんどが眠りにつき、そのまま死に至ったと。

「はっ……闇魔法とか、冗談《じょうだん》だろ……？」

滑稽《こっけい》なほどに自分の声が震《ふる》えた。奥歯を嚙み締《し》め、なんとか現状を理解しようと努める。

闇魔法は禁止された砂魔法のため、ほとんどが謎《なぞ》に包まれている。動物を魔獣化させるような変質や、人を永遠の眠りにつかせる魔法があることは分かっているが、それを解く手段は研究で明らかにされてはおらず、今のところは術者本人に解かせるしかないと言われている。

「ルカの魔具《まぐ》は発動したようだけれど……闇魔法を使われれば防げなかったはずだね」

ディーノが開いた手のひらには、ルカがルーナに渡《わた》した魔具があった。すでに発動後で粉々になっている。

「闇魔法を使ってまでルーナを殺そうとするとか……なりふりかまってないな。そんなに俺たちが賢者になることが不都合かよ！　なんで、よりによってルーナを――」

こんなに心優《やさ》しい少女を狙《ねら》うことなどない。殺したいのならルカを殺せばいい。どうして、

「なんで……放《ほう》っておけば確実に賢者になる俺を狙うのが普通《ふつう》じゃないか？

Eランクしか使えないルーナを……」

「それなんだけど、ルカ。ルーナのリスピ石はすり替えられていたんだ。欠陥品とね。ルーナの実力はCランク。昨日それをドナート先生に話して替えてもらったところだ」

「――」

ロレーナから渡されたリストの名前を思い返す。Bランク以上の風と土魔法を使う砂魔法師。特進クラスの食堂に出入りができる人物。なによりこうして闇魔法を使ったということは、犯人は自ら名乗り出たも同然だ。

ベッドに近づいて、ルーナの唇に、首に触《ふ》れる。彼女の息を、鼓動《こどう》を感じて、大きく息を吐《は》いた。

(大丈夫《だいじょうぶ》……ルーナはまだ生きてる。生きてるんだ)

「術者を捕《つか》まえて、魔法を解かせればいいんだよな」

ルカはルーナから離れると、一人部屋を出ようとしてディーノに呼び止められた。

「ルカ。頭に血がのぼって、ルーナが悲しむようなことをしないようにね」

自分は人でも殺しかねない目つきでもしていたのだろうか。足を止めて振《ふ》り返り、ディーノに笑いかける。

「安心しろよ。ルーナを一人にするようなことはしない」

ルカが罪を犯《おか》し捕まれば、ルーナは今度こそ一人になる。そんなへまはしない。

部屋を出て扉を閉め、廊下《ろうか》を歩いて階段に辿《たど》りつくと、そこから最上階へ向かう。

(絶対に……死なせない)

ルーナと初めて出会ったのは、ルカが四歳になった頃《ころ》だった。当時の記憶《きおく》はおぼろげだけれど、あの日のことはよく覚えている。

綺麗《きれい》な服を着た小さな女の子は、汚《よご》れたバラッコボリの街でひどく浮《う》いていた。すぐにルカの兄であるリベルトも彼女の存在に気づいて、二人は不安そうな顔でベソをかいていた子どもに近づいた。

やがてルーナは自分が捨てられたのだと気づくと、声をあげて泣き始めた。優しく声をかけようがあやそうが、何をしても無駄《むだ》だった。その時、「俺たちが家族になってやる」と言ったのは、単なる思いつきだった。リベルトが驚いた顔をしたが反対はせず、「本当に？」と聞き返すルーナに、「本当だよ」と返していた。ようやくルーナが笑ってくれて、ほっとした。

泣きやんだルーナを養護院へ連れていこうと歩き、ついてきているよな、と振り向くと、ルカの小指をぎゅっと握《にぎ》ってきた。ルカよりも小さな少女の手では、ルカの手を摑《つか》むことができなかったようだ。ルカと目が合うと、嬉《うれ》しそうに笑う。心から幸せそうな、陽《ひ》だまりのような笑顔《えがお》に、この笑顔を永遠に守りたいと思った。

その気持ちは時間が経《た》っても弱まることはなく、一緒《いっしょ》に過ごすうちに強まる一方だった。

ルカかリベルトがいれば、ルーナは幸せそうに笑う。絵でも裁縫《さいほう》でも、作ったものは必ず二人にくれようとする。その笑顔が愛《いと》おしくて、そばにいるだけで満たされて、ルーナを守るためならどんなこともやれると思った。

その気持ちが単なる保護欲《よく》ではないと気づいたのは、ずいぶんあとのことだ。

ルカが十歳、ルーナが九歳の時。いつも笑顔のルーナは、食料が手に入らず皆《みな》が飢《う》え、子ども喧嘩《けんか》が増えた時も、感情の波をたてることをしなかった。食事は日に一食となり、子どもたちが死の匂《にお》いを感じとると、それまであまり狙われなかったルーナまで椀《わん》を奪《うば》われた。ルカがルーナの椀を奪い返し、部屋の隅《すみ》に座り込むルーナに渡そうとすると、「ありがとう。でもルーくんが食べて」とルーナは笑った。自分はお腹《なか》がすいていないから、と。彼女の澄《す》んだ笑顔に、周囲の悪意も自分のすさんだ心も浄化《じょうか》されていくようだった。

どんなにひどい目に遭《あ》っても、ルーナの笑顔一つですべてが帳消しになる。この笑顔さえあれば、この少女が幸せそうにさえしてくれれば、他に何もいらないと思える。

(俺はどうなったっていい。ルーナさえ幸せに生きてくれるなら、それでいいのに――)

ルカは目的の部屋の前に辿りついた。砂器を振って土魔法《まほう》を使い鋭《するど》いナイフを生み出すと、それを手に蹴破《けやぶ》る勢いで扉《とびら》を開ける。

部屋に踏《ふ》み入ると、振り返った人物の胸《むな》ぐらを摑み、驚《おどろ》きの表情を浮かべる顔にナイフを突《つ》きつけた。

「今すぐ、ルーナにかけた呪《のろ》いを解け。でなきゃここで死ね」

ルーナが目を覚ますと、涙《なみだ》ぐんだイヴに「ルーナ！」と抱《だ》きしめられ、カルミネにほっとしたような笑顔を向けられた。どうやら自分は、保健室のベッドで眠っていたようだ。

窓から差す光は白んだもので、色濃《いろこ》くはない。まだ午前中だろうか。

「私……？」

「闇魔法をかけられて眠っていたのですわ。覚えてませんの？」

「あ……そうだ。私……私、どこも……なんともなってない？」

「ええ。あなたに闇魔法をかけた犯人が捕まったのですわ」

手をついて体を起こすと、腕《うで》を組んで壁《かべ》に寄りかかるルカの姿があった。目が合うと、優しくほほ笑んでくれる。いつかルカが倒れた時とは逆の構図だ。

「ルーくん……ごめん、心配かけちゃって」

「ルーナが謝ることは何もないよ。無事ならそれでいい」

（ルーくん……？）

ルカの笑顔がいつもルーナに向けてくれる笑顔と違《ちが》う気がするのだが、気のせいだろうか。

疑問に思い口を開こうとした時、ノックの音が響《ひび》いてディーノが部屋へ入ってきた。

「ルーナ、よかった」

ディーノに笑顔を向けられ、ルーナは彼にも心配をかけていたのだと分かった。

「ルカ、捕まった闇魔法の使用者について話を聞いてきたよ」

真剣《しんけん》な表情で声をかけたディーノに、ルカが視線を向ける。

「通常クラスの生徒に、四属性を使う者がいたらしい。くっきり胸元《むなもと》に烙印《らくいん》も浮かんでいた。君たちの食事に入っていた毒も彼の部屋から出てきたそうだ」

四属性を連星させて発動させるのが闇魔法だ。四属性を使えることが条件にはなるが。

（通常クラス……？）

それならどうやって特進クラスの食堂に来て、毒を盛ったのだろう。それに。

「四属性使えたのに、特進クラスに入らなかったんですか？」

「本人が四属性を使えることを黙《だま》っていたみたいだ。親がDランクの砂魔法師で、仮に期待されたとしても光魔法師どころか賢者《けんじゃ》にもなれないと思っていたみたいだよ。本人は闇魔法の使用を否定しているみたいだけど、あの烙印があるかぎり言い逃《のが》れはできないと思う」

そこまで言ってから、ディーノは怪訝《けげん》な顔になった。

「だけど、少しできすぎている気もするけれどね。毒なんて証拠《しょうこ》を残したくなければ早々に処分しそうだし……それに一度眠《ねむ》りにつかされた場合、術者を監禁《かんきん》しようが殺そうが、術者の意志で術を解かなければ目を覚まさないと聞いたことがあるけれど。ルカ、君はどう思う？」

「さあ……俺は、ルーナが目を覚ましてくれたならそれでいいよ」

ルカはベッドに座ったままのルーナに近づくと、頭をくしゃりとなでた。思わず閉じた目を片方だけ開けて見上げると、ルカはいつもの明るい笑顔を見せてくれた。

第五章　心の在りか

　ルーナが闇魔法《やみまほう》をかけられてから一月後《ひとつきご》。犯人が捕まってから夏休みが明けるまでの一ヶ月は、ルーナもルカも誰《だれ》から命を狙われることもなく伸《の》び伸びと過ごしていた。

　そして夏休みが終わって、初の特進クラスで授業を受けたあとの昼休み。食堂でチームメイトとテーブルを囲んだルーナは、左手でテーブルを叩《たた》いて立ち上がり、右手で拳《こぶし》を作った。

「ついに！　チーム課題が発表になりました！」

「ああ……そうですわね。私たち全員特進クラスで授業を受けているので聞いてますけれど」

　どうでもよさそうにあいづちを打つイヴの前で、カルミネはもそもそとパンを食べていた。ディーノはあいかわらずの甘い笑顔でルーナの話を聞いている。食堂に一緒にいても飲食をしていないのは、家からの言いつけを最低限は守るつもりでいるためのようだ。

　見慣れた光景ではあるが、入学当時と比較《ひかく》すれば変わったこともある。イヴは若干髪《じゃっかんかみ》が伸びたし、ルーナはイヴにもらったヘアアクセサリーをつけるようになった。ルーナが動くとビーズが揺《ゆ》れるかわいらしいアクセサリーだ。カルミネは人との会話中に眠ることはなくなったし、ディーノはもともと高めの身長がさらに伸びて甘い微笑《びしょう》に磨《みが》きがかかっている。

ルーナは全員の顔を順番に見て、課題を発表した。

「課題は、砂魔法で物作りをして全員そろって提出、使い方を審査員《しんさ》に説明するものです！」

「ですから私たち、全員聞いていてよ……？」

ディーノは「早いチームはもう何を作るかを決めているみたいだよね」と言った。

「え？　もう決め……え？」

「例年、実技か制作かのどちらかだから。制作の場合はどうするか話していたチームもあるみたいだよ。僕も前のチームの時はそうしたしね」

「えっ……ちょっ……ディーノ先輩《せんぱい》！　どうして言ってくれなかっ……」

急にガタン、とカルミネが席を立ちルーナがびくっとすると、カルミネはルーナに向かって飛んできたピザをキャッチした。そしてそのまま口にくわえ食べ始める。

「おい！　うるさいぞ負け組《さけ》！」

ピザを投げ失礼なことを叫んだのは双子《ふたご》の片割れらしい。男の制服なのでダンテのほうだ。隣《となり》のダリアがキャハハと笑う。

「どうせがんばったってそっちに勝ち目はないんだから、もっと肩《かた》の力抜《ぬ》いたらー？」

ダリアは寮《りょう》の近くですれ違う時にはびっくりするほどおとなしい少女なのだが、なぜかダンテといる時は自信たっぷり、皮肉たっぷりだ。ルカのチームは後ろのテーブルで食事をとっていた。小声で話せば話の内容は聞こえない距離《きょり》だが、ルーナは大音量で話し続けていた気がする。

「ダリア、ダンテ。不必要に相手を挑発《ちょうはつ》するものではないわ」

ロレーナがたしなめるが双子が聞く様子はなく、「いー」と歯をむき出してあおってくる。

ルカは何やら図書館で借りてきたらしい本を片手に読みながら、「ほどほどにしとけよ」とだけ言って、ルーナの作ったお弁当を食べ続けていた。

「だいたい、勝算でもあると思ってるわけ？　そっち、いっつもぼーっとしてる奴《やつ》と伯爵《はくしゃく》家のおちこぼれと、おまけに一個もAランクの属性がないリーダーでさあ。分かってる？　お前の他《ほか》、みんなAランク以上だからな」

さすがに落ちこぼれだのランクがどうのだの言われればカチンとくる。だが、ルーナの前にカルミネが言い返した。

「そっちこそ……大した砂魔法も使えないくせに、口だけは達者……」

「「そーだそーだー！」」

ルーナが拳をあげカルミネに乗れば、イヴも同時に賛同の声をあげる。

全員で特進クラスの授業を受けたのは今日の午前中だけだが、特進クラスでは実技が中心なので、午前中だけでも互《たが》いの技術や砂のランクが分かる。この中では、ディーノ、ルカ、ロレーナがずば抜《ぬ》けており、次いでSランクの土砂を難なく使いこなすカルミネも将来の賢者候補だ。
ダリアがくすくす笑った。

「優勝する実力もないくせに、夢見ちゃってかわいそー」

ルーナは大きく息を吐《は》いて怒《いか》りを吐き出すと、ふっと笑《え》みを浮《う》かべた。

「そっちこそ今のうちに夢でも見ておいたほうがいいんじゃないの？　こっちにはディーノ先輩がいるし、イヴは知識豊富で制作なんてめちゃくちゃ有利だし、カルミネ先輩はあなたたちと違ってSランクの魔法師なんですー」

「っ……この、バラッコボリ出の貧乏人《びんぼうにん》がいい気になって！」

Sランクを使えないトラウマを刺激《しげき》すれば、ダンテが声を荒《あら》げた。

「ダンテ、それ俺への悪口にもなってるからな」

ルカはあいかわらず本を片手にお弁当を食べ続けながら、ダンテを見もせずに言う。

「ルカもなんか言えよ！」

ダンテに促《うなが》され、ルカはようやく顔を上げた。

「んー……正直、ルーナに優勝を譲《ゆず》りたい気持ちはあるからなあ」

「おいルカ！」

「まあ……けどルーナ。悪いけど優勝はもらうわ。気が変わって、最速で十二賢者になりたくなったんだ。養うから許してくれ」

ルカに笑顔で告げられれば、予想もしなかったセリフにルーナは言い返す言葉を失った。

その日の放課後。

「優勝をするのは私たちです！　絶対、負けないやつ作りましょう！」

いつもと気分を変えようと提案してルーナがチームメイトと集まったのは、中庭だった。

シートを広げて四人で座ったあと、イヴは不思議そうに言った。

「私、ルーナは本物のバカではないかと思う時があるんですけれど……なぜチーム課題を話し合うのにこんな外でやりますの？　外はライバルだらけですのよ？　真似《まね》されたら、とか、思いませんの？」

外で話をしようと言っただけなのだが、カルミネは何を勘違《かんちが》いしたのか学園外で買ってきたらしい食べ物を広げている。肉を詰《つ》めたオリーブを揚《あ》げたものや、パニーニや、フルーツなど。

「大丈夫《だいじょうぶ》！　人が真似できないやつ作ればいいんだし。……昼間はなんでか呑《の》まれちゃったけど、でも絶対優勝するから！　というわけでさっそく、みんなで好きな砂魔法《すなまほう》をかたっぱしから使っていくのはどうですか？　組み合わせたらなんか思い浮かぶかも」

「そんないきあたりばったりな……まあ、付き合いますけれど」

ルーナは腰《こし》の砂器を抜いた。

「じゃあ、まずはカルミネ先輩から！」

カルミネはシートの上に座り込んだまま砂器を振《ふ》った。ほとんど黒の土砂がまかれ、魔《ま》法陣《ほうじん》が輝《かがや》く。ほどなくして地面に円を描《えが》くようにして大理石の噴水《ふんすい》が出来上がった。それを見たイヴが砂器を振る。少しすると、噴水に水がたっぷりと注ぎ込まれ、かと思えば風で巻き込まれるように噴《ふ》き上げられる。

「おおー、さすが二人はすごいね……じゃあ、次は私が！」

ルーナは砂器を振った。火、水、土の三連星。砂のランクは、リスピ石を新調して訓練を続けた結果、Bランクまで上がっていた。そしてディーノの読みどおり、ルーナはリスピ石を替《か》えて以降、三連星すら自在に操《あやつ》れるようになっていた。単魔法と変わらない速度で、三連星でのみ生み出せる花を出現させ、噴水の縁《ふち》から垂れ下がるように白と黄色の花を散らした。水の中にもいくつかの花が浮かび、一気に華々《はなばな》しくなる。「本当に見事な三連星ですわね」とイヴが称賛《しょうさん》の言葉をくれた。二連星の発動にも苦労するのだと言うイヴは、ルーナの三連星については掛《か》け値《ね》なしに褒《ほ》めてくれる。

「綺麗《きれい》だね。そういうことなら」

ディーノがほぼ黒に見える赤と緑の砂をまいて、長い人差し指で指揮棒を振るように優《ゆう》雅《が》に陣を描いた。魔法陣が生まれ、噴水のまわりに光の花のような火花がパンッパンッと小さな音をたてて広がる。

「うわ！　綺麗ー！　これ以上やると逆に景観を損《そこ》ねる気が……だけど、負けられない！」

砂器を振るう。ルーナが赤い薔薇《ばら》を生み出し、ツルでくるくると噴水を巻いていくと、

「このおバカ！」とイヴに頭を叩《たた》かれた。

「い……痛い」

集中力が切れ、薔薇がへたっとしなって落ちる。

「この美的センスゼロ！　だいたい、こういう芸術的な方向で攻《せ》めるのでしたら——カルミネ先輩《せんぱい》、黒板とチョークを」

イヴの指示でカルミネが縦横一メートルほど長さのある黒檀《こくたん》色の石板と、白い石を土魔法で出現させた。イヴが白い石を拾いあげ、石板にカッカッと図を描いていく。

「いいですこと？　まず、こういうものはサイズによるインパクトも重要ですわ。カルミネ先輩の噴水のサイズを……」

「あれ、噴水じゃなくて鍋《なべ》のつもりだったんだけど……」

「噴水のサイズをですね、今の三倍にして。色も白のほうがいいですわ。飾《かざ》りは内側のものから徐々《じょじょ》に大きいものに変えまして……そうすれば私も水の放出をもっとおもしろい形で行えますわ。ディーノ様の火花は一番映《は》えますから、最後にして……」

カルミネの言葉を無視して、イヴが次々に図説していく。

「悔《くや》しいですけれど私の砂魔法の発動は少し時間がかかりますから、順序を考慮《こうりょ》すると」

イヴが図面に数字を、矢印を描き込んでいく。ほどなくして「できましたわ！」と言ったところで、ディーノが言った。

「みんなさすがだね。息もぴったりだし。イヴの図案があればよりよいものができそうだ」

周囲には何事かと見ていた生徒たちの姿。「すごいね！」とか「発動の速さも精度も段《だん》違《ちが》い」だとか、おおむね賛辞らしい声が聞こえる。

「だけど今年は審査員《しんさ》にエリゼオ第二王子が来るって話、覚えてる？　あの方は実力、実用第一主義だから、こういうのは嫌《きら》いかもね」

「ディーノ様……それ、もう少し早く教えていただけませんこと……？」

イヴは脱力《だつりょく》して自分が描いた図案に視線を落とす。ディーノは「ごめんね」と笑うだけだ。

「そっか……でも、全選定の発案者のエリゼオ王子だったら、平等に見てくれそうですね」

「平等……は平等かもね。平等に、実力、実用性を見るから。なんでも使えるなら使うって考え方で……ルーナが期待するような人ではないよ？　それと、ここ数年はエリゼオ王子の影響《えいきょう》を受けてウルビスの教師陣もそういう目で審査をするから、役に立たないものは嫌われるね」

「あー……去年、そういえばそうだったような気がする……」

ディーノ以外では唯一《ゆいいつ》のチーム課題経験者であるカルミネが言った。

「じゃあ、役に立つものがテーマってことで考え直しますか！　今日は暗くなってきたので、また来週仕切り直してがんばりましょう」

「来週？」

イヴが疑問の声をあげた。思いつけばすぐさま行動に移すルーナが時間を空けたことが疑問だったのだろう。

「うん。よく考えたら、過去の作品のこと何も知らないなって思って。だから、一度情報を仕入れてからまた集まろう」

一週間後。

チーム部屋に集まりテーブルを囲んだ四人は、ノートとペンを手に話し込んでいた。

「はー……けっこう今までの卒業生がんばってますね」

永遠に近い時を刻み続ける時計だとか、決して曇《くも》ることのない鏡だとか、汽車を走らせる動力だとか。上位チームともなれば、制作物は時限魔法を組み込んだ魔具《まぐ》であることが前提だ。

「そういえばディーノ先輩は去年、何を作ったんですか？」

「ん？　ああ……手榴弾《しゅりゅうだん》」

「手榴弾!?」

「鉱山の発掘《はっくつ》や汽車のレールを敷《し》くために爆弾《ばくだん》が使用されているのは知っている？　それの強化版だよ。あらかじめ範囲《はんい》指定した場所から決してはみ出さず、跡形も残さず破壊《はかい》するものを作った。……高評価だったよ。まあ、万が一にも事故を起こさないようにと安全装置を組み込み過ぎて、扱《あつか》いづらいと優勝にはいたらなかったけれど」

「安全装置？」

「範囲内に人がいると爆発しない、とかね」

「へー……」

爆弾と聞いてびっくりしたが、ディーノは平和主義者のようだ。授業中に彼の砂魔法を見た時も思ったことだ。Sランクの火と風を自在に連星する彼だが、一見過激な魔法に見えて決して狙《ねら》ったもの以外を燃やさない。彼らしい連星魔法だ。

ディーノの話に区切りがついたと見てか、イヴがレポートをめくりながら話し始めた。

「私のほうで調べたのは、世の中にどんな砂魔法で作られた道具や魔具が出回っているか、ですけれど……多くは今の情報とかぶっていますわね。ウルビスの生徒が発案したというものも多くありますから。そういえばドナート先生は学生の頃《ころ》、水を操って水中で息ができる魔具を生み出したそうですわよ」

「うわあ……それすごいね！　やっぱりウルビス学園の先生になるだけあるんだね……ドナート先生にももう少し教わりたかったなあ」

「そうなんですの？」

意外そうなイヴは、厳しいドナートに対しルーナが苦手意識を持っていると思っていたのだろう。

「うん。まあ、私のことが嫌いって聞いたことあるし確かに厳しかった気がするけど、でも人に厳しい分、自分にも厳しいって雰囲気《ふんいき》だったし、授業内容もしっかりしてたし」

ディーノが不思議そうな顔をした。

「ルーナが嫌い？　なぜまたそんなふうに……あの人はむしろ特別、君とルカを気にかけているると思うけれど」

「え？　なんでですか？」

「彼は、教師の中で唯一中流階級の出なんだよ。貴族じゃないんだ。今でこそ周囲に受け入れられているけれど、新任の頃は苦労されていたようだよ」

「ドナート先生が、中流階級の出……？　えっと、でも、授業が始まった頃もすごい怒《おこ》られたし……」

「ああ、あれは確かにかわいそうでしたわね」

イヴもうなずいて賛同を示す。

「何かあったの？」

ディーノに聞かれ、ルーナは授業で質問をしすぎてドナートに激しい叱責《しっせき》をされ、質問を許されなかったこと、四属性を使えることが気に食わないのだとアメーラに説明されたことを話した。話を聞き終えると、ディーノはおかしそうに笑った。

「ルーナ、授業中のことはむしろドナート先生に感謝すべきだよ」

「え？」

「考えてもみなよ。通常クラスの生徒たちには、平民なのに特進生である君を妬《ねた》んでいた人も多かったはずだ。そこで君の発言で授業の進行が遅《おく》れれば、因縁《いんねん》をつける格好のネタになる」

「あ……」

(じゃあアメーラ先生が言ってたのは、勘違《かんちが》い？)

「君が四属性を使えることは、ドナート先生にとっては喜ばしいことだと思うよ。身分のせいで苦労したドナート先生だからこそ、君たちにどれだけの苦労があるか分かってる」

「そっか……そっか。それじゃあ、なおさらがんばらないとですね！　えっとそしたら、何かエリゼオ王子と先生たちに評価されるもの……」

「ルーナは自分がほしいものは何かないの？」

「え？　私がほしいもの？」

　確かに実用的なものが評価されるということなら、今世の中になくて自分が欲しいと思えるものが良いのかもしれない。ルーナは顎《あご》に手をあてて考え、やがてぽつりと言った。

「パンが、無限に出てくるものかな。パン製造機とかほしいですね」

「食料を生み出す砂魔法《すなまほう》なんて聞いたことありませんけれど……でも、ルーナがいれば植物を生み出せますし、不可能ではないかもしれないですわね」

　イヴが賛同を示すが、ディーノは難しい顔をした。

「確かに食料はいい着眼点だと思うけど、それなりのパンを作るには、牛乳だとか卵だとかも必要になるよね。さすがにそれは生み出せない気が……」

「確かに……」

イヴが同意を示した。言われてみれば、これまで本で読んだりイヴに聞いたりした中に、生き物を作るような連星はなかった。せいぜいが植物の連星だ。

「うーん。それじゃあ、ワインとかどうですか？　ワイン自動精製機！」

カルミネがうなずいた。

「アルコールはいいかも……見た目を綺麗《きれい》にすれば、権力を見せつけたい貴族に人気が出そう」

「確かにそれならやり方次第《しだい》で不可能ではなさそうですし……それにこれまでに飲食物を作った人はいませんわ。案としてはいいのではないかしら」

イヴの笑顔《えがお》とディーノがうなずくのを見て、ルーナは笑顔になった。

「じゃあ、まずはそれを目標にがんばりましょう！」

アメーラの特別授業は、夏休みが明けルーナが特進クラスの授業を受け始めてからなくなっていた。理由は、三連星をも自在に操《あやつ》るルーナに、もうアメーラが教えられることはないからということだった。それでもルーナは、自分の時間を割《さ》いて教えてくれたアメーラに感謝を伝えたくて、この日、教師の部屋が並ぶ最上階を訪《おとず》れた。自分がチームリーダーになってからの活動や、あれから順調にリスピ砂のランクが向上していることを伝えたかったのだ。

学園長以外、教師の部屋は二人で一室のようで、アメーラの部屋は特進クラスの授業を担当している女性教師と同じ部屋だった。

その部屋に近づいた時、扉《とびら》がガチャリと開き、中から出てきたルカに出くわした。

「あれ？　ルーくん？」

「……………あ、ルーナか」

「？」

ぼうっとしていたように見えたが、大丈夫《だいじょうぶ》だろうか。ルーナが怪訝《けげん》な顔になると、ルカも自分でも様子がおかしかったと思ったのか、こめかみをもんで言った。

「悪い。少し睡眠《すいみん》不足で」

「睡眠不足って……チーム課題で？」

「それもあるけど、期末試験も控《ひか》えてるしな。今も分からない箇所《かしょ》を聞いてたとこ。ルーナはアメーラ先生に用事か？　先生なら忙《いそが》しそうにしてたから、今はやめたほうがいいかも」

「あ、そっか……じゃあ出直そうかな」

（それにしても、いつも余裕《よゆう》のルーくんがぼうっとしてるとか……）

意図せず心配そうな顔でルカを見てしまったようで、彼がふっと笑った。

「ごめん。ルーナに心配させるようじゃまだまだだな。無理しないよう気をつける。ルーナこそ、最近は大丈夫か？　また誰《だれ》かに狙われたりとかしてないよな」

「あ、うん。大丈夫だよ！　チーム部屋の鍵《かぎ》も私が砂魔法で作った鍵に付け替《か》えたし」

ルーナのチーム部屋は盗《ぬす》まれた教員用のスペアキーを使って開けられ、闇魔法《やみまほう》の魔法陣《まほうじん》を描《えが》かれたのだ。

「砂魔法で作ったって……大丈夫か？　あんまり安易な作りにしてたら別の方法で開けられる気がするけど……」

「失礼な。砂のランクがルーくんより低くたって、技術力まで低いわけじゃないからね？」

ルーナは服の中から鍵を取り出して彼に見せつけた。ギザギザの形が普通《ふつう》見かける鍵より複雑な造りになっている銀の鍵だ。

「このギザギザの高低が少しでも違《ちが》う鍵なら開かないようにしたの。針金で開けるなら最低三時間は必要だと思う。私一人しか鍵を持たないようにしたし、当然寮《りょう》の部屋の鍵も替えたし」

「へえ……まあ確かにこれなら、前みたいな罠《わな》を張られることはないか」

ほっとしたように見えるルカは、やはりまだ完全に気を抜《ぬ》ける状況《じょうきょう》とは思っていないのだろう。ルーナは無意識に自分の左腕《ひだりうで》をさする。黒い紋様《もんよう》のアザ。犯人が捕《つか》まったとはいっても、自供はまだとれておらず、目的も分からなければ仲間がいるかも分からない。

ルカはルーナが左腕のアザを気にしていることに気がついたようだ。

「それはもう大丈夫だよ。犯人は牢獄《ろうごく》でリスピ石を取り上げられて、砂魔法は使えない状態だって聞いてる」

「うん……そうだね」

ルーナが笑顔になると、ルカがふと真剣《しんけん》な顔でルーナを見つめた。

「ルーくん？」

ルカが手を伸《の》ばし、ルーナの髪《かみ》に触《ふ》れる。

「この髪型、かわいいよな」

「ああ、イヴがお土産《みやげ》にくれたアクセサリーで留めてるの。実家の近くで買ってきてくれたんだって。似合ってる？」

ビーズのついた、ルーナの動きにあわせて揺《ゆ》れるアクセサリーだ。

「ルーナはなんでも似合うよ。これも、動きのあるルーナに似合ってほんとかわいい」

「ルーくん……あいかわらずだね」

「あいかわらずって何が」

本当に分かってなさそうな顔でルカがきょとんとする。

「……なんでもない。ルーくんはこれからチーム部屋に行く？　それなら一緒《いっしょ》に行こうよ」

「ああ、そうだな」


ルーナたちが制作にとりかかってから一ケ月が経《た》った。課題提出は刻々《こくこく》と迫《せま》ってきている。だというのに、チーム部屋ではイヴの悲鳴に近い声があがっていた。

「誰ですの？　ワイン自動精製機を作ろうなんて言いましたの。アルコールの自動生成なんて難易度高すぎですのよ！　発酵《はっこう》ってなんですの？　腐《くさ》らせればいいんですの？　すり潰《つぶ》すのはカルミネ先輩《せんぱい》がいればすぐですけれど、そのあとの濾過《ろか》って？　度数をあげるためには糖分を追加しなければいけませんし……それも植物！　三連星ですわよ！」

テーブルの上のノートを睨《にら》みイヴが頭を抱《かか》えている。若干《じゃっかん》遠い目をしたディーノが、テーブルの上にたくさん置かれたブドウを指で転がしながら、彼女に優《やさ》しく声をかけた。

「大丈夫。腐らせるのは僕がなんとかするから……ようするに細菌《さいきん》的な何かに生命力を与《あた》えればいいんだよね？　きっとできるよ……たぶん……。ああ、それと濾過はカルミネに頼《たの》めばなんとかしてくれるんじゃないかな。圧力をかければいいんでしょう？」

「やってみる……」

唯一《ゆいいつ》いつもと変わらない様子のカルミネがうなずく。

「だからイヴは、糖分をなんとかしてみて」

「わ、分かりましたわ……ルーナ！　砂糖の自動生成を組み込みますわよ。まずサトウキビを生成してください」

「ええ？　そんなもの見たことないし！　どうやったら作れるのか……それに砂の量だって、もうブドウの木の生成だけでいっぱいいっぱいなのに！」

「文句言わない！　あなたが発案者でしょう！　水砂と風砂ならあげられますから」

　ガミガミ言いつつも、二本の試験管が交差した形の腰《こし》の砂器を取り出し、ルーナに濃《こ》い青のリスピ砂をくれる。Aランクではあるが、イヴのリスピ砂ならなんとか使えることは確認《かくにん》している。ディーノやカルミネのSランクはまったく歯が立たなかったが。

「それと、これですわ」

　イヴが図鑑《ずかん》を開いてサトウキビの絵を見せてくれる。

「無理……サトウキビとか作った人いるの？　手順を教えてほしいんだけど……」

「ありませんわよ。三連星のできる人がこれまでどれだけいたと思いますの？　自分でなんとかなさいな。まあ、私のほうでも似た植物の連星を調べますから」

「あっ！」

　めずらしくディーノの驚《おどろ》いた声が聞こえて何かと思えば、ブドウの粒《つぶ》が破裂《はれつ》していた。

　ディーノは身を引いて自分の洋服が汚《よご》れるのを免《まぬが》れたようだが、隣《となり》のカルミネには思いきりかかっている。しかし彼は動揺《どうよう》することなく制服についたしぶきを指でぬぐうと、それを口に含《ふく》んだ。

「カ、カルミネ！　それはまだ食べて大丈夫なものか……」

「ほんのりだけど、アルコールを感じる……大丈夫。ディーノは進んでる……」

「あ……ありがとう。あとで新しい制服を送るから」

　ルーナがディーノを見ていると、イヴに肩《かた》を小突《こづ》かれた。

「問題はディーノ様よりもルーナですわよ……いいこと？　私も協力します。ですから、必ず成功させせましょう！」

「う、うん！　イヴが協力してくれるならがんばれる気がする」

ルーナが意気込んで応《こた》えれば、イヴが「当然ですわ」と言い再びノートをめくった。


それからは毎日が戦争だった。誰もやったことのない植物の連星を強要されたルーナは、あらゆる連星を調べたイヴと共に半泣きでそれを実現し、ディーノがなんとかブドウを発酵させワインを作れば、カルミネに香《かお》りが弱い、甘さが足りない、芳醇《ほうじゅん》さがないと一蹴《いっしゅう》される。

数ヶ月を経て形になった後も、とにかくカルミネの舌が厳しく、彼が納得《なっとく》するワインを作り上げた時にはカルミネ以外の全員が疲弊《ひへい》していた。特に、ルーナとイヴの疲弊はすさまじかった。それでも最後にカルミネが満足顔でうなずくのを見れば、それまでの辛《つら》さが吹《ふ》き飛ぶかのようだった。

「で、き、た――――！」

ルーナが両手を天井《てんじょう》に突《つ》き上げ叫《さけ》べば、イヴが「やりましたわ――――！」と追随《ついずい》して叫んだ。

チーム部屋の大ホールの中。中央に置かれているのは、ブドウの木と樽《たる》、グラスを置く大理石だけのシンプルなもの。最初の案では制作工程を見えるようにしていたが、樽を大きくしてその中ですべての工程を砂魔法《すなまほう》により完成させるようにした。そのほうが奇跡《きせき》の魔法に見えそうだと言うディーノの案だ。

「よかったね。間に合って」

ディーノがいつもの笑顔《えがお》で言う。最初のほうこそ初めての砂魔法に四苦八苦していたように見えたが、やはり彼は基本余裕そうだ。カルミネがわくわくとグラスを用意してきた。

「さっそく使おうよ。お祝いのお酒」

「いいですね！　じゃあ、みなさんグラスを置いてください！」

樽の前にある、大理石で作られたコースターの上にそれぞれグラスを載《の》せる。

「あれ？　ルーナも飲むの？」

「香りだけ楽しみます！」

イヴと違いまだ誕生日を迎《むか》えていないルーナは、一人お酒の飲めない年齢《ねんれい》だ。ブドウの木には魔法陣《まほうじん》が浮《う》かびあがっており、そこに手のひらをあてると、一瞬《いっしゅん》で木々にブドウが生《な》り樽の中にボトボトと落ちていく。それから樽の中で何やらゴトゴトと音をたてた五秒後。樽から噴水《ふんすい》のように赤い水が噴き上がって、それぞれのグラスに注がれていった。

「かっこいい！　綺麗《きれい》！　注ぎ方もおしゃれ！」

グラスは横に広い赤ワイン用のものだ。ぴったり一番太くなっている位置まで注がれたグラスを手に、四人はグラスを揺らす。それから香りを嗅《か》ぎ、ルーナ以外の三人は一口飲んだ。

「おいしいですわ！」

「うん。文句ない出来だね」

「おいしい……これならずっと飲める……」

「やったー！　ついにできたー！」

最後の一週間は、深夜までみんなで話し合い、補整し、調整を繰《く》り返し続けた。そのためにみんな寝不足《ねぶそく》だ。

「いやー、本当に作れたね！　すごい達成感！　本当、大変だったねー。最初はディーノ先輩顔色悪かったし、途中《とちゅう》イヴは怖《こわ》い形相になるし、カルミネ先輩は味への執念《しゅうねん》がすごいし。でもこのメンバーだからここまで来られたなって。……本当に、ありがとうございました！」

ディーノがいつもの甘い微笑《びしょう》を浮かべるが、その甘さもどことなくいつもより色濃《いろこ》く見える。イヴは目の下にクマができているが、それでも心からの晴れやかな笑顔は綺麗で、カルミネも顔の半分は髪で見えないけれど、これまでで一番楽しそうに見えた。


課題提出の前日。ルーナはいつもどおりの朝を過ごし、市場に寄ってチーム部屋に向かった。

最近遅《おそ》くまでチーム部屋で課題に取り組んでいたせいで、朝はやたらと眠《ねむ》い。眠い目をこすりながらチーム部屋へ辿《たど》りつき、鍵《かぎ》を回して中に入る。市場で買った食材を手にホールへ移動した時、部屋の中の光景に大きな違和感《いわかん》を覚えた。

「え……？」

かすれた声が喉《のど》から出る。

昨日まで毎日目にしていたワイン自動精製機の、見た目が違《ちが》う。一歩、二歩と近づいて、ブドウの木が真っ黒に焦《こ》げ、葉がなくなっていることに気づく。樽は存在すら消えて灰となっていた。目の前まで来て、ルーナはようやく、チームメンバーと心を通わせ心を込めて作ってきたそれが、修復不可能なほどに燃えて壊《こわ》れていることを理解した。

「人為的《じんい》なものだね。かすかだけれど、砂魔法が使われた痕跡《こんせき》がある」

校舎近くまで行ったところでディーノとカルミネに会い、その十分後にはカルミネから話を聞いたイヴも来て、四人はチーム部屋に集まっていた。

「ごめん……なさい。それなら、私のせいだ……」

蒼白《そうはく》な顔でうつむくルーナを、三人が怪訝《けげん》な顔で見る。

「ルーナ？　どうしてそんなことを言いますの？」

「だって、これはきっと、私が賢者《けんじゃ》になったら困る人の仕業《しわざ》だもの。私に死んでほしい、賢者になってほしくないって人が、こうやって邪魔《じゃま》をしたんじゃないかって……」

「あなたの命を狙《ねら》った犯人なら捕《つか》まったって話ですわよね」

「そうだけど……でも、仲間がいないとは限らないもの。それに、本当に犯人が捕まったのかも分からなくて。ドナート先生に聞いたの。捕まって半年以上経《た》つのに、まだ否認してるって。四連星どころか普通《ふつう》の連星もできないって主張してるとか……」

「だったら、壊されたのが、ルーナじゃなくてよかった……物はまた、作り直せる」

カルミネが励《はげ》ますようにルーナに訴《うった》えかける。

「そう……ですね。そうですね。作り直さなくちゃ」

ルーナは腰《こし》の砂器を取り出した。植物を作るのに必要なリスピ砂は、火、水、土の三属性。

(土砂が、ぜんぜん足りない……)

植物を生み出すのにもっとも必要とする砂だ。

(どうして……なんで)

いったい、誰《だれ》がこんなことをしたというのか。決まっている。さっき言ったとおり、ルーナの命を狙った誰か。

(これまで、何度も命を狙われたんだもの。ウルビス学園の犯人は捕まったけど、仲間がいてもおかしくはなくて……それとも私は何か、思い違いをしている?)

なぜだか、前に教師の部屋から出てきたルカの様子を思い出した。ぼうっとしていた、いつもと違う様子の彼。あのあとすぐに普段《ふだん》の調子に戻《もど》り、むしろルーナを気にかけてく

れたが。

「私が作った鍵……開けられちゃってましたね」

「相手が砂魔法師なら仕方がない。ルーナ、自分を責めてはダメだよ」

ディーノはそう言うけれど、ルーナは砂魔法を使っても簡単には開かないように作ったつもりだ。それでも開けられたというなら、ルーナの能力不足か想定不足だ。

ルーナは唇《くちびる》を噛《か》んだ。まだあきらめたわけではない。けれど今から同じものを作ることはもうできない。四人で連日がんばって生み出したものは、もう返ってはこないのだ。

ルーナは砂器を構えた。

「十分の一のサイズで、二十分の一の持続時間のブドウの木を作ります。それに見合ったワイン自動精製機を作ってもらえますか？」

それで優勝することはできないだろう。初の飲料自動精製機ということで高く評価はされるかもしれない。けれど、味の再現もできるか分からず、そもそも実用に耐《た》えうるものでなければ、もうルカのチームに勝つことは不可能に違いない。

ルーナはブドウの木を作りみんなに託《たく》した後、図書館を訪《おとず》れた。

ところどころに小部屋がある図書館では、最上階にある数少ない本棚《ほんだな》の隙間《すきま》に入り込むと、隠れ家《が》のような部屋に辿りつく。光魔法師に関する書籍《しょせき》ばかりの、たいていの人たちには関係のない、需要《じゅよう》が低く誰も訪れないような場所だ。

そんな部屋にいると、閉館時間になっても誰にも見つかることはなく、自分で声をあげなければ取り残されてしまう。ルーナは一冊の本を手に本棚に背を預けて座り込んで読みふけると、明かりが消えて、それで閉館時間が過ぎたのだと分かった。

暗闇《くらやみ》の中、砂器を振《ふ》ってわずかな火砂を使い、小さな明かりを宙に灯《とも》す。ルーナが本棚から下ろした本がそこらに散らばっていたが、この薄明《うすあ》かりではそれもぼんやりとしか見えない。ルーナが手にした本には、青薔薇《ばら》の精製方法が書かれていた。光魔法師《まほうし》でなければ作れないということはなさそうだが、Sランクを必要とするこの連星は、ルーナには無理なようだ。

（Sランクか……）

ルーナは首にさげていたネックレスを手にとった。ルカが再びくれた、紋様《もんよう》の描《えが》かれたルーナを守るための魔具《まぐ》。これには、術者がルーナの居場所を特定できる魔法もかけられているとカルミネが言っていた。

これまで一度も授業を休んだことのないルーナが丸一日授業に顔を出さなかったことを、ルカはどう思うだろう。少しくらいは気にかけてくれるだろうか。

やがて誰かの足音が聞こえて顔を上げた。薄暗い明かりの中、見慣れた顔が見える。

「ルーくん……」

「イヴから話を聞いたよ。大丈夫《だいじょうぶ》か？」

ルカがいたましそうにルーナを見つめ、歩み寄る。ルーナは手にしていた本を横に置いた。

「閉館時間過ぎたのに、よく入れたね」

「鍵を借りた。妹が取り残されたっぽいって言って」

「……これで私の居場所が分かったの？」

ルーナが胸元《むなもと》にさがるネックレスをしめすと、「あー」とルカは頭をかいた。

「ごめん。そう。別にずっと感知してるわけじゃないんだけど……非常時と、今日みたいに食堂にも授業にも来ない日は、さすがに気になって」

ルーナは座り込みネックレスを手にしたまま、やんわりと笑った。

「……そっか。本当、ルーくんは昔から私と違ってなんでもできるね」

ルーナの笑顔《えがお》に何を思ったのか、ルカはルーナの前に屈《かが》んで顔を覗《のぞ》き込んだ。元気のないルーナの様子に、ルカも悲しそうだ。

「ルーナ……その、なんて言ったらいいか分からないが……だけどほら、約束どおり俺が賢者になったら、ルーナのやりたいことを俺が代わりに叶《かな》えるし。もしも光魔法師になれば、賢者の中でもトップに立てる。ルーナの願いはなんでも叶えるよ」

「ルーくんは光魔法師になれるの？　すごく難しいものなんだよね……ルーくんの砂器は？」

見せて、というようにルーナが両手を出すと、ルカが服の下から砂器を取り出し、ルーナの両手に載《の》せた。どの砂も、ルーナのより色濃く、量も器《うつわ》いっぱいに詰《つ》まっている。

「すごいね……この色、土と風は、もうSランクなんだ」

ルーナはぎゅっとルカの砂器を握《にぎ》った。

「ルーくんはきっと約束したら、私の夢を叶えてくれるよね。でも……優勝はもう、私一人の問題じゃないの」

ルーナは立ち上がると、ルカから離《はな》れた部屋の奥に立ち、彼の砂器を胸に抱《だ》きしめて振り返った。

「どうしてうちの制作物を壊したりしたの？　ルーくん」

「ルーナ……？　何言ってる？」

「私が作った鍵《かぎ》は、無理にこじあけようとすれば必ず痕跡が残る。それがほとんどなかったの。まるで、同じ鍵で開けたみたいに。私が替《か》えた鍵の話は、ルーくんにしかしてない」

「そんなことないだろう。チームメイトにだって……あいつらは仲間だから、やりっこないってことか？」

疑われたことを悲しむかのような顔だ。

「……ルーくん。私、鍵を替えた話をチームメイトにはしても、その鍵を見せたのはルーくんだけなの。心から信頼《しんらい》するルーくんにしか、見せてないの」

「――――」

ルカが言葉を失う。さすがに、チームメイトにすらルーナが鍵を見せたことがないとは思っていなかったのだろう。ルカに見せた時、ルーナはなんてこともないように気軽に取り出していたし。おそらく、ルカはあのあと鍵を複製したのだ。

「それにルーくんが最近読んでる本、光魔法師に関するものばかり。チーム課題のほうは優勝が決まってて、その先を見すえているみたい」

最初、ルーナは自分の命を狙《ねら》った人と制作物を壊《こわ》した人は同一人物だと思っていた。目的はルーナが賢者《けんじゃ》になることの阻止《そし》だろうと。

しかし、今回の目的は違《ちが》ったのだ。単純に、ライバルチームを潰《つぶ》し、自分のチームの優勝を確固たるものにするための行為《こうい》。そう考えれば、おのずと犯人も想像できるというもの。

ルカの顔から表情が消えた。ルーナをいたましそうに見ていた彼の双眸《そうぼう》が、感情のないものになる。

「……お願いルーくん、自首して」

これ以上の言い逃《のが》れをするつもりはないらしく、ルカは小さく笑った。

「自首？ まるで俺が犯罪でもやったみたいだな。制作物を狙われるのなんか予想できる事態じゃないか？ 守りもつけなかったそっちのチームが甘いんだろ」

「甘いって……」

これが本当にルカの言葉なのか。これまでたったの一度も、ルカはルーナに冷たい言葉を向けたことがない。なのに、まったく悪びれもせず、ルーナたちが甘いと言うだなんて。

「みんながあれだけがんばって作ったものを壊しておいて、そんな言い方するの？」

ルーナがだだをこねればイヴが叱咤《しった》し、落ち込めばカルミネに励まされ、そんなチームメイトをいつもディーノは見守ってくれた。時間が足りなくなり睡眠《すいみん》時間を削《けず》って深夜まで作業が及《およ》んでも、誰《だれ》一人文句を言わず、励《はげ》まし合ってようやく作ったものなのに。

（こんなルーくん知らない……だっていつも優《やさ》しくて、守ってくれて、なのに——）

「どうしてそんなこと言うの!?　そんなに優勝が大事!?」

ルーナの叫《さけ》びに、ルカは「そうだよ」となんのためらいもなく答えた。

「俺は一刻も早く賢者になりたいんだ。たとえルーナ、お前を蹴落《けお》としてでも」

「——」

これがルカの言葉と信じることができなかった。ずっと一緒《いっしょ》にいたルカは、間違《まちが》いなくルーナを大切にしてくれていたのに。少し離れている間に、彼の心は変わってしまったのだろうか。

「だったら……だったらもう、私も手段を選ばない！」

ルーナは腰《こし》から砂器を取り出して振る。土砂を宙にまいて、指を走らせる。地面から鎖《くさり》が生えてルカの足を搦《から》めとろうとするが、それを見越《みこ》したらしいルカが床《ゆか》を蹴り鎖を避《さ》けると、ルーナに向かって駆《か》けた。

砂器を取り返すつもりなのだろう、ルカに砂魔法を使われればルーナの勝機はない。砂のランクが違いすぎるからだ。しかし。

「ごめんね、ルーくん。私は本気なの」

あらかじめ地面に描いていた魔法陣《まほうじん》に、この薄明かりではルカも気づくことはできずに踏《ふ》み込んだ。魔法陣が光り輝《かがや》き、そして今度こそ、地面から生えた鎖がルカの足を捕《と》らえた。

「──」

「課題の提出は、チームメイトが全員揃《そろ》って行われることがルール。特進生だろうと例外は認められない。明日《あした》の審査《しんさ》が終わるまでここでおとなしくしていて、ルーくん」

「……悪いな、ルーナ」

ルカが服の中から小瓶《こびん》を取り出したのを見て、息をのむ。

「これくらいの事態は想定してる」

「──」

ルーナはすぐに砂器を振《ふ》って水魔法を発動させ、氷柱《つらら》を作り出してルカの握る小瓶を割る。しかし、割れた小瓶から落ちる砂にルカは指を走らせた。Sランクの土魔法が発動して、ルーナの作った鎖をたやすく砕《くだ》き、逆にもっと強固な鎖でルーナの足を搦めとる。

「なっ……」

逃《に》げようとしたところでもう遅《おそ》い。後ろにさがろうとしても、足が引っ張られて部屋を出ることもできない。ルカから距離《きょり》を取ろうとするが、鎖で縛《しば》られた足では逃げることも敵《かな》わず、部屋の奥に追い詰められ、後ろの本棚《ほんだな》に背がついた。

（どうしよう……）

　ここに閉じ込められれば、朝一番に行われる審査に行けなくなる。朝になって図書館を訪《おとず》れた誰かに助けを求めたとしても、そもそも開館時間は十時だ。九時開始の審査には絶対に間に合わない。

　ルカに追いつめられたルーナはこれだけは返すまいとルカの砂器を両手で握りしめる。ルカはルーナの腰にさげていた砂器のほうを奪うと、ルカの砂器も渡せというように片手を差し出した。

「どうして……？　なんでなの？　ルーくん……」

「俺はもう、地を這《は》うような生活なんてまっぴらなんだよ。十二賢者になって、権力を手に入れる。簡単に命を狙われない力も身分も手に入れて、自由に生きたいんだ」

「身分……？　ルーくん、身分を手に入れるって、どういうこと？」

「権力のある家に入って、自由気ままな生活を送るつもりなんだ。そのほうが賢《かしこ》いって、気がついたんだよ」

「嘘《うそ》でしょう……？　ルーくん、だって」

　ルーナと同じで、貴族の養子などごめんだとずっと言っていたのに。

「ごめん、ルーナ。俺にはもう、あの生活に戻《もど》るだなんて考えられない。毎日、汗水《あせみず》垂らしてあんな安賃金で……俺はもう、搾取《さくしゅ》される側にはいたくないんだ」

　激しく胸が痛んだ。ルーナと二人で暮らしていたあの時のことを、地を這う生活と、ルカはそんなふうに思っていたのか。

(私は貧しくたって、毎日ルーくんとごはんを食べて、一緒に笑って、楽しくて幸せだったのに……)

ずっと笑顔《えがお》で一緒にいたい。そう思っていたのはルーナだけだったのか。ルーナの知るルカと目の前にいるルカが違い過ぎて、混乱してうまく考えがまとまらない。

「ルーナ。いい子だから」

砂器を返せというように、ルカが優しく声をかける。かたくなにルカの砂器を握《にぎ》りしめていたからといって、何が解決するわけでもない。ルカのチームはきっともうとっくに制作物なんて作りあげていて、砂器があろうとなかろうと、彼はそれを提出するだけだ。

(ルーくんの火砂と水砂は、たぶんまだAランク……でも、もうほとんどSランクに近くて、水砂もイヴのとぜんぜん違う。これを奪《うば》ったとしても……私にはきっと、使えない)

いまだルーナの実力値はBランクだ。こんな濃《こ》い色の砂を扱《あつか》えるとは思えない。

(それでも――)

ルーナは持っていた砂器を振り上げ、後ろの本棚の角に叩《たた》きつけようとした。砂器を割って砂をまいてしまえば、砂の回収は困難になるだろう。その間に、ルーナが砂魔法《すなまほう》を使えれば。

しかしルカは難なくルーナの腕《うで》を掴《つか》んで止め、砂器を奪った。

「四属性の入った砂器を割るだなんて、危ないことは考えるな」

四属性の砂が交ざり、まかり間違って四属性の連星を行ってしまえば、闇魔法《やみまほう》が発動する。

「ルーくん……」

ルカはルーナの砂器をルーナのいるほうと反対側の部屋の奥へ置いた。鎖で行動範囲《はんい》を制限されたルーナには、どうあがいても届かない場所。

「審査が終わった後迎《むか》えに来る」

「こんなやり方で賢者試験資格を手に入れても、私がルーくんの不正を訴《うった》えれば試験資格も剝奪《はくだつ》されるよ」

「そうなれば、二人共賢者をあきらめるしかないな……残念だけど。まあ、証拠《しょうこ》は残さないけどな」

大したことでもないように言うルカの横顔は、きっとルーナが訴えないと思っている。

(私は、甘かったんだ……)

犯人がルカだと気付いた時、誰にもルカの不正を知られたくないと、そう思ってしまった。ルカが自白し、ルーナたちの制作のやり直しができるならそれでいいと。しかし、これはもう一人の問題ではない。チームメイトにくらいは相談するべきだったのだ。

(私は、本当にバカだ……)

イヴがあきれたように「バカですの？」と言う顔を思い出した。

確かにそのとおり。自分はどこまでも考えなしだった。

ルカが図書館を出ていく音が聞こえた。さすがに暗闇《くらやみ》ではルーナが心細いだろうと、火魔法で炎《ほのお》を浮《う》かべ、明かりを灯《とも》してくれているらしい。

(それにしても、まさか拘束《こうそく》するとか……本当、手段を選んでないっていうか)

自分のことを棚《たな》に上げて心の中で毒づく。

(明日私が審査に行かなかったら、優勝も何も、もう評価もされなくなる)

もしもこれがルーナだけの問題なら、泣きながらもルカの言うすべてを受け入れたかもしれない。けれどルーナの不在により不利益をこうむるのは、ルーナだけではない。これまで一緒にやってきた三人の顔が思い浮かべば、落ち込んでいる場合ではないと顔を上げた。

なんとかして脱出《だっしゅつ》することはできないかと服の中を探《さぐ》るが、出てきたのはハンカチとペンが一本だった。これでは駄目《だめ》だと、次にあたりの床を探った。本ばかりで針金のたぐいもないし、そもそもルーナの足を拘束する足かせには鍵穴《かぎあな》のようなものも見えない。しかし、ざらついた感触《かんしょく》を指先に感じて、ルーナは目を見張った。

「あ」

土砂だった。ルカが砂器とは別の小瓶に持っていたもの。割れた時にこちらのほうまで飛び散っていたらしい。わずかな砂を手でかき集めれば、親指の先ほどの砂が集まった。

床の上で平らにして、その上に指をなぞらせる。

（お願い――どうか）

しかし、魔法陣は発動することもなくまったくの無反応だった。これはSランクの砂。しかもあのカルミネと同等に見えるほどに色濃《いろこ》い。

（なら、あきらめる？）

ルーナは貴族でもないし、ルカみたいになんでもできる器用さもない。たまたま授《さず》かったのは、四属性を使えるという恵《めぐ》まれた素質だけ。

もう一度土砂に指を乗せると、指先がちりちりした。なんだか、ルカに生み出されたリスピ砂が、格下のルーナに触《ふ》れられて怒《おこ》っているかのように感じる。

（――ごめん。だけど、ここにはあなたたちしかいないの。私はこれまで一緒《いっしょ》にやってきた仲間を裏切りたくない。だからお願い――力を貸して）

心からの祈りを込めてお願いと告げれば、指先に感じる痛みが少しだけやわらいだ気がした。

ルーナは目を閉じゆっくりと息を吸い込むと、目を開いて指を走らせた。

審査は講堂で九時から行われる。もう時刻は八時五十分だが、集まったのはイヴとディーノとカルミネの三人。昨日、ルーナは生《な》り続けるブドウの木とサトウキビを作り上げると、どこかに姿を消し、授業にも顔を出さなかった。

イヴはディーノとカルミネと講堂で合流して、左右に首を振った。

「駄目です。寮《りょう》にもいませんでしたわ」

ルカのチームはもう全員そろっているようで、白い布で覆《おお》った何かを運び入れてきた。全長三メートルはあろうかという、巨大《きょだい》な何かだ。対するこちらは、小さなワイン自動精製機。味はぎりぎりまで調整したつもりだが、それでも一日で組みなおしたそれでは、長い時間をかけ作りあげたものよりもだいぶ味は劣《おと》るようだった。

「イヴ。そちらのリーダーの姿が見えないわね」

開始十分前。まだ時間はあるとはいえ、リーダーが不在という状況《じょうきょう》がロレーナも気にかかったらしい。イヴはうなずき、ルカに声をかけた。

「ルカ。昨日はルーナにお会いになりました？」

「ああ。会ったよ。校舎裏で……ひどく落ち込んでるようだったから心配したけど、まだあきらめてはいないようだったから大丈夫《だいじょうぶ》かと……今日は？　来てないのか？」

ルーナの兄だけあり、ルカもかなり心配そうだ。この状況は、ルカのチームにとってはラッキーとも言うべき状況だが。

「いくら勝ち目がなくても、審査《しんさ》を放棄《ほうき》すれば上位の成績をおさめることもできない。ルーナは僕たちを見捨てるようなリーダーじゃない。何かあったと考えるべきだろうね」

ディーノの言葉に、ルカは考える様子を見せた。イヴも同じ意見だし、カルミネもきっとそうだ。顔を曇《くも》らせたのはロレーナだった。

「ルカ……どうしますか？」

「今出ていけば、俺たちまで失格だ。大丈夫。一時間もあれば審査は終わる。そのあと捜《さが》しに行けばいい」

気の毒そうにルカを見るロレーナは、妹を心配するルカの心情を慮《おもんぱか》っているのだろう。

一方でディーノはルカの言葉に眉《まゆ》をひそめた。少しだけ考え込むそぶりを見せたあと、イヴとカルミネを近くへ呼び、小声で言った。

「たぶん、ルーナはどこかで足止めを食っているだけで無事だ。捜しに行きたいのはやまやまだけど、もう僕たちの審査まで時間がない。捜しに行って入れ違《ちが》いになるより、ここで待とう。二人とも、チーム成績は期待できなくなるけど……かまわない？」

「私のことなど別に……それよりルーナですわ。ディーノ様が言うなら、今は待ちます。けれど審査に間に合わなくて私たちが失格になったら、すぐに捜しに行きますわ」

床《ゆか》を睨《にら》みつけるようにうつむいているカルミネは納得《なっとく》していないようだ。

「カルミネ先輩《せんぱい》、今はかすかな可能性でも、賭《か》けましょう。審査に参加できなくて一番悲しむのはルーナですわ」

「……分かった」

講堂の奥、舞台《ぶたい》の上にそれぞれのチームは左右に分かれて立った。それぞれ、白い布で覆った制作物を持ち込んでいる。いつもは何もない講堂に今日は上質な椅子《いす》が並べられていた。中でも最前列はひときわ高級そうな椅子が並び、その中央には別格の椅子が用意されている。

教師たちが次々と講堂へ入ってきた。教師以外にも現在の十二賢者《けんじゃ》が数人来ているようで、教師たちがかしこまった様子で頭を下げるのが見えた。審査をするのはその中の数人だろうが、見学者は二十を超《こ》える数らしい。

「開始、五分前だが……君たちのリーダーはどうした？」

まだ審査員席すべては埋《う》まっていない。それでも、もうタイムリミットが近づいている。

「その……」

イヴは言い淀《よど》み、視線を泳がせる。ディーノが進み出た。

「どうやらトラブルがあったようです。ぎりぎりまで待ちますが、もしも審査に間に合わないようなら、僕らは失格ということで彼女を捜しに行きます」

教師は顔色を変えた。

「ディーノ君……君は、来賓《らいひん》があるのを知っているだろう。殿下《でんか》は今年の君のチームの提出物を楽しみにしていた。それを……」

「私がどうかしたか？」

声は講堂の入り口からだった。ものものしい護衛を連れて講堂内に入ってきたのは、一目《とうと》で貴い身分と分かる金髪《きんぱつ》の男だ。装飾《そうしょく》のふんだんについたきらびやかな白い衣装に、赤いマント。エリゼオ第二王子だ。

「殿下……その、実は、生徒が全員そろっていないようでして……」

「すみません！　私ならいます！」

毎日のように聞いた声がこのタイミングで聞こえるとは思わず、イヴは目を見開いて講堂の入り口を見た。特進生であることを示す白コートを片手に、もう片方の手に砂器を持って、ここまで全速力で来たのだと分かるくらいに肩《かた》で息をしている。

制作物は一度壊《こわ》され、きっともう優勝はできないのに、ルーナが現れたことに驚《おど》くほど安堵《あんど》した。だがそこで、一番喜ぶだろうと思っていた彼女の兄が、顔色を変えていることに気づく。まるで、ありえないものを見た、というように。

「急いで準備をしろ。もう一分前だぞ。それと、殿下の御前《ごぜん》だ。粗相《そそう》のないようにしろ」

ドナートがルーナを叱咤《しった》すれば、「申し訳ございません」と頭をさげ、早歩きで舞台に上がってきた。

「もう……遅《おそ》いですわよ」

イヴは思わず泣き笑いのような顔になってしまった。ルーナは「ごめん」と謝って、三人の顔を順番に見て言った。

「作ったものは昨日壊されちゃったけど、私はまだあきらめてません。だからみなさんもあきらめないでください。私たちは絶対、優勝します！」

驚いた様子のディーノとイヴを見れば、二人はもう優勝をあきらめていたのだと分かる。

カルミネも表情は見えないが、似たようなものだろう。ルーナは三人に本の表紙裏にペンで描《えが》いた図を見せた。昨夜図書館に閉じ込められながらも、持っていたペンで描いたものだった。

「これ。覚えてる？」

「ええと……これ、私が以前に中庭で描いたの。ルーくんのチームが説明してる間に頭に叩《たた》き込んで。

「そう！　昨日思い出して描いた……？」

ごめんね、昨日作ったやつは使わない。今日はこっちで勝負する」

「え……」

イヴがかすれた声を出す。ディーノは目を見開いたあと、口元に手をあてうつむき体を震《ふる》わせた。本当は大笑いしたいところだが、教師陣《じん》の目があるのでこらえているという様子だ。カルミネが首を傾《かたむ》ける。

「制作物、ここで作るの……？」

「そうです。大丈夫。責任は私が取ります！」

イヴが眉根《まゆね》を指先で揉《も》んでいる。無言の「頭が痛い」だ。ルーナは本をカルミネに手渡《てわた》した。

「それとカルミネ先輩、私に土砂ください。土砂だけが足りなそうなんです」

「僕の土砂は、ルーナには使えないよ……？」

「大丈夫です。すみませんけど、全部ください。カルミネ先輩なら、待ち時間で必要分は作れますよね？」

カルミネは素直《すなお》にルーナの砂器へと土砂を流し込んでくれた。

「まあ、まずは相手チームの出方を見よう。時間だ」

ディーノは三人に審査員席に向き直るよう促《うなが》した。

審査員席に並ぶのは、ほとんどは見た顔だ。授業で見た、もしくは学園ですれ違う教師たち。しかし最前列の中央には、いかにも王子です、といった人物が座っていた。

どうやらエリゼオ第二王子であるらしい人物は、彼のために用意された席について足を組むと、肘掛《ひじか》けに肘をつき、おもしろげに舞台上へ視線を向けた。審査をしに来たというよりは、見せ物を見にきたという様子だ。

衣装の豪華《ごうか》さもあり風格は別格ではあったが、その周囲にもどうやら現十二賢者らしい人物がいて、人目を引くオーラを放つ人物が何人かいる。

「さて……では、まずはルカ・クピスティチーム、発表を」

双子《ふたご》たちが制作物の両側に回って白い布を取り去った。二人でなければ綺麗《きれい》に布をはがせないほどの、巨大《きょだい》な物体。現れたそれは、人の形をした石の塊《かたまり》だった。

「これは、人語を解するゴーレムです」

人語を解すると聞けば、審査員席がどよめく。もちろん、ルーナも舌を巻いた。まるで意思を持った何かを作り出したようにも聞こえて、神の所業にも思える。

「単純な命令に従い、停止の言葉をかけるまで行動し続けます。両腕《りょうで》で一トンのものまで持ち運び可能。稼働《かどう》時間はSランクの土砂、Aランクの火砂一本で十日の計算です。それから……」

ルカがロレーナに目配せした。ロレーナが砂器を振《ふ》り氷の巨大斧《きょだいおの》を生み出す。あらかじめ命令済みだったのか、ゴーレムは氷の斧を取り上げた。

「このように、簡単な道具であれば手にして使うことも可能です。これまで人力でこなしていた作業の多くが、このゴーレムにより代替《だいたい》可能になります」

再び審査《しんさ》員《いん》席がざわつく。興味を持っていることがよく分かる。

かなり長い時間のざわつきがあったあと、デヴィンが質問した。

「人語を解すると言ったが、いったいどこまでの命令なら聞けるのかね？」

「主には単純作業です。例えばこの斧を持たせた状態で木々を切り倒《たお》せと命じれば、倒す木がなくなるか停止の言葉を聞くか、燃料切れで止まるまで切り倒し続けます。このゴーレムには痛覚も疲労《ひろう》も覚えさせていないので、一定の速度で同じ作業を繰《く》り返します」

「覚えさせていないとは妙《みょう》な言い方をする。まるで覚えさせればそれすら組み込めると言いたげだね」

「損傷度合いを管理し、受けたダメージにより防衛行動を増やすことは可能です」

再びのざわつき。この様子では、これまでの特進クラスが生み出してきたものの中でも、かなりすごいもの――もしくは特異なものをルカが持ってきたのだと分かる。課題に手をつける前、ディーノがこれまでの制作物を教えてくれたが、確かに夢物語的なものはなかった。

それからも質問が続いて淀みなくルカは答えていく。そのたびに審査員を唸《うな》らせているのが怖《こわ》い。今は組み込んでいない機能すら、まるでやればできるのだと思わせる口ぶり。彼は砂《すな》魔《ま》法《ほう》の技術だけでなく、人にものを売り込む口のうまさも一流のようだ。

やがておおよその疑問が解消され質問が落ち着いてくると、それまで黙《だま》って笑《え》みを浮《う》かべるだけだった中央の人物が口を開いた。

「命じれば人も殺すのか？」

びっくりしてルーナは息をのんだ。質問を投げかけられた当の本人の態度は、まるでその質問を予期していたかのように落ち着いたものだった。

「はい」

てっきりそれまでどおり、機能を追加すれば人を殺さないこともできる、などの補足を話すかと思いきや、それもなかった。質問を投げかけたエリゼオは満足そうに足を組み換《か》えた。

「いい作品だ。去年は見事な破《は》壊《かい》力を持つ魔《ま》具《ぐ》を作った奴《やつ》がいたが、人は殺さないと聞いてがっかりしたものだ。有事の際につまらない制限がかかる魔具など、誰《だれ》が使いたがるか。

なあ」

周囲の人物が同意するように頭をさげる。ルーナは隣《となり》に立つディーノに小声で告げた。

「なんか言われてるみたいですよ、先輩《せんぱい》」

「ルーナ、ここではやめて」

返すディーノも小声だ。仮にも王子相手に小言を言ったとは思われたくないのだろう。

「そのゴーレム、命令が矛盾《むじゅん》した時はどうなる？」

「後の命令を優先します。ただし、他《ほか》の人間の命令と矛盾した場合は、最初にゴーレムを起動した者の命令が優先されます。このゴーレムなら、常に俺の命令を優先します」

「ほう……何から何まですばらしい。扱《あつか》いを詳《くわ》しく聞きたいところだが、後日にしようか」

王子のその言葉は、優勝かそうでないかによらず、正式に国で使う魔具として検討すると言ったに等しい。言われたほうからすれば最大級の賛辞になる。

「他に、質問がある方は」

進行を務めていた教師の声に、反応する声は聞こえない。

いよいよだと思い、ルーナは後ろのイヴとカルミネを振り返った。

「みなさん、大丈夫《だいじょうぶ》ですか？　戦意喪失《そうしつ》してない？」

「え？　私、復習に必死でしたのでまったく聞いてなかったのですけれど。何か戦意喪失するようなことでも？」

「僕も……聞いてなかった」

二人はルーナが渡《わた》したメモにかじりついていたらしい。思わずルーナは笑う。それからディーノを見た。

「ディーノ先輩って、エリゼオ王子と面識あるんですよね。恥《はじ》をかかせてしまうかもしれません。同じチームでごめんなさい」

「どうして謝るの？　僕はこれ以上なく楽しんでるよ。試験資格はすでにあるしね」

緊張《きんちょう》をときほぐしてくれる言葉だ。ルーナはもう一度笑った。

やがて、進行を務めている教師がルーナのチームを呼び、ルーナは前に進み出た。

「はじめまして。ルーナ・クピスティと申します。この場で制作物を提出というルールでしたが、私のチームは制作物を持ってきてはいません」

審査員席がざわつき、「後ろになんかあるよな」という声も聞こえたが、無視して続けた。

「私たちのチームは審査員の方にも楽しんでいただくことを目的に、この場で作製、提出させていただくことにしました」

ここで課題を提出するのだしルールに反しているつもりはありませんという顔で宣言すると、舞台《ぶたい》上に立つルカたちを「どいてて」と舞台袖《そで》に追いやった。

イヴ、カルミネ、ディーノと顔を見合わせ、小さくうなずく。

「それでは、ここに制作物を作製、提出させていただきます」

ルーナの声を合図に、カルミネが砂器を振った。ほとんど黒に見える土砂がまかれ、彼の指が砂をひっかく。魔法陣《まほうじん》が発動し、舞台中央に広場にあろうかというサイズの噴水《ふんすい》が出現した。

イヴは自分の砂魔法の発動にわずかなタイムラグがあることを分かっていて、すでに魔法陣を発動させていたようだ。噴水が出来上がると同時に、水が中央から湧《わ》き出てきた。水と風との連星で、噴《ふ》きだす水が踊《おど》るように小さな輪になったり大きな輪になったりする。

審査員席から「見事な連星だな」と声が聞こえた。

そしてディーノが火砂と風砂を宙にまいて優雅《ゆうが》に指を走らせれば、まばゆい魔法陣が発動して、噴水の水の中に光が生まれる。同時にカルミネの砂魔法が発動し、噴水の中央から緑に光る宝石が湧き出て、ディーノが生み出す光を受けてきらきらと輝《かがや》く。続いてイヴの砂魔法で雪の結晶《けっしょう》を模《かたど》った氷が噴水上に生まれ、きらきらと光を弾《はじ》いた。

「綺麗……」

審査員席からぽつりと漏《も》れたのは女性の声だった。

ルーナは腰《こし》の砂器を取り出すと、火砂、水砂、土砂を宙にまいて、指を走らせた。火砂、水砂はBランク、しかし土砂はSランクだ。

(ここで失敗したら、もう勝機はない……だけど、絶対成功させる!)

ここで成功させ審査員を惹《ひ》きつけ、これまで一緒《いっしょ》にやってきた三人と笑いあうのだ。

最初は冷たい態度をとりつつも、今は一番の味方になってくれたイヴ。やる気がないように見えて、実は賢者《けんじゃ》にふさわしい力を持つカルミネ。リベルトであることを黙ったまま、それでもずっとルーナの身を案じてくれていたディーノ。彼らがいたからこそ、ここまでやってこられたのだ。みんなで一緒にやってきたがんばりを、無駄《むだ》になんてさせない。

ルーナは目を伏《ふ》せると、一切《いっさい》の音が消える。真っ暗な空間の中、砂の鼓動《こどう》を感じた。欠陥《けっかん》品には感じ得なかった、ルーナの思いに応《こた》える熱。

（やれる――）

ルーナは指を走らせ、砂魔法を発動させた。

その瞬間《しゅんかん》、ざあっと青と白の薔薇《ばら》が噴水を囲むようにして出現した。ルーナが指を鳴らすと、弾けるようにして花びらに変わった。そのタイミングで風魔法を発動させれば、噴水を囲むように花びらが舞《ま》った。時に、視界を覆《おお》う吹雪《ふぶき》のように、時に、木々から舞い落ちる木の葉のように。緩急《かんきゅう》をつけつつも、その美しさで見る者の心を奪《うば》うように、ゆったりと花びらを舞わせる。

「青薔薇だと……？」

審査員席がざわついた。青薔薇はこの世に存在するものではない。しかし、過去のリバルマ建国記念の祭典で、光魔法師である聖女アンリが見せ物として生み出したというのは有名な話だ。もっとも、ルーナは以前にイヴから教わり知ったのだが。

今、この世界に光魔法師はいない。光魔法師でなくとも可能な連星ではあるが、王都では青薔薇を『模した』飾《かざ》りが施《ほどこ》されると聞いた。おそらく、青薔薇の精製は全員が初めて見たのだろう。

最後にディーノの砂魔法が発動して、噴水から噴き上がるように色とりどりの火花が噴水上や天井《てんじょう》近くで散り、締《し》めくくりにふさわしい輝きを見せた。

やがて火花が消えると、花びらも水の上へとおさまり、ただ水の結晶や宝石がきらめくだけの噴水に戻《もど》る。それだけでも十分、普通《ふつう》のものではないが。

「この噴水は、Aランクの水砂の補充《ほじゅう》で半永久的に水が湧き出ます。Aランクの火砂、Sランクの土砂、Bランクの風砂の補充で、一時間ごとに舞う花びらや、色とりどりの光が弾ける光景が見られます」

ルーナが言い切ると、しん……と静まりかえった。技術力はすごいが、それで？という感想が大半だろう。しかし、一人がパンッ、パンッと手を叩《たた》く音が聞こえて、音の出元を探せば、それはエリゼオ王子だった。

「見事な技術じゃないか。私が従える砂魔法師《すなまほうし》でもこうはいかない。さすが未来の賢者といったところか。特に……青薔薇を生み出す三連星は見事だった」

エリゼオは肘掛《ひじか》けに肘をついて、青い瞳《ひとみ》でルーナを見すえた。

「それで。これはなんに使う？」

「観光です。人の誘致《ゆうち》に」

ルーナがきっぱりと言いきると、イヴは「あー……」というように天井を見上げ、ディーノは吹き出しそうになるのをこらえてか横を向いた。

「ほう？」

「何もせずとも人の集まるミラルのような州もありますが、私が住むジェノス州は、裕福《ゆうふく》な人は少なく、貧しいものです。商売を始めても皆《みな》がお金を落としてくれない。けれど、観光でお金を持った人が集まれば、お金が巡《めぐ》るようになります。格差も貧困も減っていきます」

教師陣《じん》の顔色が変わる。一国の王子の前で、ルーナはタブー的発言をしてしまったのだろうか。しかし幸いにも、エリゼオ王子はおもしろそうにルーナを眺《なが》めて反応を返した。

「お前は州の話をしているが、特進クラスのわりにスケールが小さい話をする。将来の賢者候補であるというなら、リバルマ全土に富をもたらす話をしてほしいものだ」

「――」

悔《くや》しいが、指摘《してき》としては真っ当だった。この王子はルーナがいる世界よりも広い世界にいて、当然ながら視野も広いのだ。そしてそれゆえに、国のすみっこに存在する貧困など、彼にとって重要ではないのだろう。

「さて、本題だが」

エリゼオがひときわ大きい声で言った。

「お前のチームにはメディスッァ家の人間がいる。先日、私が審査《しんさ》に参加すると手紙を送ったばかりだ。当然、私が遊具同然のものに興味を示さないことは分かっていたはずだな？」

（手紙を送ったって……やっぱり、とても近い仲だったんだ）

名指しされたディーノが、ルーナの代わりに答えるつもりか進み出る。

「その上、チームリーダーは息を切らし開始一分前の入場だ。おまけに舞台上には、本来提出するつもりだったであろう物もある。もしもなんらかのトラブルがあったのなら話せ。それに同情の余地があれば、再審査をしてもかまわない。いいな？　学園長」

「もちろんでございます」

デヴィンが頭をさげ、エリゼオがディーノへと視線を戻す。

ディーノは悩《なや》んでいるようだった。その様子を見て、ルーナは気づいた。彼はたぶん、一連のことはルカが仕組んだのだと分かっている。それもそうだろう。もしルーナが審査会場へ現れなければ、全力で捜《さが》しにきてくれるのが今までのルカだ。もしかしたら、ディーノはルーナが持つネックレスに、居場所を特定する効力があることも知っていたのかもしれない。だとすれば、なおさらルカの言動は奇異《きい》に見えただろう。

しかしディーノは、王子の前でルカを告発するなど、彼の砂魔法師としての人生を断《た》ってしまうものだと分かっている。だから、悩んでいるのだ。

（私だって、ルーくんの砂魔法師人生を断つようなことはしたくない。このままならルーくんは絶対賢者になれる。だけど……だからって、イヴやカルミネ先輩《せんぱい》やリーくんとがんばってきたことを踏《ふ》みにじって、許されるの？　私たちは、泣き寝入《ねい》りをするしかないの？）

ルーナはルカと共に賢者になれず、二人でバラッコボリに戻る未来を考えた。ここでルカを告発するということは、そうなる可能性もある。だが、その未来は案外悪くないように思えた。

（それはそれでいいか）

最悪二人で前の生活に戻ったとしても、それが不幸だとは思わない。ルカはどう思うか分からないが、少なくともルーナは、自分が精一杯《せいいっぱい》やった結果なら受け入れられる。

「トラブルは、特に……」

言葉を飲み込むことに決めたらしいディーノがそう言葉を発すると、ルーナは言わせないというように彼の前に立った。

「トラブルはありました。私たちが作った制作物が、チーム部屋の中で壊《こわ》されていたのです」

「ほう……」

「それから、この審査に私を出席させないため、図書館に監禁《かんきん》されました。……そこの、ルカ・クピスティに」

ルーナがまっすぐ指差しルカに視線を向けるが、ルカは涼《すず》しい顔だ。目を見張ったのはロレーナと双子《ふたご》。チームメイトは知らなかったのだろう。

「ライバルチームが自分のチームを陥《おとしい》れたと言いたいか。それが本当なら、そちらのチームが失格ということになるが……」

顔色を変えいきりたったのは双子だった。しかし意外にも怒《おこ》った理由は、失格と言われたからではないようだ。

「いい加減なことを言うなよ！　お前、自分の勝ちのために兄を売るつもりか？　ルカがどれだけお前のことを気にかけてたか……昨日だって、ものすごく心配そうな、思いつめた顔で！」

「演技だよ。今のルーくんは、私より自分たちが優勝して賢者になることのほうが大事だもん」

「断じてそのようなことはありませんわ」

ロレーナが左右に首を振《ふ》る。

ルカは大きく息を吐《は》き、相手をするつもりになったのかルーナに向き直った。

「制作物が壊されたのは嘘《うそ》だとは言わない。だけど監禁だとか壊したのが俺だとか、証拠《しょうこ》はあるのか？　そっちが俺のチームをはめようとしているように聞こえるが」

「確かに……そうだな」

エリゼオの言葉だった。この状況《じょうきょう》を楽しんでいるらしい目でルーナを見る。

「どんな制作物だったかは知らないが、そもそも、あのゴーレムをはるかにしのぐ物だったとは思えない。そこのルカとかいうのに、お前たちの制作物を壊す理由はないように思えるが？」

ぐっとつまる。確かにそのとおりだ。

「それでもそのルカが犯人だと言うのなら、理由を——そうだな。彼の動機でも聞こうか」

(動機……？)

ルーナはルカの顔を見た。さきほどと変わらず涼しい顔。

(ルーくんがうちの制作物を壊したのは、優勝するためじゃないの？　でも、確かに)

犯人だと分かれば失格になる可能性がある。エリゼオの言うとおり、あれだけの制作物を作り上げたのだ。そんなリスクを冒《おか》すだろうか。

昨日ルーナはルカから冷たい言葉を向けられ、頭が真っ白になった。彼の仕業《しわざ》だと確信していたにもかかわらず、制作物を壊しておきながら罪悪感を覚えてすらいない彼の様子に混乱もした。そしてその状態のまま、彼の言うすべてを鵜呑《うの》みにしたのだ。

(だけど冷静に考えたら……ルーくんが自分のためだけに、本当にあんなことをする？)

ルーナを傷つけることなんて一度だってしたことがない。普段余裕《ふだんよゆう》のルカがあらゆる手を尽《つ》くし目的を遂《と》げようとするのは、自分たちの命を守る時くらいだ。

(もしかして、昨日ルーくんが言ったことは、本心じゃない……？)

ルーナを心配していたのは演技なのだと、ルーナはさっきダンテに言った。もしもそれが本当なら、ルカが見せる表情が演技に変わったのはいつなのだろう。

(そうだ……)

彼の笑顔《えがお》がいつもと違《ちが》うように感じた時のことを、今思い出した。保健室。ルーナが闇《やみ》魔法《まほう》にかけられた時のこと。あの時、心からの笑顔に見えないと思ったのはどうしてだろう。

あの日、ルーナの命を狙《ねら》った人物は捕《つか》まった。ルカはもう心配ないと言ってくれた。

しかし、ルーナの左腕《ひだりうで》にはまだ黒いアザが残っている。

違和感《いわかん》はずっとあった。証拠はそろいすぎているというのに、捕まった犯人が否認《ひにん》しているとドナートは言っていた。それでもルーナにかけられた闇魔法は解けたのだから、間違ってはいないのだろうと思っていた。しかし、実際は違ったのだ。ルーナを置いて保健室から飛び出したというルカ。ほどなくして彼が戻《もど》ってきてからとけた闇魔法。あの時真犯人に辿《たど》りついたのは、ルカのほうだったのだ。

（そっか……そういうことだったんだ……）

いつだったか、教師の部屋から出てきた様子のおかしかったルカを思い出す。彼の余裕が崩《くず》れるのは、自分やルーナが危険にさらされた時だけ。おそらく、あの時も例外ではなかった。

ルーナはエリゼオに向き直った。

「ルカがうちの制作物を壊したのは、万が一にも私のチームを優勝させないため。私を十二賢者《けんじゃ》にさせないためです」

「ほう」

エリゼオは反応を返してくれるが、ルカはわずかに眉《まゆ》をひそめただけ。しかし次の言葉に彼は顔色を変えた。

「ルカは――私の兄は、ある人物に脅《おど》されたんです」

「何を……」

バカなことをとても言いたげだ。そんなルカを無視し、ルーナは着ていたコートを脱《ぬ》ぎ捨て左腕の袖《そで》を捲《まく》った。黒い紋様《もんよう》を見て、審査員席に座る人物たちがざわつきを見せる。

闇魔法の犯人が捕まったことは記憶《きおく》に新しいだろう。闇魔法の使用となれば大事件だ。賢者たちも聞いていないわけではないだろうが、それをかけられたのがこの特進クラスの生徒であること、まだアザが残っていることは知らなかったようだ。

「これは、私が闇魔法をかけられた時に残ったもの。一度は眠《ねむ》りについたけれど、兄が犯人を特定して助けてくれたんです」

「何言ってる？　犯人を見つけたのは俺じゃない。だいたい、その話が今の状況と何の関係がある」

ルカはルーナに話をやめさせようと動いた。だが、イヴとカルミネが間に入ってルカを止める。

「そうだ。ドナートが不思議そうに言った。犯人を特定したのはルカではない。十二賢者に来ていただき、調査の末に捕まえた」

「捕まった生徒は認めてないんですよね？　彼は犯人ではないと思います。彼に闇魔法の烙印《らくいん》が残っていたのは、使用したのではなく、私と同じで、闇魔法をかけられたから」

「……めろ」

ルカが呻《うめ》くように言った。

「真犯人は、私が十二賢者になることをよしとしない人物……だから私を殺そうとしたし、殺すのをやめたあとも、兄を使って私が賢者になることを阻止《そし》しようとした」

ルカは蒼白《そうはく》な顔をしていたが、説明をやめるわけにはいかない。

エリゼオは興味深そうにルーナへ問いかけた。

「それなら、お前は真犯人も分かっているというのか？」

「――はい」

「やめろ！」

ついにルカが叫《さけ》んでルーナに摑《つか》みかかろうとする。立ち塞《ふさ》がるイヴとカルミネを撥《は》ね除《の》けようとし、もみあいになる。ディーノが動かないのは、ルカかルーナか、どちらにつくか迷っているからか。

「犯人はこの場にいる……」

ルーナが犯人を指そうとした時、急にどくんと左腕のアザが波打った気がした。

「え……？」

力が抜《ぬ》けて、がくっと膝《ひざ》をつく。いつの間にか自分を黒い光が包んでいた。見覚えがある光。あの、闇の魔法陣《まほうじん》に足を踏み入れた時の。

「あ……」

「やめろ！」

ルカがカルミネたちを突《つ》き飛ばし、倒《たお》れそうになるルーナを抱《だ》きとめた。

「ルー……くん……」

強烈《きょうれつ》な睡魔《すいま》に襲《おそ》われ、力が入らない。あの時と同じだ。チーム部屋で闇魔法にかかり、意識を失った時と。

（そりゃ、説明をやめさせたがるわけだ……）

ルカは真犯人をルーナが特定し、真犯人を怒らせることを恐《おそ》れたのだ。ルーナが人質《ひとじち》にとられていたというのなら当然のことだった。こんな時にも後先を考えないのは、我ながらバカだと思う。

ルカは泣きそうな顔でルーナを抱きしめた。

「なんで……なんでだよ。言うことを聞いたろ？　ルーナは十二賢者にさせない。俺はあんたの傘下《さんか》に入る。それを条件に妹の命を助けてくれるって言ったじゃないか」

「ルー……くん……」

全身の力が抜ける中、悲しみに歪《ゆが》むルカの頬《ほお》に触《ふ》れるが、その腕《うで》も力が抜けてだらりと落ちてしまう。ルカの顔が絶望に染まった。

「なんで……高望みなんてしてない。富も権力もいらない。ただ俺たちは平和に生きていたいだけだ。なのに、なんで……どうして俺たちを放《ほう》っておいてくれないんだよ！」

（ルーくん……）

初めは人さらいかと思った。全選定が終わり、偉《えら》い人からルーナたちは特別な才能があると言われたあとのこと。ごろつきに襲われて、ルカと一緒《いっしょ》に隣《となり》の街まで逃《に》げた。なんとか逃げ切ったあとも養護院に戻れば襲われるから、何度も逃げ、戦い、対処をするうち、ルカはたやすくルーナを守ってくれるようになった。ルーナ自身も護身術を覚え、ある程度の相手なら自分の身を守れるようになった。けれど、学園に来てから再び命を狙われて。

「ルーナを黙《だま》らせるから、ルーナを賢者なんかにしないから。だから頼《たの》むからもう、俺たちのことは放っておいてくれ！」

彼の切実な声が聞こえるのに、意識が遠のいていく。やがて瞼《まぶた》が降り、指の先が床《ゆか》につくと、ルカの絶叫《ぜっきょう》が遠くに聞こえた。

「ああああああああああああああああああああ！」

――これからよろしくお願いしますわ、ルーナ。

――ルーナの夢、僕も応援《おうえん》したくなったよ。

――君を、守りたかった。

みんなに言われてきた言葉が頭に響《ひび》き、彼らの笑顔が瞼の裏に浮《う》かぶ。これが走馬《そうま》灯《とう》というものなのだろうか。

――ルーナだからこそこっちも夢見れるって、分かんだろ⁉

いつかは、ラルフに怒鳴《どな》られたのだった。落ち込むルーナを子どもたちが囲み、励《はげ》まそうとしてくれて。

（そうだ……）

またみんなと笑って食卓《しょくたく》を囲みたいと、強くそう思い、ルーナは学園に戻ることを決めたのだ。リベルトを奪《うば》われたことも、飢《う》えのために楽しい食事の場が戦争のようにすさむことも、もう二度とさせない。今度こそ、飢えも格差もかき消して、全員一緒に笑顔で食卓を囲むのだ。

（私はこんなところで死ねない。やれることを全部やるまでは……絶対、あきらめない！）

強く思い手に力を込めようとしたが、力が入らない。それでもルカが自分を抱く感触《かんしょく》が戻ってくれば、なんとか瞼を上げることができた。

「ルーくん……」

「ルーナ！　ルーナ！」

必死にルーナの名を呼ぶルカの後ろで、ディーノもほっとした顔を見せる。だがすぐにその顔を険しくさせ、ルカの肩《かた》を掴んだ。

「ルカ。闇魔法《やみまほう》の本当の使用者は誰《だれ》だ？　ルーナが眠りに落ちる前に大罪人を断罪して、ルーナを助ける。大丈夫《だいじょうぶ》だ。ルーナは死なせない」

「――」

その言葉に希望を見いだしたのか、すがるような目でルカがディーノを見上げた。

「兄貴……ルーナを助けてくれ。犯人は……」

ルカが口にする前に、激しい風が講堂を駆《か》け巡《めぐ》り、教師の一人が舞台《ぶたい》上に立った。ピンクの髪《かみ》が揺《ゆ》れる。顔にはいつもの笑顔《えがお》だ。

「アメーラ先生？」

ドナートが信じられないという声で彼女の名を呼ぶ。ディーノを含《ふく》めた何人かは予想していたのか、驚《おどろ》きはなかった。

連星の魔術師《まじゅつし》と言われる、四属性を扱《あつか》うアメーラ。闇魔法の使用者として本来真っ先に疑われるべき存在だったはずだが、犯人をでっち上げることで、疑惑《ぎわく》の目が自分へ向かないようにしたのだ。現在捕《つか》まっている犯人ではない真犯人がこの場にいるとすれば、彼女以外にはありえなかった。

「まったく……使えない生徒は困りますね」

状況《じょうきょう》を察したらしく、最初に動いたのはロレーナだった。

「ゴーレム、あの女を捕《と》らえなさい！」

すぐにゴーレムが動いて、舞台上にいるアメーラを捕まえようとする。アメーラはひらりと舞《ま》うように飛んで、ゴーレムの頭上に飛び降りた。アメーラは砂器を振《ふ》り一瞬《いっしゅん》にして魔法陣をゴーレムの頭上に描《えが》くと、ひらりと飛び降りて自分に伸《の》びてきたゴーレムの手をかわした。

「闇魔法師を相手にするということがどういうことか、教えてあげます。特別授業を光栄に思うことですね」

ゴーレムがめきめきと音をたてたかと思うと、ボコン、ボコンと膨《ふく》らみ、巨大化《きょだいか》していく。

「ゴーレムちゃん、ここにいる全員を殺してしまいなさいな」

ぶんっとゴーレムが腕を振り下ろした。そこにいたダリアが叩《たた》き潰《つぶ》されそうになるが、すんでのところでダンテが風魔法を使いダリアを後ろに飛ばして逃がした。ダンテがダリアを抱きとめると同時に、激しい音がして舞台上に大穴が開く。

「ゴーレム、止まれ！」

ルカの命令でゴーレムは動きを止めたが、アメーラはくすくす笑った。

「さて……ここにいる何人が闇魔法を理解しているかしら。私が変異させられるのは何も生命を持たないものだけじゃない……当然、人も変異させることが可能なのですよ」

ほとんど眠《ねむ》りそうになっているルーナですら、その言葉には恐怖《きょうふ》を覚えた。

「殿下《でんか》！　こちらへ！」

賢者《けんじゃ》や砂魔法師が、すぐさまエリゼオへ避難《ひなん》を促《うなが》す。エリゼオが砂魔法師たちに囲まれるようにして講堂を出ると、教師陣《じん》も、ほとんどが闇魔法を恐れて外へと逃げ出し、残ったのはルーナたち生徒と、アメーラと、どうやら彼女を放っておけないでいるらしいドナートだった。

「君たちも逃げろ！」

逃げていく教師の一人に声をかけられるが、ルーナを抱いたままのルカは動かず、ディーノも動かない。前にディーノは、一度闇魔法による眠りにつけば、かけた術者にしか解くことはできないと言っていた。ここでアメーラを逃せば、ルーナが覚めない眠りについてしまうことを、二人は分かっているのだ。そして二人が動かなければ、チームメイトも講堂を出ることをしなかった。

「アメーラ先生、どうして……」

激しい睡魔の中、ルーナは言葉を紡《つむ》ぐ。さげすむようなアメーラの視線が向けられた。

「愚問《ぐもん》ですね。どうせ生徒たちにも言われてきたでしょう。あなた方がどれほど迷惑《めいわく》な存在か」

――どこの馬の骨とも分からない平民が国で実権を握《にぎ》る。おそろしいことだとは思わないの？

イヴを囲んでいた生徒の一人が、確かルーナのことをそう言っていた。全選定を肯定《こうてい》する存在を受け入れれば、平民に実権を譲《ゆず》ることになると。

聞きたいことはまだまだあるのに、ひどい睡魔が襲ってきて言葉が続かない。

「ルーナ。しっかりするんですのよ！」

泣きそうな顔でイヴが叫《さけ》ぶ。ルカがルーナを床に横たわらせ、立ち上がった。

「ルーナ……すぐに終わらせる」

「大丈夫。必ず闇魔法を解かせるから、僕たちを信じて」

（ルーくん……リーくん……）

ルカとディーノがアメーラに向き直れば、アメーラが笑った。

「ただの生徒たちが……私を捕らえられると思っているところがかわいいですね。何もあなた方とやりあわなくても、私が逃げればその子の命は……」

言いながら講堂の扉《とびら》に視線を向けたアメーラは、そこに氷の壁《かべ》が広がるのを見て舌打ちをした。ドナートの仕業《しわざ》だ。彼は手持ちのリスピ砂をすべて消費し、分厚い氷を作り出していた。

(ドナート先生……閉じ込めるためだけに全部を)

いくら優秀《ゆうしゅう》な砂魔法師とはいっても、賢者であるわけではない。カルミネほどの補充《ほじゅう》スピードでなければ、次にまともな砂魔法を使えるまでには数分はかかるだろう。彼はアメーラを逃せばルーナの命はないと理解し、捕らえることを生徒に託《たく》したのだ。

ルカが砂器を構えれば、後ろにロレーナと双子《ふたご》がついた。ダリアがルカへ問いかける。

「ルカ、加減は必要ある?」

「ない。灰にするつもりで力を使え」

「人殺しが後味悪ければ私が消火してあげるわ。彼女ごと氷づけにしてね」

ルカとロレーナの言葉に双子はうなずくと、同時に砂器を振り、炎《ほのお》の竜巻《たつまき》がアメーラを包む。しかしその炎は、彼女の背後に生まれた黒い光に吸い込まれるようにして消えた。

「な……?」

唖然《あぜん》とする双子の横で、炎を吸い込んだ黒い光が禍々《まがまが》しく歪《ゆが》んだかと思うと、今度は双子たちが生み出した炎を放出した。

「ルカ！」

ロレーナが庇《かば》うように前に立ち、吹雪《ふぶき》を発生させ炎をすべて凍《い》てつかせる。そのままアメーラを氷づけにしようとするが、その吹雪すらアメーラが生み出した闇《やみ》が吸い込んでいく。

「――っ！」

ロレーナが顔色を変えるが、アメーラが撥《は》ね返すように放出した吹雪はディーノの生み出した炎が包み込み蒸発させた。

「分かってません……分かってませんわ。闇魔法というものがどういうものか。所詮《しょせん》、単属性ではこの世に存在するものしか生み出せない。けれど連星を行うことで、この世に存在しないものにも触《ふ》れることができる。ましてや四連星では、この世界にない力をぞんぶんに引き出すことができる。私に逃《に》げ道を失わせて追い詰《つ》められたのはあなたたちのほう。私の力をたかがBランクと侮《あなど》れば、後悔《こうかい》することになりますよ」

こんな時にもアメーラは笑顔だ。どこか狂信《きょうしん》的に見えて怖《こわ》い。

「厄介《やっかい》だね……」

ルーナが眠るまでというタイムリミットがあるのだ。ディーノたちの顔に焦燥《しょうそう》が出る。

「リーくん……ルーくん……」

ルカが泣きそうな顔でルーナを見た。

「頼《たの》むルーナ。死なないでくれ。――すぐに、すぐに終わらせるから！」

ルカが砂器を振り、アメーラを囲うように石の剣《つるぎ》を宙へ生み出す。

「無駄《むだ》だと言ってますのに……」

「ゴーレム、そいつを殺せ！」

「！」

石の剣を闇が吸い込んだすぐあとに、ゴーレムが拳《こぶし》をアメーラに振り下ろす。しかし、なんとかぎりぎりでアメーラは後ろに飛んで避《さ》けたようだ。

「邪魔《じゃま》！」

どんなものでも吸い込むというのか、アメーラが睨《にら》みつけると、ゴーレムまでもが闇の光に吸い込まれて消えていく。

（眠い……このままだと私……違《ちが》う。あきらめないって決めたんだ。だったら……）

ルーナは唇《くちびる》を噛《か》み睡魔《すいま》に耐《た》えると、力の入らない手でなんとか腰《こし》から砂器をとり、床《ゆか》に叩きつけて壊《こわ》した。かろうじて残っていた火砂が飛び散る。砂器の破片《はへん》を握りしめると、手のひらに血がにじんで意識が戻《もど》ってきた。イヴとカルミネがルーナを振り返る。イヴがルーナの手ににじむ血を見て息をのんだ。

「イヴ……カルミネ先輩《せんぱい》、水砂と土砂をください。私の手のひらに、そっと」

アメーラ対、双子とロレーナ、ルカ、ディーノのやり合いは続いていて、アメーラがルーナたちを気にかける様子はない。

（さっき、ゴーレムの攻撃《こうげき》は当たりかけた。あれは、闇の光が吸い込むものはアメーラ先生が決めていて、吸い込みが遅《おく》れたから）

だとすれば不意をつけばいいだけの話だ。そして幸運なことに、ほとんど眠りかけているルーナはアメーラの眼中にない。

（だけど、一回外せば警戒《けいかい》される……チャンスは一度きり）

ルカが再びアメーラに攻撃を仕掛《しか》けた。しかし、彼が生み出す炎も氷も、闇色の光に吸い込まれる。

「無駄だというのが分かりませんか？　まあ、もういいです。必要なリスピ砂は十分溜《た》まりました」

アメーラが砂器を振《ふ》った。四属性のリスピ砂が半分ほど満たされた砂器。

「あなた方二人は、あの全選定を肯定する危険な存在。この国の古くからのしきたりをこわしてしまう――」

「国王の政策を否定するか……！」

ドナートが信じられないという目でアメーラを見るが、もはやアメーラの思想は彼の常識の範囲外《はんいがい》にあるのは明白だ。

「国王は過《あやま》ちを犯《おか》したのです。エリゼオ王子の甘言に惑《まど》わされて。この世界で正しい価値が分かるのは、あのお方だけ。私に真の価値を見いだしてくれたのも、あのお方だけ。あのお方がこの世界で唯一《ゆいいつ》の正しい存在なのです。あのお方の邪魔になるものがこの世に存在するなら、それを消すのが私の役目……ゴミはこの世から消し去らないと」

アメーラが無機物を見るかのようにルーナを見下ろす。

「アメーラ先生……なぜそんなことを。あなたはこれまで、私と共にたくさんの生徒を育ててきた」

ドナートの言葉に、再びアメーラは笑顔《えがお》になった。両手をあわせにっこりと笑う。

「そうですね。私のかわいい生徒たち。能力を伸《の》ばし、いずれあのお方の力になると思えばかわいいものです。けれど、あくまでこちらになびかない生徒は、能力があればあるほど目障《めざわ》りなゴミ。それでも兄のほうは使えるかと思っていたのに……残念です」

（なびかないってまさか、あの時、私が断ったから……？）

アメーラの最初の特別授業で、ルーナは貴族の養子になる話を持ちかけられた。ルーナはそれを断った後に、彼女へ砂器を渡《わた》したのだ。

（そっか……あの時にリスピ石をすり替《か》えられたんだ）

粗悪《そあく》品にすり替えられ、どんなに訓練を積もうと無駄な状態にされた。最初からCランク以上ならすり替えられた時点で気づいただろうが、あの時点ではEランクの砂しか生み出せず、一般《いっぱん》的な砂魔《すなま》法《ほう》の知識を持たなかったルーナには、気がつく余地もなかったのだ。

アメーラが砂器を振った。闇色の光から出てきたのは、体長が三メートルはあろうかという巨大《きょだい》な獣《けもの》だった。

「何、あれ……」

ダリアとイヴが顔色を変えて後ずさる。前に授業で相手にした魔獣《まじゅう》の二倍以上の体格があるように見えた。おまけによだれを垂れ流す口元には、以前の魔獣より鋭《するど》い牙《きば》が覗《のぞ》く。

「ノーラン、行け！」

アメーラの声に反応し、獣がルカへと襲《おそ》いかかる。ルカが砂器を振り炎を生み出すが、もう火砂の補充が追いついていないのだろう。中途半端《ちゅうとはんぱ》な炎は獣の足を止めるにいたらず、さらに暴れさせる結果となっただけだった。

「ルカ！」

ロレーナが獣の足を氷づけにする。しかしそれも獣が激しく足を床に打ちつければ、床が削《けず》れ、氷が割れた。

勝利を確信して笑みを浮《う》かべるアメーラを見ながら、ルーナはそっと床に指を這《は》わせた。

ルーナが倒《たお》れたまま指を這わせたそこには、さきほどイヴとカルミネからもらった砂と、ルーナの割れた砂器から溢《あふ》れた火砂がある。ルーナの手元に魔法陣《まほうじん》が生まれた。まばゆい魔法陣は、しかしカルミネの機転で、石の壁に覆《おお》われるようにしてアメーラの目には届かなかった。

「リーくん……ルーくん……」

ルーナの声はかすれた小さなものだったが、声を聞き取ったかのように二人が振り返った。ルーナと目が合い、次に手元を見て、ルーナの意図を察してくれたようだった。

魔法陣の下。ルーナが床を貫《つらぬ》いて生み出したのは薔薇《ばら》のツルだ。ツルは床下を伝ってアメーラの足元へ。そして彼女の足元から生え出ると、彼女の左足を捕《と》らえ、思いきり引っ張った。

「なっ……！」

彼女がバランスを崩《くず》し、床に手をつく。

それを待っていたかのように動いたのはディーノだ。ハッとアメーラが顔を上げる。

「ノーラン！　私を守れ！」

「いくら変質させたところで、もとはただの獣だろう？」

ディーノの生み出す炎《ほのお》が一瞬《いっしゅん》にして獣を包み、燃やし尽《つ》くしていく。

「っ……」

すぐにアメーラは闇の光でディーノの生み出した炎を吸い込もうとするが。

「させるかよ！」

ルカはアメーラへ駆《か》けて彼女の腕《うで》を掴《つか》むと、その手から砂器を蹴《け》り飛ばした。さらにアメーラの頭を掴み、床に叩きつける。

「放《はな》っ……」

暴れようとしたアメーラの顔の横にディーノが炎の剣を振り下ろした。

さすがにアメーラは顔色を変え、口をつぐむ。

「罪人アメーラ……今すぐルーナにかけた闇魔《やみま》法《ほう》を解け」

「メディスツァ家のあなたが……全選定の愚《おろ》かさが分からないわけではないだろうに！」

「それは見当違《けんとうちが》いもはなはだしいな。僕は誰《だれ》よりも今の格差ある世界を憎《にく》み、富と権力に執着《しゅうちゃく》する貴族を嫌悪《けんお》しているよ。……隠《かく》しているだけでね」

「――愚かな……愚かな！」

「愚かなのはお前だ、アメーラ」

ルカがアメーラの首を摑む。

「ルーナに手を出したことがお前の運の尽きだ。ルーナの闇魔法を解け。解かないのなら、お前の手足を切り落としてやる。その結果、お前が死ぬなら死ぬでかまわない……それでもルーナの闇魔法は解けるからな」

アメーラが悔《くや》しげな顔になり沈黙《ちんもく》するが、ルカの本気を感じとったのか、ルーナに重たくのしかかっていた睡魔が晴れるようにして消えた。

終章　門出

　アメーラが闇魔法師だった話は学園中の騒《さわ》ぎとなり、ルーナたちは寮《りょう》で一週間の待機を命じられた。そのため、ルーナたちのもとにチームの順位発表が届いたのは翌週のことだった。ルーナは教室で順位を聞くと、一人寮に戻って荷造りを始めた。イヴが部屋を訪ねてきたのは、それから一時間ほど経《た》った頃《ころ》だった。

「本当に、学園を去るんですの？」

「うん。明後日《あさって》にはもう出るよ。チーム課題で優勝しなかったら学園を出ていくって、約束しちゃったから。それに、ここにいられるお金ももうないしね」

　話しながらも荷造りを続けるルーナを見て、本気だと分かったのだろう。イヴは腕を組んで扉《とびら》に背を預けた。

「あの教師……本当に許せませんわね。あなたのお兄様を使って、あんな……」

「なんか、イヴたちにも迷惑《めいわく》かけちゃってごめんね」

「ルーナが謝ることではありませんし、私たちはいいんですのよ！　なんで……あああもう！」

　イヴは言っても仕方がないと思ったのか、口をつぐむと、腕を組んだまま横を向いた。

そこで、机の上に置いていた数々の魔具《まぐ》に目をとめた。

「これ、どうするんですの？」

「んー。使い道ないから捨てるよ。イヴに見せたの以外にも、いろいろ作ったんだけどね」

「……だったら、私がもらってもかまいません？」

「あ、いいよ！　そんなものでよければ。ずっと同じクラスとチームだった記念に！」

「……ありがとうございます」


ルーナが荷支度《じたく》をしているのと同じ頃、ルカはルカで、自分のチーム部屋へ置いていた荷物を取りに来ていた。個人成績一位を前期と後期で獲得《かくとく》し、チーム優勝も果たしたため、賢者《けんじゃ》試験資格を得たのだ。そうなれば、もう学園にいる理由はない。

「おいルカ。辛気臭《しんきくさ》い顔してるぞ」

「ルカ、紅茶淹《い》れるからゆっくりしていきなよ」

ダンテとダリアに引き留められ、ルカは強制的にテーブルにつかされた。お茶菓子《がし》が置かれたテーブルに、ダリアが紅茶のポットとカップを置く。

「……悪い。俺の勝手な行動で、お前らにも不快な思いをさせて」

「別に、僕らはルカについてくって決めてるし独断はいいけど。けどその結果、辛気臭い顔をしてるのはな」

双子《ふたご》が顔を見合わせうなずきあう。ロレーナも示し合わせていたかのように、小さくうなずいた。

「どうせ独断で僕らを振《ふ》り回すなら、最後までやりたいようにやれよ」

ルカはダンテの顔を見た。

「やりたいようにとか……分かってて言ってるのか？」

ロレーナとダリアの顔も見るが、三人とも同じようにやわらいだ表情だ。

「ルカの考えそうなことくらい分かる。もう一年の付き合いだ」

あの日以来、ルカはルーナと話をしていない。ルーナを一人にするわけにはいかない以上、話をしなければと思っても、二度と自分に笑ってくれなかったらと思えば会いに行くことができなかった。

「本当に……いいのか？」

ルカは三人の顔を見た。それぞれが、笑い合い、ルカへとうなずく。

「ごめん……ありがとう」

翌々日。ルーナは退学届を握《にぎ》りしめ、学園長の部屋を訪《おとず》れた。担任の教師に渡《わた》せばよかったのかもしれないが、これまで自分を気にかけてくれた学園長に挨拶《あいさつ》をしておきたかったのだ。

「どうぞ」

ノックに返ってきた声を聞いてルーナが部屋に入ると、デヴィンが奥の執務《しつむ》机に座り、その横にギードが立っていた。片眼鏡に指で触《ふ》れ、鋭い目でルーナを見る。手前には応接テーブルとソファがある、広い部屋だ。

「あの、退学届を持ってきました」

デヴィンが眉《まゆ》を跳《は》ね上げた。ルーナは彼の前に進み出て、両手で退学届を差し出した。

「いろいろとお力添《ちからぞ》えをいただいたのに……このような形になり、申し訳ございません」

「訳を聞こうか」

「実は、在学にかかる費用を用意できなくて、ある方にお金を出していただいたんです。その人とチーム課題で優勝する約束をしたのに、果たせませんでした。それで、優勝できなかったら学園を去る約束でしたので……」

再びデヴィンが眉を跳ね上げ、そして今度は隣《となり》に立つギードを見た。なぜだかギードが視線をそらす。

「ですから、ここにはもういられなくて。それに、どうせお金もないので……」

「ふむ……」

デヴィンは考え込むような表情だったが、一旦《いったん》はルーナの退学届を受け取り机に置いた。

すると、廊下《ろうか》からバタバタと足音が聞こえて、バン、と扉が開かれた。

「ちょっと待ってください！」

「え……ええ？　イヴ……と、お兄ちゃんと……え……」

ぞろぞろと入ってきたのは、ルーナを除いた、ルーナとルカチームの七人だ。

「ど、どうしたの？」

「さあ。あなたのお兄様が何をしにきたのかは知りませんわ。私は――」

「学園長」

イヴの言葉を遮《さえぎ》りルカが進み出ると、頭を下げた。

「俺のチームの優勝を取り消してください」

「……」

「俺はライバルチームの制作物を燃やして破壊《はかい》し、リーダーであるルーナを監禁《かんきん》し、失格に追い込もうとしました。優勝は返上します」

「その話はあの場で聞いたよ。知った上で、君たちのほうが優《すぐ》れていると判断した」

デヴィンの視線を受け、ギードが口を開いた。

「エリゼオ王子のお言葉ですが、仮に妨害《ぼうがい》がなかったとしても、ワイン自動精製機よりも、ゴーレムのほうが優れているという判断でした。ワイン自動精製機は初の飲料生産機で魅力《みりょく》的なものではあるけれど、それでもあのゴーレムには勝てないということだそうです。エリゼオ様はあれがいたく気に入ったらしく、ルカ・クピスティはお咎《とが》めなし。そもそも、教師の中に闇魔法師《やみまほうし》がいて気づけなかった教員の落ち度で、生徒を罰《ばっ》することではないとの判断です」

デヴィンはうなずいた。

「ルーナくんが闇魔法をかけられた時、アメーラ先生を調べておくべきだった。すまないね」

「あ、いえ……学園長が謝られることでは」

(でも、そっか……)

結局、ルーナの優勝は初めからなかったということらしい。

(悔しいけど、正当な審査《しんさ》結果なら受け止められるな……)

もちろん、まだ十二賢者になる夢をあきらめきれず、この学園に留《とど》まりたい気持ちは残っているけれど。今は賢者になるどころか、砂魔法師《すなまほうし》になる資格も失った状態だ。気持ちを切り替《か》えて別の人生を歩むしかない。

「気持ちは変わらないのかね」

デヴィンに聞かれ、ルーナはうつむいた。

「もちろん学園に残りたい気持ちは強くあります。けれど、約束が、あるので……」

「約束とはなんのことでしょうか」

急にギードは声をあげると、ルーナの近くに歩み寄り、耳元に口を近づけて言った。

「私は確かに、チーム課題で優勝しなさいと言いました。約束を破ったあなたへの投資は当然打ち切りです。が、その先あなたが何をしようと、私には関係ない」

「――――」

びっくりしてルーナはギードを見た。彼は靴音《くつおと》を立て、学園長のそばへ戻《もど》る。

（あの声……気づかなかったけど、あの時お金を持ってきてくれた人……⁉）

学園長はルーナの才能を買い、なぜか後押しもしてくれているようだった。元十二賢者で、ウルビス学園を取り仕切る彼自らは自由な行動をとれないにしろ、信頼《しんらい》のおける補佐《ほさ》を使ってルーナに援助《えんじょ》するくらいには、ルーナのことを気遣《きづか》ってくれたのではないだろうか。

ルーナがデヴィンを見ると、彼はおもむろに口を開いた。

「あの頃《ころ》と変わらず、リスピ石は君に語りかけるのかね」

唐突《とうとつ》な質問にルーナがまばたきをすると、デヴィンは言葉を続けた。

「全選定の時、そう言っていたね。砂色こそ薄《うす》くはあったが、入学後、君は難なく砂魔法を扱《あつか》ってみせた」

「あ……」

（あの時……十二賢者も夢ではないって言ってくれたの、デヴィン学園長⁉）

あの頃は、砂魔法師すら初めて見るくらいで何もかも分からないでいたが、確かに一人服装の違《ちが》う大人が、ひときわ重役として扱われていた気がする。

「その点は、学園長の見立てどおりのようですね」

「興味深いじゃないか。聖女アンリと同じことを言う少女だ。おまけにこの間は青薔薇《ばら》すら生み出してみせた。このまま学園に残ってくれれば、我々にさらなる夢を見せてくれると思うのだが」

「あ……えっと……」

ルーナは混乱しつつあたりを見まわす。全員がルーナの言葉を待っているのが分かった。

「だけど私、在学にかかるお金が……」

「お金なら用意しましたわ！」

イヴがどんっと応接テーブルの上にジャラジャラと硬貨の音がする袋《ふくろ》を置いた。

「え？　それ、どうしたの？」

「あなたがくれるって言うから、あなたが作った魔具《まぐ》を売り飛ばしましたのよ！　ちょうど星霊祭《せいれいさい》の時期でしたから。それでも二日で売りさばくのは大変でしたわ……カルミネ先《せん》輩《ぱい》もディーノ様も手伝ってくれて、すべて売りつくしたんですのよ。ですからこれは、あなたのお金ですわ」

「――――」

ルーナは信じられない思いで袋を見つめたあと、イヴを見て、カルミネとディーノを見た。

ルーナがデヴィンへ視線を戻すと、彼はルーナが渡した退学届をルーナに示した。

「これはもう、不要という理解でよいかね？」

「あ……」

ルーナが振《ふ》り返ると、イヴとカルミネがうなずき、ディーノがほほ笑《え》み、ルカが祈《いの》るような顔でルーナを見ている。後ろのロレーナは静かに見守り、双子《ふたご》たちは飽《あ》きたのか二人で何やら話を始めていた。

「みんな、ありがとう……私、学園辞《や》めるの、やめます！」

わあっと歓声《かんせい》があがり、イヴがルーナを抱《だ》きしめた。


あれから一騒《ひとさわ》ぎをし、全員が落ち着くと、ルーナはルカに連れ出されて外庭へと来た。ベンチに隣《とな》り合って座るが、互《たが》いに沈黙《ちんもく》してなかなか話さない。これでもかというほどに晴れた青空の下、ルカの顔はひどい曇《くもり》模様だ。やがてしばらくしてから話を切り出したのは、ルカのほうだった。

「本当に、ごめん」

「……ううん。謝るのは私のほうだよ。気づくのが遅《おそ》くて、ひどいこと言っちゃってごめんね。それと……助けてくれて、ありがとう」

ルーナは笑顔を向けるが、ルカは膝《ひざ》に肘《ひじ》をついて両手をあわせ、うつむいた。

「違う。俺にもっと力があればよかったんだ。闇魔法に打ち勝つ力を手に入れれば……そう考えて砂のランクをあげようとしたけど、二属性をSランクにするのが限界だった」

（それって……）

ルカが読んでいる本は光魔法師に関するものばかりだったが、あれはルーナを救うためになろうとしていたということなのだろうか。

ルカは自分の無力さが許せないという顔で、自分の手のひらを見下ろした。

「光魔法なら、闇魔法からもルーナを救えるかもしれないって考えて……本当は今も、ルーナが誰《だれ》かに傷つけられることがたまらなく怖《こわ》いんだ。学園を去ってほしい気持ちもある。だけど、兄貴と約束したから」

「約束？」

「兄貴がいなくなった後、ルーナを守るって。ルーナの体だけじゃなくて、心も守るって」

「――」

それは、ルーナが抱《いだ》く夢や意思も守れという意味だったのだろうか。だからルカは、ルーナが怪《あや》しい人からお金を借りても、指に傷を作っても、何も言わずにいたのだろうか。

「本当……兄貴には敵《かな》わない。全部見透《みす》かされてる気がするよ。兄貴の言うとおり、俺はルーナの心なんて見えちゃいない。今回だって、ルーナを守るためだとか思いながら、夢ごとルーナを壊《こわ》すところだった」

ルカは再び「ごめん」と謝った。リベルトが去る時、ルーナもリベルトと一つ約束をした。ルカのことを、笑顔で支えると。

「私ね、ルーくんと一緒《いっしょ》にいると、楽しいし幸せだよ。ルーくんは私といた時の生活、地を這《は》うような生活とか思ってたんだっけ」

「そんなわけない！」

めずらしいルカの過敏《かびん》な反応に、ルーナは声をたてて笑った。

「冗談《じょうだん》だよ。分かってる。だから……あのね。ルーくんさえよければ、これからも……」

ルーナが言いかけた時、誰かが校舎から外庭への扉《とびら》を開ける気配があった。青銀の髪《かみ》が見えれば、すぐにそれがディーノだと分かる。

「ディーノ先輩！」

「よかった、ここにいた。今、みんなが二人を捜《さが》していて」

ディーノが近づいてくると、なぜかルカはふてくされたように横を向いた。

「もしかして、邪魔《じゃま》をした？」

「別に……」

「ああ……ルカは、ルーナのお兄さんだもんね。邪魔だなんてことはありえないか」

「！」

ルカがディーノを見る。ディーノは柔《やわ》らかい微笑《びしょう》に、どこかからかいを含《ふく》んで言った。

「お兄さんはいろいろと制限があって大変だね。僕はルーナの兄ではないから、こういうこともできる」

「え？」

肩《かた》に手を置かれ、ルーナは弾《はじ》かれたように上を向いた。以前に二人きりでデートをした時に少しだけ垣間見《かいまみ》た、ディーノの色気。なぜか今、それが全開だった。愛《いと》おしげにルーナを見つめる青い瞳《ひとみ》に、魂《たましい》が吸われたかのように動けなくなる。彼がルーナに顔を近づけ

ようとした時、ルカがディーノの腕《うで》を掴《つか》んで止めた。

「おい！」

「何？」

「……ルーナが公爵《こうしゃく》子息に遊ばれたら、嫁《よめ》の貰《もら》い手がなくなる」

「へえ。なら、遊びじゃなければいいの？」

「俺の前で手を出してること自体、俺とルーナをからかってんだろうが！」

ディーノは声をたてて笑い、ルーナから手を離《はな》した。

「それじゃ、みんなのもとへ行こうか」

ディーノの笑顔が、いつもどおりの穏《おだ》やかで上品な微笑に戻ってほっとした。色気の出し入れさえ、彼は自由自在のようだ。

「あの、なんでみんな私たちを捜してるの？」

「今日は星霊祭だからね。街の祭りを見てまわって、その後卒業、進学パーティーをしようって」

「わあ！　それすっごく楽しそう！」

「ならまあ、行くか」

隣《となり》でルカが立ち上がった。

（そっか……でも、リーくんとルーくんは、来年はもう学園にはいないんだ）

ディーノは在学三年が経過したし、ルカは一刻も早く賢者《けんじゃ》になりたいと言っているのに、賢者試験資格を得た今、学園に残るとは思えない。

(私だけ、置いていかれるんだ……)

立ち上がらないルーナを不思議そうに見る二人に気づいて、ルーナは立ち上がった。

前に立つ二人を見て、昔のことを思い出す。三人でいろんな場所へ遊びに行った日のこと。寝転《ねころ》がって星空を見上げた時のこと。大騒《おおさわ》ぎをしながらミートパイを食べたこと。

心はずっと一緒だと、そう言ったリベルトの言葉どおり、二人は離れていてもそばにいても、ルーナのことをずっと気にかけていてくれたのだ。

(だったら……これからだって大丈夫《だいじょうぶ》。離れていたって、心はつながってる)

ルーナは満面の笑みを二人に向けた。

「リーくん、ルーくん、卒業おめでとう！　すぐに私も追いつくから待っててね！」

あとがき

はじめまして。三浦《みうら》まきと申します。

このたびは『星《ほし》の砂《すな》を紡《つむ》ぐ者たち　おちこぼれ砂魔法師《まほうし》と青銀《せいぎん》の約束』をお手にとっていただき、ありがとうございます。

本作は、登場人物がそれぞれの目的や思いを抱《かか》えて努力をしつつも、明るく楽しく過ごす学園物語を描《えが》きたい、そんな気持ちで書きました。一人でも多くの方に、明るい気持ちや楽しい時間をお届けできれば幸いです。

なお、本作は、第19回角川ビーンズ小説大賞で奨励賞《しょうれいしょう》をいただいた作品に改稿《かいこう》を加えたものです。刊行に至る機会をくださった方々、刊行に携《たずさ》わった方々に、この場をお借りして感謝をお伝えできればと思います。

はじめに、イラストレーターのミュシャ様、白制服というそのままでは地味になってしまう服装《ふくそう》を、様々なアイデアを出していただき背景含めとても華《はな》やかに描いていただいて、大変大変感激しました。また、八名という多めのメインキャラクターを、どのキャラクターもとても魅力《みりょく》的に描いていただき本当にありがとうございます。

また、執筆にあたりご助言をくださった編集長、そして校正くださった校正者の方、そして何度も何度もご相談にのっていただいた担当者さんに、心より感謝申し上げます。
私は普段《ふだん》、個人でゲームアプリを配信しているのですが、その個人作業と比べてこれだけの方に支えられ作りあげる作品は初めてで、本作品作りは学びの多い、とても楽しくありがたい経験でした。

最後に、本書を手にとっていただいたみなさま。今後精進して参りますので、本作を気に入っていただいた方も、まだまだだなと思った方も、引き続きお付き合いいただけたら幸いです。ぜひ気が向きましたら、Twitter（@koicha_1）にも遊びにきていただけたらと思います。
それでは、またみなさまにお会いできることを願って。

三浦まき

「星の砂を紡ぐ者たち　おちこぼれ砂魔法師と青銀の約束」の感想をお寄せください。
おたよりのあて先
〒102-8177　東京都千代田区富士見2-13-3
株式会社KADOKAWA　角川ビーンズ文庫編集部気付
「三浦まき」先生・「ミュシャ」先生
また、編集部へのご意見ご希望は、同じ住所で「ビーンズ文庫編集部」
までお寄せください。

星《ほし》の砂《すな》を紡《つむ》ぐ者《もの》たち
おちこぼれ砂魔法師《すなまほうし》と青銀《せいぎん》の約束《やくそく》

三浦《みうら》まき

角川ビーンズ文庫　22895

令和３年11月１日　初版発行

発行者――――青柳昌行
発　行――――株式会社KADOKAWA
〒102-8177　東京都千代田区富士見2-13-3
電話 0570-002-301（ナビダイヤル）
印刷所――――株式会社暁印刷
製本所――――本間製本株式会社
装幀者――――micro fish

ISBN978-4-04-111978-5C0193 定価はカバーに表示してあります。